京《きよう》都《と》鴨《かも》川《がわ》殺《さつ》人《じん》事《じ》件《けん》

梓《あずさ》林《りん》太《た》郎《ろう》

長編旅情推理
書下ろし
旅行作家・茶屋次郎の事件簿

NON NOVEL

祥伝社

目次

装幀／かとう みつひこ
カバーフォト／アフロ アフォトエージェンシー
本文写真／編集部

本書関連地図
N
貴船山
貴船神社
鞍馬寺
上賀茂神社
賀茂川
高野川
詩仙堂
下鴨神社
鴨川公園
鴨川デルタ
銀閣寺
出町柳駅
法然院
鴨川
哲学の道
三条通
八坂神社
四条通
建仁寺
四条河原町
京都駅
東福寺
伏見稲荷
大社

一章　東山《ひがしやま》異変

1

列車は間もなく京都に着く、というアナウンスをきいて目を開けた。眠っていたわけではない。始発の東京から名古屋《なごや》までの約一時間二十分、新聞を読んでいた。次が京都、と自分にいいきかせて目を瞑《つむ》った。

列車がスピードを落としたのが分かった。茶屋次《ちゃやじ》郎《ろう》は右の車窓に顔を向けた。列車が鴨《かも》川を渡っているところだった。

今回の京都ゆきの主な目的は、市街地の東部を南へ貫流している鴨川の取材である。

週刊誌「女性サンデー」に連載する名川《めいせん》紀行のひとつで、何年も前から、「京の川を」というリクエストが読者からいくつも寄せられていた。「女性サンデー」の編集会議でも「京の川」はいつも議題にのぼっていたという。

京都には、その名を広く知られた川がいくつもある。代表的なのが嵐山《あらしやま》を流れる保津《ほづ》川で、編集部は茶屋にまず保津川紀行を書かせ、そして次は鴨川ということになった。これを「女性サンデー」誌上で予告したところ、京都の『大桂社《だいけいしゃ》』という出版社が、読み切りの鴨川紀行をぜひ書いてもらいたいと依頼してきた。同社発行の『古都観月《ことかんげつ》』という月刊誌に載《の》せたいというのだった。

「古都観月」は、若い女性読者を対象にしている「女性サンデー」より、ずっと長い歴史を誇っていて、茶屋のような旅行作家にとっては、一度は誌上に登場したい憧れの雑誌である。

原稿依頼のしかたも、至極丁重だった。和紙の用紙に美しいペン字で、茶屋の日ごろの業績をほめ、［ぜひとも小誌に、玉稿を］としたためられていた。

茶屋は、「女性サンデー」の、どこまでが正気で、どこからが酒に酔っているのか不確かな牧村《まきむら》編集長に、「古都観月」からの依頼を伝えた。

『ええっ。「古都観月」が、茶屋先生に……』

それは意外なことだというのか、牧村は焚火の煙にむせたような咳《せき》をした。

『私の知るかぎり、あの雑誌に風格のある随筆を書いているのは、京都、奈良の名刹《めいさつ》の高僧や、学識ゆたかな京都の大学の先生方でしたが……』

茶屋次郎への原稿依頼の手紙は、なにかの手ちがいか、出版界の世間をまったく知らない編集者が書いたものなのではないか、と彼はいった。

『あんたはどうして、人のやる気の出端をくじくようなことをいうのか』

『相手が、まちがいで出した手紙だったかどうかを、確かめてみましたか？』

『私が、手紙を読み終えたところへ、電話があった』

『手紙の宛て先をまちがえたと？』

『あんたとちがって、礼儀の心得のある編集長が、鴨川取材のスケジュールが決まったら、連絡してほしい。さしつかえなかったら、京都生まれで、京都において教育を受けた編集者を、案内役につけるがどうか、といってくれたんだ』

「古都観月」の編集長は、黒沢《くろさわ》という男だった。声の感じから四十代後半だろうと、茶屋は見当をつけた。黒沢のいう「京都生まれ」の編集者は女性で、原口奈波《はらぐちななみ》という名。

その後、原口奈波とは二、三回連絡を取り合った。茶屋が京都へいく日程が決定したとき、どこで落ち合うかを電話で決めた。

それがきょうで、十一月二十九日。

『今年の京都は、九月になってからも暑い日がつづいていましたので、紅葉のはじまりが例年より遅くて、茶屋先生がおいでになるころは、散りぎわのもみじを、堪能していただけることと思います』

原口は、取材ポイントは決めているのかと、澄んだ声できいた。

茶屋は、何か所か鴨川に沿って歩くことができればいい、と答えた。彼は、京都を熟知しているであろう原口のすすめにしたがって歩くのが賢明だと思った。それをいうと彼女は、まず目の覚めるような紅葉美の東福寺《とうふくじ》はどうか、といった。

茶屋は、京都五山のひとつに数えられる大寺院の東福寺の紅葉をまだ見ていなかった。彼女に東福寺はどうかといわれて思いついたのが、伏見稲荷大社《ふしみいなりたいしゃ》。朱塗《しゅぬ》りの千本鳥居《せんぼんどりい》が有名で、商売繁盛の神をまつる全国稲荷神社の総本宮だが、そこへは詣《もう》でていなかった。たしか東福寺の近くだ。それをいうと原口は、

『では、お稲荷さんを参詣《さんけい》なさってから、東福寺へまいりましょう』

といって、JR奈良線の稲荷駅のすぐ近くの料理屋「野《の》さか」を落ち合い場所に指定した。茶屋が東京を「のぞみ」で出発する時刻から推《お》して、稲荷駅到着が正午ごろになるのを彼女は知り、初対面の挨拶《あいさつ》かたがた、昼食を一緒に摂《と》ろうという配慮だ。お稲荷さんの朱塗りの鳥居の前での名刺交換では、なんとなく素っ気ない。

原稿依頼のしかたも挨拶も、牧村とは大ちがいである。茶屋は新幹線を降りて奈良線のホームへ向かうあいだ、ふと牧村との出会いを思い出した。ほぼ五、六年前のこと。茶屋が「女性サンデー」に名川シリーズを書きはじめて二年ばかりすると、担当者が交代した。最初の担当者が役員に昇進したため、牧村に代わった。

前担当者が電話をよこし、人事異動があったので担当者が代わるといわれた。三十分ほどすると、風邪をひいた鳥のような声を出す牧村という男が電話してきて、これから担当するのでよろしくと、なに

かを噛《か》んでいるような話しかたをした。そして、ついでに、次の名川取材をどこにするかの打ち合わせをしたいので、会わないかといった。

彼が落ち合い場所に指定したのは、新宿《しんじゅく》・歌舞《かぶ》伎《き》町。しかも、歌舞伎町では最も過激な店が並んでいて、若い女性ならずとも独りで歩くと、はたして無事に通り抜けられるだろうかと不安が先立つ、区役所裏通りの「珍《ちん》ちゃん」という店だった。それまでの茶屋は、歌舞伎町には年に二回ばかりいっていた。十数年前からいきつけのスナックがあるからだ。だが、区役所裏の「あずま通り」は通らないことにしていた。歌舞伎町でも、その通りだけは空気のちがいを感じていたからだ。

珍ちゃんは、原色のドレスを売る店と、酒の小売店にはさまれたせまい中華料理屋だった。茶屋は約束より四、五分遅れて着いたのだが、牧村はきていなかった。店のよく肥《こ》えたおばさんが、なににしますか、ともきかず、水を置いたところへ、くわえタバコの牧村があらわれ、テーブルをはさんで名刺を交換した。

その店で二人が注文したのは、もやしラーメンとギョーザ。ギョーザを二個食べたところで牧村が、びんビール一本を頼んだ。そのときの牧村はたしか、『次の名川シリーズの取材先をどこにしますか』ときいたようだった。茶屋は、四万十《しまんと》川か最上《もがみ》川にするつもりでいたが、思案中だといって、即答しなかったような気がする。

牧村は、目の前に茶屋がいるのを意識しないというのか、忘れたのか、無表情で、音をさせてラーメンをすすり、ビールを一口飲むたびに、はあ、と息を吐《つ》き、ギョーザにラー油を効《き》かせたしょう油をたっぷりつけて、口へ押し込むように箸《はし》を使い、ペーパーナプキンで額《ひたい》の汗を拭《ぬぐ》った。

茶屋は、冷たい目をして無表情のままラーメンをすする、いくぶん鰓《えら》の張った牧村の顔を観察していた。歌舞伎町界隈《かいわい》では最もせまいのではと思われる店へ、わざわざ呼び出しておきながら、人の存在は意識の外といった顔をして、物を食う文芸出版部の編集者を、もしかしたら、きわめて稀《まれ》な才能を有する人間ではないかとも思ってみた。

ビールを飲み終えた牧村は、

『これから、この近くのクラブで、人と会う約束がありますので』

といって、伝票の上に代金をのせ、茶屋を置き去りにしたものだった。

2

JR奈良線の若草色の電車を降りた。駅前が伏見稲荷大社の朱塗りの大鳥居。大石柱の脇では、金色の油揚げをくわえた黒い狐《きつね》の像が出迎えている。

原口奈波が指定した野さかという店は、すぐ近くで、杉の柾目《まさめ》を活かした格子戸《こうしど》は新しそうに見えた。全国からお稲荷さんを参詣に訪れる人びとを迎えているだけあって、質素だが品格をそなえた店構えだ。

テーブル席が格子の衝立《ついたて》で仕切られていた。

茶屋が着いたのを知った原口奈波は、通路に出て頭をさげた。何分か前から待っていたようだ。昼食どきのことだから、席を予約しておいたにちがいない。

通路の左右の仕切りのなかから、話し声や笑い声がこぼれている。

奈波は、二十五、六歳だ。顔もからだもほっそりとしていて、おとなしげな顔立ちだ。

著作家に会って打ち合わせなどをするのが仕事の編集者であるから、大桂社では顔立ちのよさも選考の条件のひとつに加えて、彼女を採用したのではないかと思われる。

「ご遠方から、わざわざご苦労さまでございます」

彼女は、黒い髪を揺らせて、細い指で名刺を差し出した。

彼女は、紫色のメニューを茶屋の前へ置いたが、この店の釜揚《かまあ》げうどんは評判がよいのだといった。茶屋は、それにしてもらいたいといった。

「ビールでも、お召しあがりになりますか?」

「いや、昼間は、遠慮しておきましょう」

茶屋が目を細めていうと、彼女は微笑《ほほえ》んで顎《あご》を動かした。

「おたくの編集長のお話だと、あなたは京都のお生まれだそうで?」

「はい。京都でも北のほうの、鞍馬《くらま》です」

「鞍馬寺のあるところですね」

「実家は、鞍馬駅と鞍馬寺仁王門《におうもん》の中間あたりです。茶屋先生は、鞍馬山へいらっしゃったことがありますか?」

「ありません。そう遠いところではないのに、深山《しんざん》のおもむきのある雰囲気の、大きなお寺だということだけしか知りません」

彼女の上司の編集長は、奈波のことを、『京都において教育を受けた』ともいっていた。

「はい。同銘社《どうめいしゃ》大学美学部を出ました」

なにやら、京都の出版社にふさわしい教育を受けた人のようだ。

奈波推薦の釜揚げうどんが運ばれてきた。太めの真っ白いうどんは檜《ひのき》の樽《たる》に入れられ、四角い皿には小さないなりずしが三つ付いていた。つゆにつけたうどんを一口すすったところで、茶屋の頭にふと、東京・渋谷《しぶや》の自分の事務所が浮かんだ。

事務所には、彼が「秘書」と称している女性が二人いる。その一人は江原小夜子《えばらさよこ》で、二十五歳。茶屋は、「サヨコ」と呼んでいる。彼女の身長は一六二センチ。血液型AB型。細身で、日本人にしては足が長い。タマゴ型の顔で、目鼻立ちがくっきりととのっている。渋谷駅付近の人混みを歩いていても、彼女を見て、ポカンと口を開けて動かなくなる男が、日に何人かいる。明朗《めいろう》で、伸び伸びしているようだが、口やかましくて、少しばかりムラ気な一面がある。

　もう一人は、ハルマキだ。彼女にも本名があって春川《はるかわ》真紀《まき》。歳はサヨコより一つ下。背はサヨコより二、三センチ低い。頬《ほお》も胸もふっくらとした色白だ。おっとりとした性格が面相にもあらわれていて、いつも眠たそうな目をしている。血液型О型。

　サヨコは、事務能力にすぐれている。旅行作家である茶屋が、旅行先で集めた資料、あるいはまだ訪れたことのない観光名所などの資料を整理している。そして彼が手書きした記事なり紀行文を、パソコンに入力して、出版社や新聞社に送っている。

　ハルマキには、これといって決まった仕事はない。サヨコの補佐だが、茶屋が事務所にいる日は、朝から、三人の昼食をなににするかに首をひねっている。なにをつくるかが決まると、買い物に出掛け、一時間は帰ってこない。

　茶屋が、二人を採用するにあたってチェックを怠《おこた》ったことがある。サヨコとハルマキは、大の酒好きだったのだ。ビールでも日本酒でもワインでも、なんでもござれで、飲みはじめたら際限がない。今回の京都・鴨川取材についてもサヨコは、『先生の取材旅行の無事を祈って、今夜は乾杯しましょうね』といったものだ。彼女のいう乾杯は、事務所でおこなうわけではない。渋谷・道玄坂《どうげんざか》の居酒屋がお目あてなのだ。

　その店で二人が注文する肴《さかな》は、市えびの鬼殻《おにがら》焼きと、ふぐの白子《しらこ》と、生ガキ。いまの時季はふぐちりだ。そこで日本酒を三合ずつぐらい飲んで腹がふくれると、道玄坂上の「リスボン」というスナックを、茶屋にねだる。

　サヨコとハルマキが飲みにくると、マスターは、カウンターの内側にしゃがんで電話を掛けはじめる。近くの会社で残業していたり、べつの店で飲み食いしている客を誘うのである。二人が飲みにきているという電話を受けると、三十分以内に最低五人の男は駆けつける。茶屋はそれらの客から向けられている、氷の刃《やいば》のような視線に耐えていなくてはならない。

ゆうべの茶屋は、原稿を書くといって、午後六時きっかりに、サヨコとハルマキを追い帰した。帰り支度《じたく》をした二人は、ドアの横に並んで立つと、白い目で三分ばかり茶屋をにらんでいた。

事務所の二人の顔が頭に浮かんだせいで、釜揚げうどんといなりずしを食べ終えるのが、奈波より遅くなった。

食べ終えた彼女は、使った箸を箸袋にもどし、湯気の立ちのぼる湯呑《ゆの》みを両手で包むようにした。

茶屋は箸を置いて、うどんのうまさをほめ、

「私は、関東の物より、関西の料理の味のほうが好きです」

といった。それは世辞《せじ》ではなかった。

茶屋と奈波は肩を並べて、京都市では最も古い神社のひとつといわれているお稲荷さんの大鳥居をくぐった。稲荷山を背にして、朱塗りの重厚な社殿《しゃでん》が並んでいる。参詣の人たちはぞろぞろと連なっている。紺の制服の中学生らしいグループの姿も目に入った。

「豊臣秀吉《とよとみひでよし》も、このお稲荷さんを信仰していたそうです」

石段をのぼりながら奈波がいった。

「ほう。たびたび参詣に訪れていたということですか？」

「居城の伏見《ふしみ》城には、稲荷大社の流れの満足《まんぞく》稲荷、城郭《じょうかく》風邸宅の聚楽第《じゅらくだい》には出世《しゅっせ》稲荷をまつっていたそうで、身内が病気にかかったりすると、『特に熱心にご祈禱《きとう》を』とか、『病気を治してくれたら、所領《しょりょう》を加増《かぞう》する』というようなことを、お願いしていたということです」

「秀吉らしい。身内の病気が治ると、神様との約束をはたしたんですね」

「それが、どうも、守られたことがないようなので

商売繁盛、五穀豊穣の神として有名な伏見稲荷大社

朱塗りの鳥居が連なる千本鳥居

す」

　二人は、奥社までの朱塗りのトンネルの千本鳥居を通り抜けた。鳥居の一本一本には、奉納した人(会社)の名と年月日が印されている。中学生たちは面白がって、カメラを向け合っていた。茶屋もバッグからカメラを取り出し、真っ赤なトンネルのなかに微笑んで立つ奈波を撮った。

　彼女もカメラを持っていた。「取材中の茶屋次郎氏」とでも付けて、雑誌に載せるつもりなのだろう。

「もともと稲荷の神は、農事守護神だったんですね」

　茶屋は、いくらかは知識のそなえのあるのを見せたくて、奈波の横顔にいった。

「そうです。稲荷の神には作物の増産を祈ってまつられたことから、増収、招福、そして生活保護、病気平癒《へいゆ》、魔除《まよ》けなどを願って、なんでも引きうけてくださる神様に発展していったんですね」

　約二時間かけて「お山巡り」をすると、ご利益があるといわれるが、茶屋と奈波は、千本鳥居を往復してお稲荷さんをあとにした。

　茶屋もだが、奈波のほうも、さしあたって、お稲荷さんにお願いしなくてはならないことはなさそうだ。
　二十五、六歳の奈波は、独身なのか。さっき彼女は、出生地の鞍馬に実家があるといった。そこから四条《しじょう》通に近い中京《なかぎょう》区の大桂社に通うことは可能だろうが、「実家がある」といったのだから、現住所は鞍馬ではなさそうだ。仕事上知り合ったばかりの女性に、「あなたは、お独《ひと》りですか」などときいたら、人柄を怪しまれそうだ。
　彼女は、ベージュのハーフコートを着ている。襟《えり》だけが濃緑のビロードだ。パンツは黒の細身で、踵《かかと》の低い黒靴を履《は》いている。バッグはいかにも仕事用らしいかたちの黒。目を惹《ひ》くほどの色の取り合わせではないが、コートの生地は上質で、念を入れ

紅葉に彩られる東福寺・通天橋

て選んだ物のようである。横顔をちらりと見ると、眉を薄く描いていた。

線路沿いを歩いて東福寺に着いた。

京都五山のひとつであり、京都最大級といわれているが、入口は意外と地味である。これはほかの名刹にもいえることで、練塀《ねりべい》伝いにいくと仁王門があって、中世から伝わる巨大な禅宗建築があらわれる。

臥雲橋《がうんきょう》や通天《つうてん》橋や偃月《えんげつ》橋から、紅葉の谷を眺《なが》めるために先を急ぐ人の列は、お稲荷さんの比ではなかった。

鎌倉時代。ときの摂政関白・九条道家《くじょうみちいえ》が、京都で一番大きな寺を建てたいと希《のぞ》んだことから、一二三六年に着工、じつに十九年をかけ、都最大の伽藍《がらん》を完成させた。寺名は、奈良の二大寺院の東大《とうだい》寺と興福《こうふく》寺からとったという。

茶屋は何年も前に、この寺のいわれをなにかで読み、一度訪ねて一巡したが、紅葉の時季をはずしていた。

奈波も、茶屋に早く散りぎわの紅葉を見せたいといっているように、先に立って人の列を縫《ぬ》ってすすんだ。彼女の歩きかたは、この場に馴れているというよりも、茶屋に気を遣いながらも、なにかに追われていて、群衆のなかへまぎれこもうとしているようでもあった。

本堂と開山《かいざん》堂を結ぶ通天橋の中央部に立った。木造の屋根付きのこの橋が東福寺の名所のひとつだ。橋は洗玉澗《せんぎょくかん》という渓谷《けいこく》を渡っている。この谷は臥雲橋側も偃月橋側も、火がついたように真っ赤である。谷を埋めつくしている楓《かえで》は何千本あるのか、紅《あか》い枝を広げて競い合っていた。

じっと眺めると、それぞれの葉には濃淡があり、黄がまじり、松や杉の緑を画家が絵筆を入れたように溶け込ませている。木を植えた人は、何十年、何百年後かに、晩秋のこの谷を見る人びとを予想していたにちがいない。茶屋は、これほどの紅葉を見たことがなかった。東福寺の紅葉美はきいていたし、ものの本で読んではいたが、この谷の強烈な景観は彼の予想をはるかに超えていた。あまりの紅さと、それの深さに、口を閉じるのを忘れた人たちが右にも左にもいた。

「方丈《ほうじょう》庭園へまいりましょう」

奈波が、茶屋の袖《そで》を引くようにいった。

「八相《はっそう》の庭」と名付けられた近代庭園だ。以前この寺を訪れたとき、苔《こけ》と敷石で市松《いちまつ》模様を描いた北庭に見とれたのを覚えている。枯山水《かれさんすい》の傑作といわれている。

「茶屋先生は、東福寺の『送り鐘』をご存じでしょうね」

「えっ」

彼は、一瞬、なんて答えようかを迷ったが、首をかしげて、恥をしのんで彼女の話をきくことにした。

「八相の庭」と名付けられた近代庭園

苔と敷石を市松模様に配した北庭は枯山水の傑作

「午後十一時四十五分ごろ、常楽庵《じょうらくあん》鐘楼《しょうろう》の鐘が十八回鳴らされます」

「深夜に」

「それは開山以来のならわしなんです。開山に仰《あお》いだ聖一《しょういち》国師は、建仁寺《けんにんじ》の住持でしたので、東福寺でのおつとめがすむと、建仁寺へ移られました。東福寺はこのとき『送り鐘』を撞《つ》き、建仁寺では『迎え鐘』を撞きます」

　人びとが寝床に入るころ、山内の空気を揺らす鐘の音をきいてみたいものだと茶屋は思った。

　八相の庭を眺める人たちは、回廊にしゃがんだりすわったりしていた。

　国宝の三門は、瓦葺《かわらぶき》の入母屋《いりもや》造りで、重層だ。これは室町時代の建築で、日本最古の三門だという。二階には、釈迦如来《しゃかにょらい》像と十六羅漢《じゅうろくらかん》を安置して、天井や柱には明兆《みんちょう》と弟子による極彩《ごくさい》画が描かれている、と奈波は説明した。

　茶屋は、切妻《きりづま》屋根の山廊《さんろう》が両脇に付いている巨大なこの三門を、角度を変えて五、六コマ撮影した。

「いくつかのお堂は、火災で焼失して、再建したが、三門は焼けていないんですね」

　彼は、後ろにいるはずの奈波にいったが、返事がないので、振り返った。

　何人もの観光客が、三門を仰いだりカメラを向けているが、奈波の姿はなかった。トイレにでもいったのか。それなら一言断わりそうなものだがと、彼はあちらこちらを見まわした。

　紅葉を眺める場所とはちがって、見学者がぎっしりいるわけではない。彼女も三門を撮影しようと場所を変えたのだろうか。

　彼は、三門に近づき、彼女から目につきやすいように正面の柵《さく》の中央部に立った。

　十分ばかり経《た》ったが、彼女は彼の視界にあらわれない。彼は一〇メートルばかり歩いたり、また元の場所へもどったりしていた。

　奈波は、電話を受けたのではないか。それで茶屋からはなれて話しているのかもしれなかったが、いつの間にか頭上に広がった黒い雲を彼は仰いだ。

さっき、食事をしたとき、彼女とケータイの番号を教え合っておけばよかったと後悔した。あらためて彼女の名刺を取り出してみたが、ケータイの番号やメールアドレスは刷られていなかった。

茶屋の上着の内側が振動した。電話だ。とっさに奈波からではと思った。が、彼は彼女にケータイの番号を伝えていないし、名刺にも入れていない。

彼の事務所へ掛けてきいたのか。そうだとしたら奈波には、紅葉美で知られる寺の見学に付き合っていられない、緊急事態でも発生して、東福寺の外へ出たということなのか。

「先生。あたし」

サヨコだ。

「その、あたしっていうのは、やめろ。なんだか、安もの飲み屋のねえちゃんみたいだ」

「そう。……京都はどこにいるんですか？」

「東福寺だ」

「紅葉で有名な」

「知ってるんだな」

「あた、いえわたしは、茶屋次郎事務所の第一秘書なんですよ。それぐらいのことは……」

「第一」とは、いつだれが付けたのか。

「通天橋からの眺めは、たしかにきれいだけど、東福寺でわたしがいちばん好きなのは、三門」

いま、三門の前にいるのだ、というと、

「先生、寒いの？　なんだか声が、寂しそうだけど」

奈波の姿が消えてから三十分は経っている。曇り空の下で、黒ぐろとした鎌倉期の建築をじっくりと仰いでいられなくなった。

3

茶屋は、大桂社に電話して「古都観月」編集長の黒沢を呼んだ。

「茶屋先生、お世話になります。きょうはご遠方からご苦労さまでございます。いたらない者をさし向けましたが、お役に立てておりますでしょうか？」

「いたらないどころか、こちらのほうが不勉強で、恥ずかしい思いを。……ところで」

茶屋は東福寺の三門前にいるといい、じつは三十分ほど前から原口奈波がいなくなったのだといった。

「いなくなった、とおっしゃいますと？」

茶屋が三門を撮影している間に、それまですぐ横か後ろにいた奈波が、一言の断わりもなく姿を消したことを説明した。

「そ、それは。……原口は、用足しにでもいって、気分が悪くなったとか……」

考えられないことではないが、彼のそばをはなれるさい、なにかいいそうなものである。

「三十分以上も……」

黒沢はつぶやいた。

茶屋は、寺の警備員に事情を話すことを黒沢に断わった。

「その前に、原口のケータイに、私が」

掛けてみるといった。茶屋は自分のケータイの番号を黒沢に伝えた。

五分ほどして黒沢が電話をよこした。奈波のケータイは通じなかったという。

制服の警備員の姿を認めると、茶屋は駆け寄った。

「いなくなったのは、子供さんですか？」

五十代と思われる男の警備員は、帽子の鍔《つば》に手を掛けた。

「二十五、六歳の女性です」

茶屋は、奈波の服装を話し、身長は一六〇センチ見当だといった。

警備員は電話を掛けた。詰所のようなところがあるのだろう。

「お手洗いへでもいかれて、ここへもどれなくなったんじゃないでしょうか」

場所と道が分からなくなった迷子のようである。茶屋は、奈波の知識と、この寺には何度もきているようだと話した。

警備員はまた電話を掛けてから、一応、東福寺交番へ連絡するといった。それが寺務所の指示のようだ。ここは、東山《ひがしやま》警察署の管内だという。


茶屋は、東福寺交番にいた、五十を二つ三つ出ていると思われる長岡《ながおか》巡査部長と、鉤《かぎ》の手の位置に腰掛けて話しているところへ、黒沢編集長が女性と一緒にあらわれた。茶屋は椅子を立って、二人と名刺を交換した。女性は、「古都観月《こ》」編集部で奈波の一年先輩にあたる的場《まとば》つや子。大桂社は、女性社員の容姿を重視して採用しているのではないかと思うほど、彼女ははっきりとした美しい目をしていて、色白だ。背も日本人の平均より高そうだ。だが、奈波との大きなちがいは、女性警官のような紺の無地のスーツである。リクルートスーツと呼ばれているあれのたぐいなのだ。腹が窮屈ではと思うほど、ボタンを二つぴちっと締めていた。そのぶん、白いシャツの胸はこぼれ落ちそうなくらいはみ出している。剃髪《ていはつ》に衣《ころも》が似合いそうな顔立ちだが、どういう家柄の生まれなのか、胸だけが乳牛《ちちうし》のようである。

茶屋は、長岡巡査部長に話したのと同じことを、黒沢と的場つや子に説明した。二人は顔を見合わせた。奈波の身になにが起きたのかを考えているというよりも、茶屋の話を疑っているといった表情だ。

「本署から間もなく刑事がきますので、茶屋さんは、原口さんのことをもう一度、詳しく話してください」

長岡は、ボールペンを振りながらいった。

茶屋のポケットが振動した。瞬間的に、奈波からの電話ではと思ったが、そんなはずはないと思い直した。

「先生。やりましたね」

意外にも、電話をよこしたのは牧村だった。茶屋は、逃げるように黒い格子戸を開けて交番を飛び出した。

「なんだい、やりましたねとは？」

「事務所の、ちょっとばかり気の強そうなおねえさんに、ききましたよ」

サヨコのことだろう。彼女は、茶屋からきいた東福寺三門前での出来事を、牧村に伝えたのだ。

「伏見のお稲荷さんも、東福寺も、お参りにきているのは善男善女ばかりで、なにも起こらない。空は晴れていて風もなく、晩秋にしては暖かい。お稲荷さんの朱《あか》い鳥居や東福寺の渓谷の紅葉のもようを書いても、そんなことは万人が知っていることで、『女性サンデー』の読者は、あくびもしなくなる。それで……」

「私が策を思いついて、案内役を買って出た女性編集者の姿が、忽然《こつぜん》と消えたことにしたとでも」

「そうでしょ。それでいいんです。つくりごとじゃあないように、うまく書いてくだされば」

「私はいま、災難に遭《あ》っているんだよ。いや、私のことより、案内役を買ってくれた彼女の身が……」

「いいんですよ、いいんです。私は分かってますので」

「なにが、分かってるんだ？」

「『女性サンデー』の読者が、先生の名川紀行を、ハラハラ、ドキドキしながら読む顔を、先生は、読者のその顔が少しでも長つづきするようにと、仕組んだ……。あ、パトカーのサイレンが入りましたが」

「東山署のパトカーが着いたんだ。東山署の刑事だと思う。いまの私は、取り込み中。あんたの妄想のような話をきいているときじゃない」

「彼女には、しばらく出てこないようにして……ほんとは、新聞に載るか、テレビニュースでやるといいですけどね。警察にバレないよう、そのへんは、うまく……」

牧村は、喋りつづけていたが、茶屋は電話を切った。

紺のスーツとグレーのスーツの二人の男が、パトカーから降りた。二人とも申し合わせたようなベージュのコートを着て、前をはだけていた。二人は、薄茶のタイルを貼った東福寺交番が珍しいのか、建物をじっと見てから格子戸を開けた。

茶屋は、二人の背中を追ってなかへもどった。

二人は、やはり東山署の刑事だった。紺のスーツが梅木《うめき》という名で五十歳ぐらい。グレーが羽板《はいた》で、四十歳見当。

二人の刑事は、氏名と、事務所の所在地と、そこの電話番号しか刷っていない茶屋の名刺を摘んで、彼の風采《ふうさい》と見比べるような顔をした。

黒沢が、二人の刑事に名刺を渡すと、茶屋の職業を紹介した。

「テレビドラマで観たことがありましたが、旅行作家という職業の人が、ほんとにいるんですね」

梅木は、あらためて茶屋の名刺を見直した。

「旅行作家のなかでも、茶屋次郎先生は特別です」

黒沢がいった。

「特別というと？」

梅木刑事は、顔の幅のわりに目と口が大きくて、唇が厚い。言葉には関西訛《なまり》がある。

「週刊誌に、茶屋先生が旅行記をお書きになると、掲載された号は完売になるんです」

「それは、特別なことなんですか？」

「はい。めったにないことなんです」

「どうして、完売になるんですか？」

「茶屋先生の旅行記が載るのを待っている読者が大勢いて、発売日にはそれを買う人が列をなす店もあるんです」

「なぜ、週刊誌を買う人が大勢？」

「内容が面白いからです」

「面白い。……どういうふうに？」

「ハラハラ、ドキドキするものですから」

「旅行記でしょ?」

「はい。山とか、川とか、あるいは岬とか、景色のよい観光地とか、あるいは世界遺産とか」

「そういう土地を見て歩いて、風景や特別な食べ物なんかのことを書くんでしょ?」

「そのとおりです」

「なのに、読む人はどうして、ハラハラ、ドキドキするんですか?」

「たとえば、訪れた土地で、茶屋先生が思いがけない事件に巻き込まれる」

「事故でしょ?」

「事件です」

「事件に……」

長い顔をした羽板刑事が、ノートにペンをはしらせた。

「たまたま、そういうことがあったというだけです」


茶屋が、黒沢の口を封じるようにいった。

交番の長岡がパイプ椅子を持ってきて、二人の刑事にすすめた。梅木が腰掛けた椅子は、しばらくのあいだ使われていなかったのか、妙な音を立てた。

「今回と同じように、茶屋さんの取材に同行した人が、蒸発したように、消えてしまったんですか?」

梅木は、水色の箱のタバコを出し、摘んだ一本をポンポンと箱に打ちつけた。

それを見た長岡は、奥へ引っ込んで陶器の灰皿を梅木の前へ置いた。

茶屋は、顔の前で横に手を振り、

「私のことより、原口さんの行方《ゆくえ》をさがすことを、先に考えてください」

「おう、そうやった」

梅木は鼻から煙を吐いた。「そうやった」というと、いままでこの交番へきた目的を忘れていたということか。

「茶屋さんの話だと、原口さんは、ほんの数分のあいだに、三門の前からいなくなったらしい。もしも何者かに連れ去られたのだとしたら、連れ去られる瞬間に、叫び声でもあげたでしょう。三門の前には、見学者たちが何人もいたはずですから、その人たちが女性の悲鳴をきくとか、連れ去られる姿を目撃したでしょう」

梅木だ。

「たしかに」

茶屋は首を動かした。

「目撃者がいないということは、原口さんが自ら、そっと姿を消したものとも考えられます。そうは思いませんか、茶屋さんは？」

「そうおっしゃられれば、そのようにも」

「茶屋さんは、料理屋の野さかで、原口さんと食事をし、伏見稲荷を参拝して、東福寺へ入った。三時間半から四時間ぐらい、原口さんと一緒だった。その間の彼女に、変わったようすは？」

「私は、きょう、初めて彼女に会ったんです。ですから彼女の普段のようすも知りません。変わったようすとおっしゃられても……」

「まわりを、えらく気にしているとか。そわそわ落着きがなかったとか」

茶屋は腕組みをして、食事中の奈波のようすを振り返った。が、奇異な人だと感じた点はなかった。伏見稲荷でも、茶屋の知らないことを話してくれたので、寺院の歴史についてもよく勉強しているなと思ったものだ。声は高すぎもせず、低すぎもせずで、笑みをたたえてもいた。

二人の刑事は、黒沢と的場つや子のほうを向いた。

日常の原口奈波から、犯罪に巻き込まれそうな雰囲気や、ときに怯《おび》えているような表情をしたことはないかなどをきいた。

黒沢は、危険な雰囲気を持っているような人間なら会社は採用しなかったし、入社後に事件に巻き込まれそうな行為があったとしたら、本人に注意していた、と答えた。

つや子は、黒沢のいうとおりだというふうに、首を動かした。そのつや子に梅木が、

「あんたは、原口さんについて、なにか感じたことは？」

ときいた。

「いいえ。真面目《まじめ》な人です。わたしよりずっと上品だし、早く出勤してきます」

「会社の出勤時間は、何時ですか？」

「午前十時です」

「あんたは、それにいつも遅れるの？」

「十分か、十五分です」

なぜなのか、二人の刑事は、つや子の答えをノートに書き取った。

きょうじゅうに奈波から連絡がなかったら、捜索願を出すように、と梅木が黒沢にいった。

4

茶屋は、黒沢が運転する車に乗った。的場つや子は助手席だ。

東福寺交番の前で車に乗ってから黒沢が、奈波の友だちが四条河原《かわら》町のレストランに勤めているといった。黒沢は、交番にいるあいだにそれを思い出したが、刑事には話さなかったのだ。

「高校時代の同級生で、原口はその人とたびたび会っているということでした。私はその店へ原口と一緒にいって、食事したことがあります」

中鉢《ちゅうばち》という姓だと、黒沢はハンドルをにぎっていった。

「わたしも原口さんから、そのお友だちのことをきいています。夏には禊《みそぎ》川に納涼床《のうりょうゆか》を出すお店だそうで、来年の夏にはぜひ一緒にいきたいと話し合っていました」

禊川は高瀬《たかせ》川と同じで、鴨川が水源だ。二本の川は京都の中心地を鴨川の西で並行して流れている。

黒沢は車をとめると、中鉢という女性が勤めている店へ電話して、彼女がいるかときいた。中鉢は電話に応じた。彼は、これから三人で食事にいくが、席を頼むといった。奈波の件には触れなかった。
五、六分走ると、黒沢はまた車をとめた。
鞄《かばん》からノートを出して見ていたが、奈波の親に知らせておく、といって電話を掛けた。彼女が実家へいっていることを期待したのではないだろうか。

電話には奈波の母親が出たようだ。黒沢は名乗ったあと、

「きょう、奈波さんから連絡がありましたか?」

ときいた。

母親は、「ない」と答えたようだ。彼女は、娘の勤め先の上司がなぜそんなことをきくのかと思っただろう。

「じつは、きょう、奈波さんは、東京からお見えになった作家先生を、東福寺へご案内しました。午後四時ごろのことですが、奈波さんは、作家先生に断わらず、東福寺からいなくなったんです」

母親には、奈波がお寺のなかからいなくなったという意味が分からないらしい。

黒沢は、

「私にも分かりません。作家先生にもとんだご迷惑を掛けてしまいました。……そうですか。お母さんにも、お心あたりはありませんか」

黒沢は、東福寺の所轄の警察署には届けたが、もしもきょうじゅうに奈波の消息が分からなかった場合は、捜索願を出すことにするので、承知しておいてほしい、といった。

茶屋は、電話を終えた黒沢に、奈波の親の職業をきいた。

車は河原町通を北へ走っていた。

「原口の実家は、鞍馬のおみやげ屋です」

両親でやっているのだという。

奈波は茶屋と食事をしながら、実家は、鞍馬駅と鞍馬寺の中間地点だと話していた。鞍馬山へいく観光客や信者相手の店だろうから、商売は繁盛しているのではないか。

三人が着いた店は「とと丸《まる》」といって、禊川に沿っていた。奈波の親友だという中鉢あおいが四階へ案内した。規模の大きなレストランで、ビルそのものがとと丸なのだ。カフェと、洋食と、和食のフロアがある。三人のために窓ぎわの席が用意されていた。四条大橋が間近にあった。対岸の南座《みなみざ》の灯《ともしび》が眼下の鴨川に映って、色とりどりの光をゆるい流れが細かく砕いている。大橋のうえは、人と車の連なりだ。京都見物にきた人たちなのか、上流側にも下流側にも、川をのぞいたり眺めたり、写真を撮っている姿がある。

茶屋もカメラを出し、夜の四条大橋を撮った。彼は鴨川取材に訪れたのである。なにごともなかったらいまごろは、奈波と向かい合って盃《さかずき》をかたむけていたものと思われる。もしかしたら奈波は、茶屋との夕食はこの店でと決めていたのではないだろうか。

茶屋は、いくぶん肉づきのいい中鉢あおいに名刺を渡した。

受け取った彼女は、なにを思ったのか、はっとして、彼の名刺を白いシャツの胸に押しあてた。

「そういえば、二週間ぐらい前の『女性サンデー』に、近く鴨川が連載されるという予告が載ってました。奈波からは、茶屋先生にエッセイをお願いしたことをきいてました。その先生が、ここへ、急に……」

なぜ奈波がいないのかと、彼女はつや子にきく顔をした。

「じつは、そのことで」

黒沢がいった。

「お手すきになったら、お話をうかがいたいんです」

茶屋がいった。

あおいは曇った表情になって、三人の顔を見比べた。

あおいは、飲み物をきいた。伏見の酒を一杯飲《や》りたいところだったが、黒沢が車できているのを思って茶屋は遠慮した。

テーブルには、サヨコとハルマキが地団駄《じだんだ》踏んで悔しがりそうな料理が並んだ。なかでもうまかったのは、ふぐの白子焼と、かき松前、蕪《かぶ》えび風呂吹き。

料理を運んできた従業員の後ろに立っていたあおいが、三十分したら手がすくといった。彼女は、さっきよりも蒼い顔をしていた。

黒沢は、食事を終えると、会社へもどるといって帰った。

あおいが、茶屋とつや子を個室へ招いた。店の支配人にでも特別な用事のある客だと断わったようだ。

「こんな時間ですし、そろそろよろしいのでは」

つや子が茶屋に酒をすすめた。

「それでは、一杯」

茶屋がうなずくと、あおいは部屋の電話を掛けた。

酒と一緒に運ばれてきたつまみは、砂肝《すなぎも》の中華煮と、するめいかの一夜干《いちやぼ》しだった。酒もつまみも、あおいおすすめである。ぐい呑みは肉厚の萩焼《はぎやき》だ。しょう油を塗って焙《あぶ》ったいかの匂いが、鼻をくすぐった。

茶屋がつや子に、日本酒でいいのかときくと、

「わたしは、なんでも」

といった。彼女は、さっきの食事のあいだ、酒を我慢していたのではないか。

つや子は一杯飲むと、ぴしっと締めていた上着のボタンのひとつをはずした。二つのうち下のほうをはずしそうなものだが、上のほうをはずした。胸が広く開いた。それまで袋詰めされたように苦しがっ

ていたらしい乳房が三、四センチさがった。今夜はしっかり飲むぞ、とその顔はいっていた。

茶屋はあおいに、奈波が姿を消したときのもようを話した。姿を消したときのもようといっても、茶屋は見たわけではない。話し掛けたが返事がないので、振り向いたら奈波の姿がなかったのである。

どう思うかと、茶屋はつや子の盃に注《つ》ぎながら、あおいにきいた。

あおいは黙ったまま瞳を動かした。ものを考えるときの癖らしい。

つや子が、茶屋の盃を満たした。

「もしかしたら……」

あおいがいいかけたところへ、茶屋のケータイが震えた。

「そちらの塩梅《あんばい》は、どうですか?」

牧村だ。

茶屋は、対岸の灯を映して流れる鴨川を向いた。

「いま、大事な話をしている最中なんだ」

「警察署にいるんですか?」

「四条大橋近くのレストランだ」

「鴨川のどっち側ですか?」

「右岸だ。禊川というのを、あんたは知ってるか?」

「茶屋先生。そのききかたは、私が京都をまったく知らないとでも」

「知ってるんだね」

「四条大橋に近い鴨川右岸といったら、いま先生がいるところは、中京区先斗町《ぽんとちょう》じゃないですか」

「正確な所在地は、そういうことになるのかな」

「またまた、とぼけて。そこはレストランじゃなくて、クラブでしょ。この前、保津川へいったとき、私は先斗町のクラブ、なんていう店だったっけ。女のコの名は覚えてるんだけど……」

「あんたは酔ってるな。歌舞伎町にいるんだろ?」

「あたり。どうです。久しぶりに一緒に飲りましょうよ」

京都名物の川床が連なる先斗町

「なにいってるんだ。私はいま、京都なんだよ。仕事中なんだ。大事な話し合いの最中……」

「話し合いっていうことは、だれかと？」

「昼間、東福寺であった一件を、あんたはすっかり忘れてしまったんだね」

牧村は喋りつづけていそうなので、茶屋のほうから終了ボタンを押した。三分も経てば牧村は、茶屋の存在も、茶屋がどこへいっているかも、電話したことも、風にさらわれたように頭から消え去るにちがいない。

5

あおいは、奈波に関してなにかに思いあたり、「もしかしたら」といったのだが、そこへ酒に酔って前後不覚になる直前症状の牧村が、電話をよこしたのだった。

茶屋は、奈波に関する話し合いを中断させてしまったことを、あおいに謝った。

「わたしは詳しいことを知りませんけど、奈波は、お兄さんのことで悩んでいたようです」

「お兄さん。……彼女は何人兄妹ですか？」

「お兄さんがひとりだけです」

奈波の兄は、彼女と同じで何年か前に実家を出て、京都市内に住んでいたのだが、現在行方不明になっているらしい、とあおいはいった。

「行方不明。……奈波さんもご両親も、お兄さんの行方をさがしていたんでしょうね？」

「奈波はわたしに、お兄さんのことを話しておきながら、行方についての心あたりには、言葉を濁《にご》しました。親しいわたしにも詳しく話すのを、ためらっていたようでした」

「奈波さんは、お兄さんが住んでいたところを知っていたんですね？」

「知っていたと思います。お兄さんに電話が通じなくなったので、住所へいってみたらいなかったし、連絡もないようでした」

「お兄さんは、独身でしたか？」

「そうだったと思います」

あおいは奈波の兄の壮亮《そうすけ》には、高校時代に会ったきりだという。あおいと奈波が高校生のとき、壮亮は大学生で、実家に住んでいた。

「大学は、どこでしたか？」

「同銘社大です。奈波も勉強ができたので、同じ大学を選んだんです」

「二人とも、優秀なんですね」

茶屋がいうと、あおいはうなずき、壮亮と奈波のことを、両親にとっては自慢の息子と娘だったようだといった。

つや子は、酒を一口飲むと、ノートにメモを取った。一合や二合の酒で酔うようなヤワではない、といっているようだ。

茶屋は、少しばかり顔が火照《ほて》ったのを感じたが、素面《しらふ》と変わっていないつや子を見て酒を頼んだ。

あおいは、追加の酒と一緒にケータイを持ってきて、奈波の実家へ掛けた。

「おばさん。あおいです」

あおいの挨拶をきくと、彼女は奈波の両親にしばらく会っていないようだ。奈波の母親と四、五分話していた。

背中を向けて、奈波の母親と四、五分話していた。

「奈波は、この前の日曜に鞍馬へきたけど、べつに変わったようすはなかったと、お母さんはいうてます」

実家をはなれて暮していた息子と娘が、行方不明になった。鞍馬の原口家の今夜は眠れない夜になるのではないか。

茶屋は、あおいに奈波の住所をきいて、ノートに控えた。左京《さきょう》区銀閣寺《ぎんかくじ》町。

つや子は、奈波の住まいへいったことはないが、閑静な住宅街の一角だときいているといった。

京都市内には、寺院の名が町名になっているところが何か所もある、と茶屋は友人にきいたことがある。その友人の住所は、左京区南禅寺《なんぜんじ》だ。

茶屋のジャケットの内ポケットが、また震えた。牧村の電話だろう。彼は、新宿歌舞伎町の「チャーチル」というクラブで飲んでいるはずだ。そこには、彼がぞっこんのあざみという名のホステスがいる。あざみは、何代か前に外国人の血が混ざったのではないかと思われるくらいヒップの位置が、日本人の平均よりはるかに高いし、長身だ。酔いのまわった牧村は、あざみの手でもにぎって眠ってしまっているだろうと思うが、電話をよこすところをみると、酒が臓器の隅ずみにまではまわっていないらしい。

「うん?」

モニターに映った番号を見て、茶屋は首をかしげた。[衆殿社《しゅうでん》・牧村」ではないし、番号の末尾が一一〇である。

「こちらは、渋谷警察署の生活安全課です」

相手の男はそういった。三十代見当の声だ。

渋谷署といったら、茶屋事務所を管轄する警察だ。夜も十時だというのに、警察からとは。瞬間的に、火災を想像した。彼の事務所が入っている古いビルが燃えたのではないか。だとすると、何年もかけて集めた資料もパソコンも焼けてしまったのか。それだけではなく、焼け跡から黒焦げだが女性と分かる遺体が発見された。なぜかその遺体の氏名がすぐに分かった。サヨコかハルマキ。それとも二体。そして茶屋のケータイの番号も判明した。サヨコとハルマキは、からだが焼けて炭のようになっても、茶屋の電話番号だけは消えない物を身に付けていたということなのか。

「茶屋次郎さんですか？」

相手は、椅子に腰掛けているのか、落ち着いた声だ。

「茶屋です」

彼は、つや子の盛り上がった胸に視線の先をあてて答えた。無意識にそこへ目がいったのだ。

「江原小夜子さんを、ご存じですか？」

「知っているどころか、私の事務所に勤めている者です」

彼の語尾が震えた。股を広げて黒こげになったサヨコの遺体が、目に映ったからだ。

「いま、江原さんに、署にきてもらっているんです」

「生きているんですか？」

「どういう意味ですか？」

警官の声の調子が変わった。

「いや、いや。江原がなにか？」

「道玄坂上で、男同士の喧嘩《けんか》がありまして、酔っぱらい同士です。しかし殴り合いで、双方とも顔を切ったし、鼻血を出していました」

そんなことは、渋谷でも、新宿でも、池袋《いけぶくろ》でも、毎晩あるのではないか。

「喧嘩した男のどっちかが、江原の知り合いだったとでも？」

「そうじゃない。江原さんは、殴り合いの喧嘩をした人の知り合いじゃなかったようです。現場を通りかかっただけのようです」

　そういう者が、どうして警察署にいるのか。

「江原さんは、殴り合いをしている二人を見て、倒れたほうに近づいて、『ひるむな』とか、『やり返せ』と、けしかけたんです」

「江原も、酒を飲んでいたのでは」

「ええ。少し酔っていました」

「喧嘩を見て、負けそうになったほうを、応援しただけでしょ?」

「ボクシングの試合じゃないんですから、応援したり、けしかけたりしては、いけないんです。現場助勢の罪になりますし、応援されたほうは立ちあがって、相手の股間を蹴って一時、動けなくした。したがって江原さんは、傷害幇助《ほうじょ》犯なんです」

「男同士の喧嘩を見ていたのは、江原だけじゃないでしょ?」

「二十人ぐらいいました」

「江原が、弱いほうを応援したのを見た人は?」

「七、八人です。そのうちの半数ぐらいが、江原さんの応援に助勢しています」

「そいつらは、罪にならないんですか?」

「なりますが、だれがどう応援したのかまでは……」

「いま、江原はどうしているんですか?」

「ソファで眠っています」

「一発、殴ってください」

「そ、そんな。雇《やと》い主のあなたが、なんていうことを」

「私のケータイの番号が、どうして分かったんですか?」

「江原さんが、ケータイを出して、『この人に掛けろ』といったんです」

　警官は、サヨコが目を覚ましたら帰宅させるといった。

茶屋は、鴨川に近く、大桂社にも近い河原町通のホテルに泊まることにした。いったん会社へもどるといったつや子を、タクシーで送った。彼女はまるで素面のようだった。深夜近いのに、これからひと仕事できそうである。

ホテルのロビーには、欧米人と思われる団体が立ち話をしていた。京都は外国人にも人気のある国際都市なのだ。

二章　鴨川《かもがわ》デルタ

1

　茶屋は、加茂《かも》大橋の中央部に立って北を向いた。賀茂《かも》川と高野《たかの》川の合流地点である鴨川デルタで、四、五人の子供が遊んでいる。両方とも浅瀬で岸辺を飛び石でつないでいるのだ。二本の流れはここで合流すると京都の顔といわれている鴨川になって、市街地を南に貫流しているのである。上流の賀茂川と、高野川に架かる橋が見え、それの中央奥にこんもりとした森があって、黄色い葉がまざっている。下鴨《しもがも》神社（加茂御祖《かもみおや》神社）の糺《ただす》の森だ。

　上賀茂《かみがも》神社を上社、下鴨神社を下社と呼び、どちらも加茂氏の氏神で、五穀豊穣《ごこくほうじょう》を願った豪族の信仰の象徴だった。京都では最も古く、朝廷、公家《くげ》、武家の崇敬《すうけい》が厚かったとされている。いまは世界遺産だ。二筋のせせらぎにはさまれた神域を参詣する人は、四季を問わず列をなしているはずである。

　ここに原口奈波がいたら、平安京以前から辺り一帯を支配していた、豪族にまつわる話をきけたかもしれなかった。

　茶屋は、高野川左岸の出町柳《でまちやなぎ》駅から、叡山《えいざん》電鉄の水色の電車に乗った。鞍馬へ向かう、二両連結のワンマンカーだ。乗客は二十人ほど。小型リュックを背負ったカップルが二組いた。

　途中駅で乗客は一人二人と降り、いつの間にか、リュックを背負った二組と茶屋だけになった。そのうちの一組は、ハイキングをするのか貴船口《きぶねぐち》で降りた。貴船口から終点の鞍馬までは谷川の風情《ふぜい》のある鞍馬川に沿っていた。

　駅舎は寺院を思わせる造りで、外へ出たとたんに、ぎょっとした。紅葉の楓のなかから天狗《てんぐ》が赤い鼻をにょきっと突き出していた。

「この付近は古来から天狗が棲《す》みつき、出没、牛若《うしわか》丸《まる》（義経《よしつね》）はここで鞍馬の天狗をはじめ高雄《たかお》・愛宕《あたご》の天狗などから武芸を教わったと伝えられる」

と、案内板にある。

それを読み終えぬうちに電話が入った。

サヨコだった。

「先生、おはようございます。取材旅行、ご苦労さまです」

声も言葉遣いもいつものサヨコらしくない。

「渋谷署の、ブタ箱にいるんじゃないのか」

「まさか。……ブタ箱にいる者が、電話できるわけないでしょ」

「そうでもないぞ、最近は。刑務所の受刑者が、刑務官のケータイで外部の者と連絡を取り合った例がある」

「わたしは、ちゃんと事務所にいます」

いつものサヨコらしい声になった。

「おまえ、ゆうべのことを、覚えていないんじゃないのか？」

「覚えています。渋谷署へいったことでしょ」

「なぜ連れていかれたのか、覚えているのか？」

「ちょっと一杯飲《や》って、店の外へ出たら、男が殴り合いしてたんで、それを見てたんです。家へ帰って、父に話したら、最近は、外で殴り合いの喧嘩するやつは珍しい。昔は一晩に二つも三つも取っ組み合いを見たものだといってました」

「おまえの親は、どこに住んでいたんだ？」

「いまと同じで、新小岩《しんこいわ》の駅の近く」

「連れられていった渋谷署で、眠っていたらしいじゃないか」

「おまわりさんから、いろんなことをきかれてるうちに、眠っちゃったみたい」

「ゆうべ、おまえは、犯罪を犯したんだぞ。たぶん近いうちに罰金の請求書が届くと思う。……おまえ

賀茂川と高野川の合流地点・鴨川デルタ

牛若丸に武芸を教えたとされる鞍馬天狗

はしばらく、外で酒を飲むな。同じようなことを何回も繰り返したら……」

「クビ?」

「ハルマキは、なにしてるんだ?」

「きのうから頭が痛いっていって、早く帰って、きょうも少し遅れるって、いま電話がありました。……先生こそいまは、警察署じゃないんですか?」

茶屋はこれから、原口奈波の実家を訪ねようとしているところだといった。

「原口さんという編集者は、ゆうべは、ついに帰宅しなかったんですか?」

「酔っぱらって、喧嘩の加勢をして、警察に捕まった女は家に帰ったが、勤勉実直な京都の女性は、天に舞いあがったか、地にもぐったのか……」

電話は、サヨコのほうから切れた。

道路はゆるやかに登っていた。人影はまったくない。

原口家はすぐに分かった。年数を経た木造二階建てで、一階が「天狗庵」というみやげ店だ。「鞍馬特産木《き》の芽煮《めだき》」という大きな札がさがっている。

きのう、娘がいなくなったのだから、ひょっとしたらきょうは臨時休業かと思ったが、店は開いていて、客らしい人が入っていた。奈波の父親か母親がいるようだ。

茶屋は、天狗庵の前を素通りして鞍馬寺の仁王門までいった。長い石段の手前右側に駐在所があった。ここは下鴨警察署管内だった。

茶屋は、「鞍馬弘教《こうきょう》総本山鞍馬寺」と太字で書かれた仁王門まで登って、手を合わせた。

本殿までは九十九折《つづらおり》の参道があり、ケーブルカーを利用すれば多宝塔《たほうとう》まで登れることになっている。見あげると霊験《れいげん》あらたかな深山のおもむきがある。鬱蒼《うっそう》たる緑樹のなかに紅と黄の斑《ふ》が点々と散り、絵画を見ているようだ。

急に甲高《かんだか》いざわめきがきこえはじめた。それの正体はすぐに分かった。山内の近くに保育園があるのだった。

天狗庵の店の奥には六十歳ぐらいと思われる男がいた。茶屋が名刺を出したので、男はあわてるように引き出しから名刺を取り出した。奈波の父親で秀一郎《しゅういちろう》という名だった。天狗庵を継いで四代目だという。

秀一郎は、きのう奈波が東福寺へ茶屋を案内したことを知っていた。

茶屋は、奈波と一緒にいながら名刹の建築物に目を奪われ、注意を怠っていたと父親に謝った。

「いえいえ。先生にはなんの責任もありません。ご迷惑をお掛けしたのは、奈波のほうです。いったいなにがあって、どこへいったのか……」

白い髪のまじった秀一郎は、眉間《みけん》に深い皺《しわ》を立て、妻はけさ東山警察署へ向かったといった。

茶屋は素知らぬ顔をして、奈波の兄妹は何人いるのかときいた。

「兄が一人いるだけです」

そういった秀一郎は、客が入ってきたわけでもないのに、外へ視線を逃した。

「では、お店の跡継ぎがいらっしゃるわけですね」

「この店を、やれるかどうか……」

「息子さんは、こちらのお仕事に従事されていらっしゃるのではないんですか?」

「いまは、会社勤めをしています」

茶屋は顎を動かし、京都の観光名所で四代も五代もつづく店をやれる家はうらやましいといった。

「この鞍馬も、昔ほどではありません。私の子供のころは、桜の咲く時季など、道路を埋めるくらい参詣の人があったものです。うちでは六年前まで、隣でそば屋をやっていたんです。従業員が四人いました。……もう紅葉も終りですが、盛りのころいい天気つづきだったのに、お客さんはまばらでした」

彼は、娘の行方よりも店の存続のほうを気にかけているような話しかたをした。だが腹のなかでは、奈波の行方が気がかりの渦《うず》を巻いているのではないのか。

　茶屋は、奈波の行方が早く分かることを願っているといって店を出ると、駅のほうへもどった。

　駅のすぐ近くに、「甘味と珈琲《コーヒー》」という看板の出ている店があったのを思い出した。

　その店から、長いレンズのカメラを首に掛けた中年男が二人出てきた。鞍馬寺を撮りにきたのにちがいない。

　茶屋は、鞍馬駅舎と、巨大な天狗を斜めから撮って、カフェへ入った。

　店内には、鞍馬山の四季の写真がパネルになって飾られていた。この山は桜の季節もみごとな色彩を浮きたたせるようだ。パネルのなかには、映画やテレビドラマに、しばしば出演している俳優が写っているのもあった。

　カフェの客は、五十代に見える女性の三人連れ。彼女らの前には黒い椀があるから、ぜんざいを食べたようだ。どこへいっても見かける光景だが、中年女性のグループはよく喋り、よく食べる。なにを話し合っているのか、銀色の歯をのぞかせて笑っている。

　茶屋は三、四十分、時間つぶしをした。

　コーヒーを一杯飲んで店を出ると、駐在らしい白ヘルの警官がバイクで走っていた。

　彼は、天狗庵の一本裏側の細い道へ入り、原口家の勝手口と向かい合う格好になっている民家を訪ねた。

　声を掛けると、天狗の血筋ではと思われるような赤い顔の主婦が出てきた。

　彼は、原口家のことをききたいといった。

「なんですやろ?」

　主婦は、茶屋の素性《すじよう》を確かめる目をした。

「ご家族は、ご夫婦と、息子さんと、娘さんということですが」

「奈波さんに、縁談ですかいな?」

鞍馬寺の仁王門

本殿につづく九十九折の参道

「よくお分かりになりましたね」

「それぐらいのことは。お年ごろですよって」

茶屋は、にこりとして見せた。

主婦は、来客用にいつも置いているらしい小型の座布団をすすめた。

「奈波さんは、大学を出はると、京都では有名な出版社に就職しはりました。一年ぐらいはここから通勤してはりましたけど、夜遅うなることのある仕事やいうことで、通勤に便利なとこやと思いますけど、部屋を借りてはるいうことです」

茶屋は、「そうですか」といいかけたが、縁談だと思い込ませた手前、奈波が親元をはなれていないのを知らない、というのはおかしいので、うなずくだけにした。

「息子さんは、壮亮さんというお名前ですが、ご両親とご一緒なんですね?」

主婦は、首をゆるく横に振った。赤い顔がいくぶん曇った。

「ええ加減なことをいうのもなんですよって、はっきりお話ししますけど、壮亮さんは、奈波さんとちごうて、ちょっとばかり出来のようない息子さんやゆうことです」

「奈波さんとは、三つちがいということですが」

「うちの息子と同い歳ですのんで、二十九ですわ。うちの息子は、丹後《たんご》の宮津《みやづ》から京都へ出てきてはった人と二年前に結婚して、この近くに住んでいて、子供がいます。月曜から金曜までは、帰ってくるんが九時ごろになるんですけど、鞍馬をはなれて暮すことを考えたことはないらしうて、朝早う、電車に乗って通勤してます」

「会社にお勤めなんですね」

「会社いうか、お店ですわ」

「感心ですね」

「娘が三人いてるんですけど……」

主婦は、子供たちの暮しぶりを細かく話しそうなので、茶屋は横を向いて、咳を五つばかりして胸を撫《な》でた。

「お水でも差しあげましょか?」

「いえ、大丈夫です。……壮亮さんも、ご両親と同居ではないんですか?」

「壮亮さんも大学へはすすまはったんですが、中途でやめて、就職しはったいうことです。どこに住まはって、なにをしてはるのか、もう四年か五年、いえもっと、姿を見てません。わたしが奥さんに、壮亮さんのことをききましたら、困ったような顔して、話を逸《そ》らしはりましたわ。……だいぶ前に人からきいた話では、行方不明やいうことでした。確かなことは知りまへん」

「京都には、いないということでしょうか?」

「さあ、それもよう分からしまへん」

「壮亮さんは、奈波さんより出来がよくないと、さっき奥さんはおっしゃいましたが、学生のころから素行についての噂《うわさ》でも?」

「折角《せっかく》入った大学を中途でやめたし、行方不明いう噂がある人ですのんで、そういうただけです」

主婦はもっと壮亮に関することを知っていそうだが、初めて会った人にあまり喋らないほうが賢明だと気づいてか、次第に声が小さくなった。

薄暗い廊下の奥からまるまると肥《ふと》った三毛《みけ》猫が出てきて、腹がへったのでなにかくれ、とでもいうように主婦の顔を見て一声鳴いた。主婦は猫の頭を撫でた。猫は後ろ足で首を掻《か》くと、廊下へ横になった。腹の毛が薄くて白く、ピンクの乳首がいくつも見えた。乳を吸っている仔《こ》がいるようだ。

2

ハルマキから「手がすいたとき、電話お願いします」とメールがあった。

茶屋は鞍馬駅で、出町柳行きの電車を待っていた。

「なにか急用か?」

ハルマキに掛けた。

「先生、こんにちは。けさは出勤が遅れてしまって、すみません」

「風邪か。それとも、インフルエンザにでも」

「そんなんじゃないと思います。月にいっぺんぐらい、こういう日があるんです」

「用事は？」

「あ、そうそう。先生、いつ帰ってくるんですか？」

「私は、きのう京都へ着いたんだぞ。本格的な鴨川取材は、これからだ」

「わたし、何日も先生に会ってないみたいだったから」

「おまえは一度、大きな病院の心療内科にでも診《み》てもらったほうがいい。いつも眠そうな目をしているのは、脳に曇りがあるのかも」

「そうかしら。脳に曇りがあると、どうなるんですか？」

「眠っても眠っても、目が覚めないし、ものごとを正常に判断する機能に障害が生じるんじゃないかと思う」

「ふうん。先生にお願いがあるんです。先生、京都にいるんでしょ？」

「私の旅行先ぐらい、ちゃんと覚えとけ」

「今度のお正月に、友だちと着物着て、初詣《はつもうで》にいくことにしたんです」

「和服を着るのは、初めてなのか？」

「成人式に着たきり」

「それで？」

「帰るときでいいから、忘れずに、簪《かんざし》買ってきてほしいんです。友だちが、京都には舞妓《まいこ》さんのつける簪の店があるはずっていったんです」

「それは、ある。予算は、何万円なんだ？」

「ええっ。何万円もするの？」

「最低でも四、五万は」

冗談である。

「知らなかった。じゃ、考えとく」

「サヨコは、なにしてるんだ?」

「十分ぐらい前に、美容院へいきました」

「勤務時間中に、美容院はないだろ」

「サヨコは、一か月ぐらい前に予約してたんです。赤木《あかぎ》サメサがかかってる店で、予約が取りにくいんです。たぶん帰ってくるのは夕方だと思います」

「ゆうべ、サヨコは警察に捕まったんだが、知ってるか?」

「知りません。なにやったんですか?」

「やつは、美容院じゃなくて、渋谷署へいったんじゃないのかな」

水色の地に、木の枝か葉っぱの絵を描いた電車が到着した。さっきカフェでぜんざいを食べながら話し合っていた女性の三人連れが乗った。カフェでは話し足りなかったのか、三人はすいた車内の中央部で、抱き合うようにかたまって喋りはじめた。いまにリュックから紙袋でも取り出して、なにか食べそうだと茶屋はみていた。肉づきのいい二人にはさまれている人は、狐のように口も顎もとがっている。その人の声はよく通り、茶屋の耳にも届いた。

三人は昨夜、くらま温泉に泊まったようだ。温泉地だと思っていたら、宿は一軒だけだった。温泉は宿舎とは別棟で、風呂場は広くて、露天風呂で満天の星を見あげることができた。酒を飲んで、ぬるめのお湯に長く浸《つ》かっていたせいか、立ちあがったとき、めまいを覚えた。あそこで倒れたら、どういうことになっていたか、などといって、口に手をあてずに笑っている。言葉をきいていると、関西の人たちではなさそうだった。

茶屋は雑誌に、温泉地のエッセイを書くので、今回の旅行中、くらま温泉に一泊することも考えていたが、彼女たちの話をきいていて、どんな宿なのかの見当がついた。忘れないうちにと、それをメモした。

昨夜会った、レストラン・とと丸の中鉢あおいから電話があった。

何年か前の原口壮亮の住所を書いたものが見つかった。現在は住んでいないと思うが、参考になれば、といった。

壮亮は行方不明といわれているのだから、そこに住んでいるはずはなかろう。しかし、何年か前にいたところなら当時の暮しぶりを知ることができる。行方不明になるヒントを、その場所で拾えないとはかぎらない。

茶屋は彼女に、貴重な情報だといった。

「先生と、またお会いできる機会があるといいですね」

彼女は、名残《なご》り惜《お》しげにいった。

以前、壮亮が住んでいたところは、左京区鹿《しし》ヶ《が》谷《たに》。

地図でその町名をさがした。さがしあてることができないうちに、大桂社の的場つや子から電話が入った。

茶屋が鞍馬からの帰りの電車に乗っているのだというと、彼女は、出町柳駅で落ち合いましょうといった。

茶屋の取材の案内役が、奈波からつや子に代わった。奈波は、鴨川だけでなく、彼が関心を持っている社寺を案内するのが目的だったが、思いがけない事件発生により、つや子は彼とともに、同僚の行方さがしをすることになったようだ。茶屋にとっては、単独で不案内の場所を歩くよりも、京都の地理に通じている人と一緒のほうがなにかと便利だし、話し相手にもなる。もしかしたらつや子は、奈波同様、京都名所の歴史に通じているのかもしれない。

茶屋は、昨夜のとと丸でのつや子の飲みっぷりを思い出した。日本酒を、ぐびっ、ぐびっと飲っていたが、顔色は少しも変わらないし、話しかたも、飲む前と同じだった。食事がすむと、彼はホテルへ向かったが、彼女は会社へもどった。仕事が残っているようだった。

出町柳駅の改札口を出たところへ、つや子は息をはずませて着いた。

「原口さんについて、なにか情報は？」

茶屋がきいた。

「なにもありません。あ、けさ、原口さんのお母さんが会社へおいでになって、編集長と一緒に警察へいかはりました」

奈波の母親は、晴江《はるえ》という名だという。

「お母さんは、奈波さんについて、なにかいっていましたか？」

「なにも。……普段から口数の少ない人なんでしょうか、『ご迷惑をお掛けしました』とおっしゃっただけで、涙ぐんでいました」

茶屋は、あおいが教えてくれた壮亮の前住所のメモを見せた。

「そこ、法然院《ほうねんいん》の近くや思います」

といった。

「法然院……」

寺名だけは知っている。

「法然上人開祖の古いお寺で、哲学の道沿いにあります」

哲学の道もきいたことがあるが、なぜその名があるのかを思い出せず、茶屋は額を二つ三つ叩いた。

「哲学者の西田幾多郎《にしだきたろう》が毎日、思索にふけりながら散策したことから、その名がついたんです。法然院には法然上人の木像がありますし、重要文化財指定の、狩野《かのう》、ええと、狩野……」

彼女も拳《こぶし》を額に打ちつけた。

「狩野光信《みつのぶ》でした。光信の襖絵《ふすまえ》が残っているんです」

この人も、奈波に負けず劣らず記憶力にすぐれているのだろう。大桂社は、女性社員を容姿で選んだのではないらしい。

茶屋の頭に、サヨコとハルマキの姿が浮かんだ。

二人とも、月曜から金曜まで出勤してはいるが、精勤を旨《むね》としているとは思えないし、ハルマキの知識にいたっては、正規の教育を受けているのかと、疑いたくなることもある。

　そういえばハルマキは、わざわざメールを送ってきて、正月に和服を着るつもりなので、簪を買ってきてもらいたいといった。彼女が朝、目を覚ましてまずすることといったら、きょうはなにを着て出勤するか、昼食はなににするか、ではないか。その前に、ベッドをはなれるとき、下着のかたちと色に五分や十分は迷うような気がする。

「茶屋先生は、お昼を召しあがりましたか?」

　道路へ出る階段で、つや子がきいた。

「まだです」

　午後一時に近い。そろそろ腹の虫が催促《さいそく》しはじめるころではあった。

「では、この近くにおいしいうどん屋さんがありますので」

　大桂社は、執筆者との昼食にはうどんをすすめる決まりになっているのか。

　つや子が指差した店はビルの一階だが、引き戸とのれんは年数を経ていそうだ。

　つや子は茶屋の前へ、布張りのメニューを置いたが、この店の釜揚げうどんは評判がよいのだと、きのう伏見稲荷の近くの店で奈波がいったのと同じことをいった。

「では、それを」

　つや子はにこりとすると、大きな声で従業員を呼んだ。

　きょうの彼女は、黒の丸首シャツの上に白と藤《ふじ》色の格子模様のセーターに、たっぷりとした裾幅のブルーのジーンズ。歩くことを予想してきたらしい服装だ。セーターがゆったりしているせいか、豊かな乳房は黒いシャツの内側に静かにおさまっているようだ。

　樽に入った太めのうどんには、小さないなりずしを三つ盛った皿が付いていた。きのうの店とのちがいは、漬け物の小鉢《こばち》が付いている点だった。

勿論《もちろん》、茶屋は、きのうも同じ物を食べたとはいわなかった。京の味は自分の口に合っていると、彼はきのう奈波にいったのと同じことをいいながら、艶《つや》があって腰のあるうどんをすすった。

3

つや子と一緒に乗ったバスは、京都大学のキャンパスを突き抜けるように走り、銀閣寺に近い停留所で乗客の半数ぐらいを降ろした。

奈波の住所は銀閣寺町だったと、茶屋がつや子にいうと、そこへはあとで寄ってみたい、と彼女はいった。

法然院は東山山麓《さんろく》の樹木に埋まっていた。山門は茅《かや》葺きで、ひっそりとしている。山門をくぐっていったのは、二人連れの女性だけだった。

原口壮亮が住んでいたというアパートは、塀で囲った古い民家にはさまれていた。黒い幹の枝ぶりのよい松がアパートの窓を這《は》うように伸びている。松や楓やどうだんつつじの庭のある家が、アパートの家主だった。

真っ白い髪をした主婦に会った茶屋は、行方不明の原口壮亮をさがしているのだといった。

「それは、ご苦労なことで」

縞大島《しまおおしま》の着物を仕立て直したと思われるちゃんちゃんこの主婦は、座布団を出して、茶屋とつや子を上がり口にすわらせた。その板の間は磨きあげたように光っていた。

主婦は、皺の寄った手の指を折った。

「原口さんがアパートへ入りましたんは、八年前。ほぼ三年のあいだ住んでおりましたけど、ある日突然に……」

なにが起こったのか、白い髪の主婦は小さな目をしばたたいた。

茶屋はノートをめくった。

「壮亮さんは、いま二十九歳なので、入居は二十一のとき」

「そないなりますか」

壮亮の顔や姿を思い浮かべているのか、おっとりとした話しかただ。

「学生だったんでしょうね?」

「学生……」

彼女はそこで言葉を切ると、茶屋とつや子の素性をさぐるような目をして、

「わたしの話したことを、どなたかに話さはるんですか?」

と、やや上目遣《うわめづか》いをした。

「いいえ。彼の行方をさがすために、そのヒントになればと、お話をうかがいに……」

主婦は、目の色を和らげた。

「原口さんは、学生さんやいうことでしたけど、アパートに住まわはって一週間ぐらいすると、女の人を泊めるように。……いいえ、その女の人は、原口さんの部屋へ住みついたんです」

「その女性も、学生でしたか?」

「どこかに勤めているようでした。うちでは、独りということで原口さんに部屋を貸したんで、女の人と住むんやったら、そないようにいいといいましたとこ、原口さんは、断わらんとすまんかったいうて、何遍《なんべん》も頭をさげました。おとなしそうやし、やさしげな顔のぼんやさかい、女の人には好かれるやろ思いました」

主婦は、自分の息子の自慢でもするように、柔和《にゅうわ》な表情になった。

茶屋は、壮亮と一緒に暮していたのはどんな女性だったかときいた。

「ちょっとキツそうな目をしとったけど、器量もスタイルもいい人でした」

「その女性は、昼間働いていたんですね?」

「水商売や思わはったんやろけど、ちがいます。毎朝、ちゃんと出ていかはりましたし、夏は明るいう

銀閣寺から眺める京都の街並み

ちに帰ってきはりました」

　壮亮は、大学生ということで入居したのだが、学生でないことが家主にはすぐ分かった。何日間も部屋でごろごろしているようであり、夕方出掛けて、朝方帰宅する日があったりした。

　壮亮の母親が手みやげを持って家主に会いにきた。その顔を見て家主は、壮亮が母似であるのを知った。晴江という名の母親は、壮亮が大学を中退して会社勤めをしていると語った。家主は、お節介《せっかい》と思われるだろうが、壮亮は普通の会社員には見えないと話した。その日、晴江は夕方までいて、壮亮と女性に会った。息子の彼女には初めて会ったようだった。

　壮亮の入居から二年経ったころ、同居していた女性の姿が見えなくなった。家主は、女性はどうしたのかを壮亮にはきかなかった。

　女性の姿が見えなくなってから一年ほど経ったある日から、壮亮が姿を消した。正確にはそれが何日かは不明だったが、彼が確実に帰宅していないのを知った家主は、鞍馬の実家へ電話した。『知らなかった』といって、晴江が訪れた。

晴江は、一年ほど前から壮亮が独り暮しであったのも知らなかったといった。両親は、女性の身元に関しては詳しい情報を持っていなかったようだった。家主から合鍵を借りた晴江は、壮亮の部屋へ入った。だが、どこへいったのか手がかりはつかめなかったもようで、しばらく部屋をそのままにしておいてといって帰った。

晴江が訪れて間もなくのことだが、家主方へ刑事がきて、壮亮と、同居していた女性のことをきいていった。

「刑事の聞き込みの目的は、なんでしたか？」

壮亮に関しては鮮明な記憶があるらしい主婦に茶屋はきいた。

「警察の人は、卑怯《ひきょう》でしてねぇ、原口さんになにがあったのかききましたら、『ちょっと』とか、『参考までや』いうて、教えてくれませんでした。それやのに、原口さんと女性の日常なんぞを、根掘り葉掘りきかはりました」

「女性の日常で、奥さまがお気づきになったのは、どんなことでしたか？」

「あんさんも、いろんなことを、ようおききになりますね」

「奥さまの観察が詳しそうなものですから」

「観察いうても、アパートの人を毎日、じいっと見てるわけやありません。ちらちらと目についたことを、覚えているだけです」

「女性のどんなところを？」

「きれい好きな人でした。窓をようけ開けて掃除したり、小まめに洗濯もんを干してたのんを、よう覚えてます。原口さんは、窓を閉めきりにしとく人やったんです」

アパートから壮亮がいなくなり、鞍馬の実家へも連絡がなくなって三か月後、晴江がやってきて部屋を整理した。そのとき、家主は初めて壮亮の妹の姿を見たという。奈波のことだ。

家主が、壮亮のことを忘れたころに刑事が訪れた。前にきた人ではなかった。

刑事は、以前にきた人と同じようなことをきいたが、壮亮は行方不明になっただけでなく、なにかの事件に関係したらしいことを家主は感じ取ったという。

茶屋は、聞き込みにきたのはどこの刑事だったかをきいた。

「川端《かわばた》署です。この辺の管轄ですわ」

茶屋は、主婦の答えをメモしながら横を向くと、つや子もさかんにペンを動かしていた。彼は主婦のほうへ向き直ったが、もう一度、彼女の手もとに目をやった。つや子は左利きだ。彼女とは、ゆうべもきょうの昼食も一緒だったが、左利きには気づかなかった。彼女はもしかしたら箸は右手で持つのかもしれなかった。


原口奈波の住所は左京区銀閣寺町だ。つや子と一緒に静まり返っている住宅街をまわって、そこにたどり着いた。マンションやアパートならそれの名称でさがしあてやすいのだが「銀閣寺町××番」だったので、手間どった。奈波の仕まいは、木造の門と青垣をめぐらせた徳島《とくしま》という家の離れ家で、裏側の木戸から出入りできるようになっていた。郵便か宅配の荷物を受け取る都合からか、彼女は木戸の柱に小さな表札を出しているが、紅く染まった楓の葉が揺れるたびにそれを隠していた。

「まるで古刹《こさつ》の庵《いおり》みたいですね」

住所をさがしあてたとき、つや子は木の陰でいった。

徳島家の表へいってインターホンを押したが、返事がなかった。この家の人たちも煙のように消えてしまったのではないのか。

二人は、また裏へまわって、隣家へ声を掛けた。

すぐに女性の声の返事があって玄関の戸が開いた。力士のように大柄な主婦が上半身を突き出した。

その主婦は、奈波が住んでいるのを知っていた。夜は垣根《かきね》越しに灯《あか》りが見えるのだという。

徳島家の屋敷内の離れ家は、先代が来客を泊めるために建てたものときいている、と主婦はいった。

「離れを借りているのは、原口さんという女性ですが、奥さまは、お会いになったことがありますか?」

つや子がきいた。

「お名前は初めてうかがいました。三年ほど前からでしょうか。若《わこ》うて、べっぴんさんが独りで住んでるのんは知ってますし、その方とスーパーで会って、挨拶したこともあります」

主婦は、からだのわりにやさしい声で話した。

奈波を訪ねてくる人はいたか、と茶屋がきいた。

「わたしは見たことがありません。うちからは、夜の灯りが見えるだけですよって」

徳島家はたいそう立派な構えだが、なにをしている人の家かときいてみた。

「東大路通の『黒山椒《くろさんしょう》』という大きな看板をご覧になったことがあるでしょうけど、そこを、何代にもわたってやっておいでなのが、徳島さんです」

茶屋がつや子を見ると、彼女は、知っているというふうにうなずいた。「徳島清兵衛《せいべえ》商店」は祇園《ぎおん》をはじめ、京都市内の料理屋を得意先にしている香辛料の老舗《しにせ》だという。

さっき、出町柳駅前のうどん屋で、四角い筒に入った香辛料を、つゆに振りかけたのを思い出した。山椒のいい香りがしたが、あれも徳島清兵衛商店から仕入れたものだったのだろうか。茶屋は、京都みやげに買っていくのを思いつき、ノートの隅にそれをメモした。

「ゆうべは、垣根越しに、離れの灯りをご覧になりましたか?」

つや子がきいた。

「ゆうべ……」

主婦は太い首をかしげて、茶屋とつや子を見比べると、

「原口さんという方に、なにかあったんですやろか？」

と、瞳を光らせた。

「じつをいいますと、きのうから連絡が取れなくなっているものですから」

茶屋がいった。

「どないしたんやろ。会社勤めの方が……連絡がつかなくなったやなんて」

そういって主婦は、瞳を一回転させるように動かした。なにかを考えているようだ。

「一月《ひとつき》ほど前でしたけど、男の人が二人乗った車が、徳島さんの垣根の角に二時間ばかりとまっていました。それを見てわたしは、同じような人たちがいたのを思い出しました」

「どんな男たちだったか、顔や姿をご覧になりましたか？」

茶屋がきくと、主婦は首を横に振って、男性が二人乗っていたことしか分からなかったといい、

「なんや、うちを見張られているようで、気味が悪かったのんを覚えています」

と、太い指の手を厚い胸にあてた。

それをきいて茶屋は、東大路通の徳島清兵衛商店を訪ねてみるのを思いたった。

4

徳島清兵衛商店のウインドーには、浅緑の袋に「胡椒《こしょう》」「山椒」と黒文字を書いた袋が並べてあった。店内のガラスケースには、小さな壺《つぼ》や、四角と八角の木の器が並んでいる。そばやうどんに振りかけると、山椒のいい香りが立ちのぼるのがそれだった。

茶屋は店へ入りかけて、右に首を振った。右隣は

和小物の店である。浮世絵版画や絵はがきや小袋類のほかに、赤い簪が目に入ったのだ。

これから大事な聞き込みをしなくてはならないときなのに、ハルマキの顔がちらちら浮かんだ。彼女はたしか、今度の正月には和服を着るつもりなので、それに見合う髪を結う。髪には簪を差したいといっていた。どんな簪が顔立ちに合うかなどは考えていないようだった。

つや子が背中を押すようにいった。

彼は目が覚めたように背筋を伸ばして、ガラスケースの前に立った。

「先生。どうなさったんです?」

店主に会いたいと茶屋が店員にいって、五分ばかりすると、徳島の妻が出てきた。色白だが顎がとがっていて、口やかましそうな五十代だ。

茶屋が、原口奈波のことをききにきたというと、彼女は店の奥の薄暗がりへ招き、立ったまま、なにがあったのかときいた。

茶屋もつや子も名刺を渡した。二人の名刺を見たからか、彼女はやや警戒を解いた表情をした。

茶屋が、奈波はきのうから連絡が取れなくなっているのだといった。

「身元のしっかりした方なので、お貸ししています。部屋をきれいに使ってくださっているし、真面目そうな方ですけど、ちょっと疑問に思っていることがあるんです」

茶屋は、「なにか」というふうに上半身を乗り出した。

「原口さんのことをききに、警察の方が二度お見えになったんです」

「ほう。どんなことをききにですか?」

「原口奈波さんのお兄さんを知っているか、ときかれましたし、男の人の出入りがないかと」

「男性の出入りが、ありましたか?」

「いちいち離れを見ているわけではありませんので、分かりません。原口さんを訪ねてきた人でわたしが知っているのは、お母さんだけです。お兄さんに会ったこともありません」

徳島の妻は、つや子のほうを向いて、

「真面目な方だと思っていましたけど、どうなんですか？」

ときいた。

「真面目な社員です。勉強好きですし、仕事もよく出来ます」

「同僚だからといって、ほめないでください。あなたは原口さんのずっと先輩なのでしょ？」

「ずっとじゃありません。一つしかちがいません」

つや子は怒ったようないいかたをした。

香辛料の店を出ると、茶屋は隣の和小物の店をのぞいた。

つや子は、一筆箋《いっぴつせん》を手に取って見ていたので、茶屋の視線は意識していないだろうと思っていたが、

「プレゼントですか？」

と肩口からいった。深刻な問題を調べている最中に、女性が身につける物に目を奪われている彼を、軽薄な人間とみたのではなかろうか。

「いえ。珍しい店ですから」

「簪をおさがしでしたら、専門のお店を知ってます」

専門店で高価な簪を買ったとしても、ハルマキの頭にのるのは、ほんの数時間ではないか。それと彼女には、物の値打ちが分からないだろう。竹とんぼでもつくってやって、簪だといっしも、彼女は首をかしげないと思う。

八坂《やさか》神社方面へ向かいかけたところへ、茶屋のポケットが振動した。電話が入るたびに彼は、奈波からではないかと思って手を入れるが、そんなはずはない、彼女は彼の番号を知らないのだと思い直した。

モニターには番号のみが表示された。ケータイからで、末尾が「４２１×」だ。不吉な予感がしたが、「はい」と応じると、相手は太くて低い男の声

で、

「茶屋さんですね」

といった。

「あなたは?」

「京都府警刑事部の芝草《しばくさ》と申します」

いやに落ち着いた声である。勿論、茶屋の知らない人だ。

「至急、お会いしたいのですが、茶屋さんは現在どちらにおいでですか?」

警察官は横暴《おうぼう》だ。初めて電話してきたのに、すぐに会いたいという。

「刑事さんですね?」

「そうです」

「ご用は?」

「重大事件が発生しました。その件に関して、茶屋さんに、至急」

「私はいま、東大路通の、ええと、知恩院《ちおんいん》前という交差点にさしかかるところにいます」

「では、その交差点の信号の下にいてください。パトカーに指示しますので、車が近づいたら手を挙げてください」

茶屋の都合などおかまいなしだ。重大事件とはなんなのか不明だし、パトカーが茶屋をどこへ連れていくのかも分からない。

府警本部の刑事は、どこで茶屋のケータイの番号を知ったのかと、つや子に話し掛けた。

「先生の事務所ですよ、きっと」

そうか。そうにちがいない、と辺りに首をまわすと、商店街を歩いている人たちの足が速くなったように感じられた。それは夕暮れが近づいたからではないか。

北側からパトカーがサイレンを鳴らして、赤色灯を点滅させて交差点へ入ってきた。茶屋より先につや子が、知り合いに合図するように手を振った。

白ヘルの制服警官が車を降りると、茶屋に氏名をきいた。歩道を歩いている人たちが見ている。

「あなたは?」

三十代半ばと思われる白ヘルは、つや子の全身に目を這《は》わせた。

「茶屋先生と一緒に行動している者です」

「じゃ、一緒に乗ってください」

警官が後部ドアを開けた。

運転席の警官は無線連絡した。まさか茶屋次郎の身柄を確保したと告げたのではないだろう。

「どこへいくんですか?」

茶屋が警官の背中にきいた。

「下鴨《しもがも》署です」

「なにがあったんですか?」

「署についたら、きいてください」

警官は、茶屋をどういう人物とみているのか、素っ気ない返事だ。サイレンが唸《うな》った。前を走っている車が一斉に速度を落とした。

「速いですね」

つや子はうれしそうだ。

「サイレンを鳴らさなくてもいいだろ」

茶屋は少し大きな声を出した。

「緊急ですから」

警官は前方を向いたまま答えた。

川が二股《ふたまた》に岐《わか》れた出町柳の合流点の右を走った。高野川に沿っている。

サイレンがとまった。下鴨署は高野川の土手を見下ろす三階建てだった。

私服の男が二人出てきて、

「ご苦労さまです」

といって、刑事課へ案内した。

勢いよく椅子を立ったのが電話をよこした芝草刑事だった。濃紺のスーツに紺のネクタイを締めている。色白で皮膚が薄そうだ。目は彫刻刀で彫ったようにくっきりしているが、細い。どこかの寺で見た仏像の目に似ている。酒癖《さけぐせ》がよくなさそうだと茶屋は見て取った。あらためて名刺を見ると警部だった。

茶屋とつや子は、年代物らしい応接セットへ招かれた。

「じつはけさ、鴨川公園、といってもお分かりにならないでしょうが、高野川と賀茂川が合流するデルタです。そこの南、賀茂大橋の近くで若い女性の遺体が、散歩中の人によって発見されました」

芝草が説明した。

「女性。……何歳ぐらいの？」

茶屋は仏像に似た目をにらんだ。

「あとで分かったのですが、二十四歳です」

「歳が分かったということは、身元が判明した？」

「ええ。……だれかじゃないかと思われたんですね？」

「当然でしょ。私たちは、きのうの午後、東福寺三門前で姿を消した女性の行方をさがしているんですから」

「原口奈波さんではありません。原口奈波さんが行方不明になっていることは、承知しています」

「遺体の女性は、どこのだれなんですか？」

「石津真海《いしづまみ》さんといって、住所は左京区吉田《よしだ》です」

「私の知らない人です。……なぜ私をここへ呼んだんですか？」

「まあ、私の話をきいてください。……きのうの午後、東福寺内からいなくなったという原口奈波さんには、壮亮という兄がいます」

茶屋は、首でうなずいた。

芝草はなぜか壮亮の名を呼び捨てにした。

「壮亮は、二十一歳のときから約三年間、法然院近くのアパートに住んでいましたが、そのうちの約二年間は、石津紀世《きよ》さんという女性と一緒に暮していました。真海さんは、紀世さんの妹です」

「石津紀世さんという人も、私は知りません」

「あなたはきょう、原口壮亮が以前暮していたアパートを訪ねて、壮亮の暮しぶりなどの聞き込みをしましたね」

「たしかに」

「その理由を話してくれませんか」

「壮亮さんの妹が、きのうから行方不明になっているのを、ご存じじゃないですか」

「それは知っていますが」

「奈波さんには兄がいたのを知った。もしかしたら兄さんには、奈波さんの行方の見当がつくのではと思って、兄さんに会うつもりでいったんです」

「壮亮は、五年も前に法然院近くのアパートからいなくなって、姿をくらましました。奈波さんがいなくなると、あなたは次の日に壮亮が以前住んでいたところを訪ねている。彼が住んでいたところを、知っていたんですね？」

「知るわけがない。奈波さんの行方をさがすために調べたんです」

「調べたら、壮亮の前住所が分かった。どうやって調べたんですか。彼の住所は公簿にも載っていないんですよ」

茶屋は、奈波の友人の中鉢あおいの名を口に出しかけたが、咳払いして呑み込んだ。

芝草は、つや子のほうを向くと、

「あなたが知っていたんですか？」

と、きいた。

つや子は、悪寒《おかん》に襲われでもしたように首を振った。同時に重そうな胸も震えた。

「壮亮さんと一緒に暮していたことのある女性の妹が、鴨川で遺体で発見された。夏ではないから夕涼みや水浴中に、過《あやま》っての水死とは思えない。死因は分かりましたか？」

茶屋は、顎に手をやってきいた。

5

「首に絞められたような跡がありました」

他殺の疑いがある、と芝草刑事はいっているのだった。

茶屋は腕組みした。

芝草は、茶屋が原口壮亮に関心を持ったことを知ったらしい。さっきから芝草は、壮亮の名だけを呼び捨てにしている。壮亮の前住所へ聞き込みにいった茶屋に、府警本部の芝草は注目した。

　すると壮亮は、なにかの事件に関しての被疑者ではないのか。それも、こそ泥や空き巣ではないだろう。彼は何年も前から行方不明だといわれている。警察は、何年間も、彼の行方を追っていたのではないか。

　壮亮は、かつて石津紀世という女性と一緒に暮していた。きょう遺体で発見されたのは、その人の妹だった。

　茶屋が、壮亮の前住所の家主にきいたところによると、彼と一緒に暮していた女性は、器量よしできれい好きだった。そして勤めていたようで、毎朝決まった時間に出掛けていったという。ところがその女性は、壮亮と暮して約二年後、姿が見えなくなった。彼と離別したのか、それとも、それが府警本部がにらむこととなった事件のはじまりだったのか。

　石津紀世は、壮亮と別れたのではなく、死亡したのではないか。その死因が疑われている。疑われるというのは、事件性があるということだ。もしかしたら警察は、紀世の死亡には壮亮が関係していそうだとにらんだ。それで彼は姿を隠したということも考えられる。

　芝草は、鴨川デルタの遺体の石津真海は殺害された可能性をにおわせた。遺体を検《あらた》めた刑事の頭にピンときた人間がいた。それが壮亮なのでは。

　そこで壮亮の前住所へ、所轄の刑事をはしらせた。アパートの家主が、彼のその後についての情報を持っているかもしれないと考えた。聞き込みにいった刑事に、縞大島のちゃんちゃんこの家主は、『きょうは珍しい来訪者があった。どこできいたか見たかした茶屋次郎という男が、厚い胸をした女性と一緒に、とうに忘れていた原口壮亮の行方をさがしている、なにか思い出したら連絡してほしいと、名刺にケータイの番号を書いてよこした』、といったのだろう。

「法然院近くのアパートに住んでいた壮亮さんは、定職に就《つ》いていなかったのか、平日の昼間も部屋にいたり、夕方出掛けて、朝方帰ってくることもあったということです。当時、彼がなにをしていたのかを、警察はつかんでいるのでしょうね？」

　茶屋がきくと、芝草の細い目が光って、

「茶屋さんは、それを知りたいんですか？」

と、逆にきいた。

「原口奈波さんの行方をさがす、ヒントになるかもしれませんので」

「ヒントには、なりません」

「どうして、そんなにはっきりいえるんですか？」

「私たちには、分かるからです」

　横のつや子が、茶屋のジャケットの裾《すそ》を引いた。

　彼女は、早くここを出たいので、刑事にいろんなことをきくな、といっているようだった。


「茶屋さん」

　芝草の目はなお細くなった。

「あなたは、原口奈波さんの行方を、なぜさがそうとしているんですか？」

「取材中、一緒にいた人がいなくなった。なぜかと考えるし、無事かどうかが気にかかるし……さがそうとするのは、当然のことじゃないですか」

「警察に届けたのだから、それでいいじゃないですか。失踪者や家出人捜索は警察がやります。あなたは心配だけしていればいいんです。それとも、原口さんがいないと、なにもできないんですか？」

「刑事さんには、当事者の、居ても立ってもいられない気持ちが分からないんですね」

「分かりますが、行方不明者の兄がかつて住んでいたところにまでいくというのは、なにかべつの興味でも。……そうか、あなたはきのう、奈波さんから、壮亮のことをきいたんですね？」

「いいえ。兄さんが一人いるとはききましたが、名前すら知りませんでした」

　今度は茶屋が、芝草の顔を穴があくほどにらんだ。

「鴨川で発見された遺体は、石津真海さんだと分かった。身元が判明するとすぐに、原口壮亮さんの前住所へ聞き込みにいった。なぜですか？　真海さんは、壮亮さんと関係のあった人なんですか？」

「知りたいですか？」

「十歳の子供でも、知りたがります」

「いえません」

「なぜですか？」

「捜査で知りえたことを、関係者以外に話すわけにはいきません」

「私は……」

「二人とも、お帰りください」

　茶屋には、ききたいことがあったが、つや子がまた裾を引いた。


　二人は下鴨署を出ると、高野川の土手をおりた。道路と流れのあいだが歩道になっている。流れは浅く、白い石が転がる洲《す》があった。遠くに見える山は、夕暮れにかすんでいた。

　上流に見える白い橋を渡ると下鴨神社だとつや子がいった。

「厄払《やくばら》いに、下鴨神社をお参りしてから帰りましょ」

　警察へ呼ばれたのを、彼女は災難だといっているのだろう。

　が、茶屋はそうは思わない。「女性サンデー」の牧村がいうように、どんなに美しい川であっても、流れのもようや、透《す》けて見える石の色ばかりを名川シリーズに書いても、読者は興奮しないだろうし、ハラハラ、ドキドキもしない。「なあんだ、茶屋次郎は、風景をスケッチしているだけじゃないか」といって、雑誌を放り出すだろう。そうなると、芸能界のスキャンダルも、プロゴルファーの不振の原因

春には桜並木が美しい高野川沿い

の記事も読んでもらえなくなる。「面白い」「笑える」「泣ける」「感動した」という映画評も、ウソくさくなってくる。ファッションや化粧品の広告も見てもらえない。

「女性サンデー」編集部では、牧村だけでなく、今年入社したおちょぼ口の女性社員も、取材先で茶屋が事件に巻き込まれ、ときには行動を疑われ、七転八倒の苦しみのなかから事件の糸口をつかみ、そして解決に導《みちび》いてゆく過程を楽しみにしているのだ。であるから、彼が事件に出くわさなかった場合、「女性サンデー」を出版している衆殿社は茶屋に、原稿料を払うどころか、取材にかかった旅費も、宿泊費も、飲み代も、返せというだろう。

　編集長の牧村は、茶屋が取材に訪れた先ざきで、かならず事件に巻き込まれるとはかぎらないのを承知している。彼は茶屋の尻を叩くように、早く取材に出掛けろの、旅行先から原稿を送れのと口やかましいが、じつは、茶屋の取材が平穏に終らないことを、神にも仏にも必死で祈願しているのだ。現地から茶屋が電話で、「天候に恵まれた」とか、「風光絶《ぜっ》佳《か》の地」とか、「なにを飲み食いしても、うまい」などといったら、そのたびに胃の痛みをこらえねばならないだろう。なので彼は、もしも事件が起こって、それに茶屋が巻き込まれる可能性が、万が一にもないと判断したら、「自ら事件を起こせ」というのである。自分が編集長でいるには、茶屋次郎は満《まん》身創痍《しんそうい》で、現地の人にはずたずたにされ、ミイラのごとく痩《や》せ細っても、執筆と、次の取材地へ赴《おもむ》くために、帰ってきてもらわなくてはならない。

　加茂御祖《みおや》神社の赤い大鳥居の前に着いたところへ、地獄の使者の牧村から電話が入った。

「先生はいま、下鴨署でしょ？」

　牧村の声は笑みをふくんでいる。

「下鴨署へ立ち寄ったのは、もう何時間も前だ。あんたのところへ情報が届くのは、半日ぐらいあとということだね」

「そう。で、いま、どこに？」

「私が、ブタ箱に入れられているか、京都の北、桟《さ》敷ヶ岳《じきがだけ》から流れ出た鴨川の、凍るような水につかっていてほしいんだろうが、残念ながらいまは、糺ノ森に護《まも》られた下鴨神社の大鳥居の前で、きょうも安泰の日であったことのよろこびを……」

「茶屋先生」

「私はまだ耳が遠くない。大きな声で呼ばないでもらいたい」

「東福寺から姿を消した、案内役の女性の調査は、どうしたんですか？」

「そういうことは、警察に任せることにした」

「それじゃ、京都へは、観光にいったのと同じじゃないですか？」

「そういうことになるかも」

「なんだか、浮かれているような声ですが、だれかと一緒なんですね？」

「よく分かるね。大したもんだ」

「ほめるほどのことじゃ。……一緒にいるのは、女性？」

「よく分かったね。あんたは見掛けによらず勘《かん》がいい」

「どこの、だれなんですか？」

「大桂社というのは、京都の中心地にでんと構えているだけあって、業績だけでなく、社員の質もいいね」

「原口奈波さんがいなくなったあとも、女性の編集者。……何歳の人？」

「そういう個人的なことを、あんたにはいえない」

「うちの社はですね、先生に、旅費交通費と宿泊代だけでなく、昼食代まで出しているんです。ですから、なんという氏名の、何歳の、スリーサイズがどのぐらいの。それから目鼻立ちが、あ、そうだ。一緒にいる人の写真を送ってください」

「写真を見て、どうするの？」

「取材の同行者に、ふさわしいかどうかの判断材料にします。すぐに送ってくださいよ」

「いやだ」

茶屋は終了ボタンを押した。

「出版社からですか？」

細い流れをのぞいていたつや子は、振り向いた。

「『女性サンデー』の編集長です。週刊誌の編集者というのは、こうでなくてはと思うほどの適材です」

「茶屋先生は、尊敬なさっていらっしゃるんですね」

「くる日もくる日も、体力、気力の限界まで仕事に打ち込んでいます。仕事だけでなく著作家との飲食でも、倒れる寸前まで。それだけでなく、だれになにを書かせたら、どの写真家には、なにをどう撮らせたら実力を発揮するかを、寝てからも考えているような男です」

「おいくつの方なんですか？」

つや子は、他誌の編集者に興味があるようだ。

「三十代に見えますが、たしか四十半ばで、妻子があるんです」

牧村が目をかけているらしい角番《かどばん》という名の部下の話では、牧村は出勤するとまず、読者に手紙を書くのだという。前編集長時代の「女性サンデー」宛の手紙といったら、記事にある町や村の読み方がまちがっているとか、町の中心をさらさらと流れている川は南から北でなく、お天道様《てんとうさま》の軌道と同じ東から西だ、といった指摘か、「ウチノムスメハソンナアバズレデハナイ。メイヨキソンデウッタエテヤル」といった、抗議が主だった。

ところが、牧村が編集長に代わって一年ほど経ったころから、「週刊モモコ」や「週刊花三文目」とは、記事の切り口が異なっていて、「為になる」とか、「うちは新聞購読をやめて『週刊女性サンデー』に切り換えた」といった内容の手紙が舞い込むようになり、最近は、日に十通以上のこともある。

出勤すると牧村は、それらの手紙を丁寧に読み、読者からの感想文よりも長文の礼状を万年筆で書いている。衆殿社は創立六十年だが、牧村と同じか、似たことをやった編集長はいなかったらしい、と角番は茶屋に語ったものだ。

茶屋の話をきくとつや子は、牧村に会ってみたい、といった。

「あなたが会いたいと電話したら、これからでも飛んできますよ」

「そんなことをしたら、読者のみなさんに届く礼状が、遅れてしまいます」

茶屋はきょう、見ききしたことを中鉢あおいに伝えるべきだと思った。

彼女のケータイに掛けたが、通じなかった。勤務中は電源を切っているのではないか。

レストランのとと丸に掛けると、あおいが応じた。きょうの彼女は早番なので、午後六時に勤務が終るといった。

三章　刑事のヒント

1

　茶屋、的場つや子、中鉢あおいの三人で食事中、あおいは白いケータイを取り出して電話を掛けた。彼女は茶屋の話をきいて、京都府警本部所属の刑事を思いついたのだった。

　彼女が電話した相手の刑事は、二年ほど前、原口壮亮の件について、あおいに話をききにきたことがあった。野宮《のみや》という名字で、四十歳ぐらい。彼はあおいに、壮亮に関して思い出したことがあったら、ささいなことでも知らせてもらいたいといった。壮亮は、何年か前から行方知れずになっているのを、奈波からきいていたのだった。

　あおいは奈波に会うたびに、『壮亮さんとはいまも、連絡がつかないの』ときいていたという。

　あおいは、座敷をはなれて柱の陰で電話していたが、もどってくると、

「野宮刑事さんも、いまこの近くで食事して、店を出たとこだそうです。この店の名をいいましたら、知ってるいうことでした」

　といってすわり直した。

　いま茶屋たちがいるのは、祇園の街に鎮座している京都最古の禅刹《ぜんさつ》、建仁寺のすぐ近くの「近松《ちかまつ》」という料亭である。この家を茶屋が知っていたわけではない。あおいの伯母の嫁《とつ》ぎ先なのだ。あおいが伯母に電話して、込み入った話し合いをしたいのだが、貸してもらえる部屋はあるかときいた。あおいはかつて、奈波との食事にきたこともあるのだという。

　あおいの伯母は、五十をいくつか出ているのだろ

うが、商売柄、肌の手入れに余念がないのか、顔は白磁《はくじ》の壺を見るような艶があって、ふっくらとしていた。

あおいは、茶屋が書いているものを伯母に話した。

『あおいもずいぶん顔が広うなって。そういう先生とお知り合いなら、ちょくちょくお会いして、ご贔《ひい》屓《き》にしてもらわんとなあ』

伯母はなんだか芸妓《げいぎ》にいうようなことをいった。

『茶屋さまとは、どちらかといいますと、全国的には珍しいほうに入るお名前どす。安土桃山《あづちももやま》の時代に、京都には茶屋姓の貿易商がおいでにならはりました。徳川家康《とくがわいえやす》に仕えた武将どしたけど、商才がありになられたようで、商人におなりになって……』

『茶屋家の創始者といわれている茶屋四郎次郎《しろうじろう》のことですね。初代は慶長《けいちょう》元年、四百十六年前に亡くなり、私は二十代目ということになっています。茶屋家がたいそう栄えたころの私は、まだ海のものとも山のものとも……』

『それはそうどっしゃろ。初代をよう知っているいうたら、化けもんですよって。……でも、ええ血筋のお方いうことは、お顔立ちで分かります。どことのう気品がおありですよって、ゆったりした風格と、情にも厚そうで、お召し物の趣味も上等。……あおいのことをどうぞよろしゅうお願いいたします』

あおいは、あわてたように手を振り、

『伯母さん、なにいうてんの。茶屋先生には、ご家庭がおありなんよ』

と、怒ったような顔をした。

次に茶屋が顔の前で手を振り、現在は独身だといった。

『あら、見掛けによらず、女の人にお手が早うて、奥さまにそれが知れて、出ていかれてしまわれた』

あおいの伯母は、思い込みが激しい性格なのか、座敷にすわった三人に飲み物もきかず、薄い唇で勝手なことを喋っていた。

肉の厚い鯖《さば》の姿ずしに舌鼓《したづつみ》を打ったところへ、野宮刑事が着いた。単独だった。茶屋の名刺を手にすると、

「お名前だけは」

といった。茶屋の書いたものを読んだことはないが、職業を知っているということらしい。彼は、友人と食事したので、少しばかり酒が入っていると断わった。行儀のいい男のようだ。

「きょうは、個人的にということにしてくだされば」

出入りする襖を背にしてすわったあおいがそういって、野宮の盃に日本酒を注いだ。野宮は断わらなかった。彼は茶屋と同年ぐらいの四十二、三歳で、巡査部長だ。目は丸く、鼻は高く、大食いのような口をしている。

ここへ呼んだ理由を、あおいがざっと話した。


野宮は、うなずきながらさいていたが、一年前に原口壮亮の捜査班からはずれたのだといった。

茶屋が、きょうは下鴨署へ呼ばれて、芝草刑事に会ったことを話した。

「芝草は、現在、原口壮亮捜査班の主任です」

野宮は、あおいが注いだ一杯を飲み干すと、うまい酒だというふうに舌を鳴らし、値打ちが分かるのかどうか、ぐい呑みの出来を吟味《ぎんみ》するような目つきをした。

「私たちは、原口壮亮さんが、何年も前から行方不明になっているということしか知りません。壮亮は、法然院近くのアパートに女性と一緒に住んでいました。その女性は石津紀世さんという人で、けさ鴨川で遺体で発見された女性は、紀世さんの妹の真海さんだったということです。……遺体の身元が分かった段階で、警察は壮亮さんに注目したようです。なぜなんですか？」

茶屋が、伊万里《いまり》らしい野宮の盃を満たした。

「そういうことについてなら、お話ししてもいいでしょう」

野宮は、左右に裂けたような口に酒を流し込むと、もったいぶったいいかたをした。

「原口壮亮は、たしかに石津紀世さんと暮していましたが、彼女は彼の人間性に愛想をつかしたようで、別れました。彼には実家へもどるといってたようです。二人は話し合いのうえで別れたということですが、彼女に去られた壮亮は寂しくなったのか、彼女に会いたいと電話した。ところが彼女のケータイは通じなかった。番号を変更したんです。……それで壮亮は、紀世さんの実家へいった。彼女の両親は、『紀世はもどってきていない』と答えました。壮亮は、『そんなはずはない。彼女は実家へもどるといって、アパートを出ていったんだ』といい張った。両親は壮亮を、『まともな社会生活をする気がないのを娘は知り、それで将来に望みが持てないと判断したんだ。あんたが娘の大事な年月を台なしにした』といってなじって、追い返したんです」

その日の壮亮は、肩を落として帰ったということだが、数日後、また紀世の実家を訪ねて、彼女に会わせろ、実家にいないのなら住所を教えろといった。紀世の両親は、またも壮亮を追い返そうとした。ところが彼は、紀世に会うまではここを動かないといって、玄関の前へすわり込んだ。警察が、原口壮亮の名を記録することになった端緒がこれだった。

紀世の両親からの通報を受けて、下鴨署員が壮亮を署に連れていって、事情を聴いた。

壮亮は、下鴨署員の説得に納得したようなことをいって帰ったが、一週間もすると、石津家を近くから張り込みはじめた。

紀世の両親は、壮亮が張り込んでいるのを知らなかったのだが、近所の人が、『不審な男が何時間も電柱に寄りかかっている』と一一〇番通報した。壮亮は、また下鴨署へ連行された。

署員に、『あなたの行為は、ストーカー規制法に触れている』といわれると壮亮は『ぼくと紀世は、二年間一緒に暮していたんです。籍こそ入れていなかったが、夫婦同然です。おたがいにこれからの生活を見つめ直すという話し合いをして、いったん別れました。そういう彼女と会うことができないのは、彼女の両親が、会わせないようにしているからです。電話もできないようにするなんて人権侵害です。両親がぼくを嫌いだからで、彼女はぼくと話したり会ったりするのを望んでいるはずです』と主張した。署員は、それ以上、彼の行動を規制することはできないと判断した。

以降、壮亮は、紀世の両親に会いにいかなかった。が、ときどき彼女の実家近くで張り込んでいる姿が、近所の人に目撃されていた。

「石津紀世さんは、実家にもどって、両親と暮していたんですか?」

茶屋がきいた。

野宮は、あおいが注いだ酒を飲み、煮つけの海老芋を箸に刺した。友だちと食事をしてきたといったわりには、腹のふくれそうな物を食べては、盃を空にする。

「紀世さんの両親がいうには、彼女は実家にはもどってこなかった。だから壮亮と一緒に暮しているものと思い込んでいたそうです」

「紀世さんの両親は、彼女と壮亮さんが住んでいたアパートを、知ってはいたんですね?」

「いったことはないが、住所は知っていたそうです」

「紀世さんは、壮亮さんと別れて、出ていった。それを両親は知らなかったというのは、おかしいですね。実家にもどらないにしても、電話ぐらいはしたはずなのに。……彼女はどこかに勤めていたようでしたが、勤務先は分かっていましたか?」

「京都市役所近くの、『オゾン』という家電製品販

茶屋はメモした。つや子もペンを動かした。

「壮亮と別れたころに、退職したようです」

「そこを退職したんですか？」

それまで黙っていたつや子がいった。

「会社のすぐ近くです」

売店でした」

2

石津紀世の妹真海が鴨川で遺体で発見され、他殺の疑いが持たれた。すると府警はすぐに原口壮亮の前住所へ捜査員を走らせている。なぜなのかを、飯《いい》蛸《だこ》の鉢に箸を伸ばした野宮にきいた。

「壮亮は、ストーカーの容疑者というだけではない」

野宮は、箸にはさんだ飯蛸を取り皿に運ばないうちに落とした。あおいが、「あら」といって、取り皿を鉢のほうへ寄せようとすると、箸を置いた野宮は、テーブルにこぼれた飯蛸を指で摘んで口に入れた。あおいがまた、「あら」といって、ナプキンで野宮の指を拭った。

「壮亮は、紀世と話し合いをして、別れたといっているが、それは信用できない」

あおいがナプキンで拭った指を、野宮はしゃぶった。その拍子に唇を嚙んだらしく、目を瞑って下唇を突き出した。飯蛸が口に入っているからだ。

「なぜでしょうか？」

茶屋は、顔をしかめている野宮にきいた。

「なぜだか、分からないの？」

野宮は、口元をゆがめた。酔いがまわってきたらしく、口調が変わった。

「分かりません」

「だって、あなた。壮亮が紀世と別れたといってるだけで、彼女があらわれて証言したわけじゃないんだよ。両親は、実家にはもどってないといってるし、彼女の姿を、近所の人たちも見ていないの。分かる?」

「紀世さんは、壮亮さんにも両親にも告げずに、姿を隠したというわけなんですね?」

「あなたは、鈍《にぶ》いね」

唇を嚙んだので痛いだけでなく、口の悪い男のようだ。

「別れ話がもつれて、壮亮が、紀世を殺したんだよ」

野宮は、決めつけるようなことをいった。

「壮亮さんは、紀世さんに会いたいといって、彼女の両親を訪ねたり、彼女をつかまえるために、実家付近で張り込んでいたというじゃないですか」

「カムフラージュだよ、それは。……勤めていた会社も辞めた。実家にももどらないし、姿が見えない。どこに住んでるのか、家族さえも知らない。壮亮が始末したとしか、考えられないの。分かった?」

野宮は、空になったぐい呑みを、あおいのほうへ音をさせて置いた。

あおいは、肩をぴくりと動かしたが、酒を注いだ。

野宮は、なにかを思いついたらしく、上着のポケットをさぐりはじめた。上体が左右に揺れている。

彼は、銀色の薄い物を摘み出すと、テーブルに叩きつけるように置いた。

「あ、お薬」

あおいは立っていって、グラスに水を注いでもどった。

野宮は、酒を飲む前に服薬するのを忘れていたようだ。もしかしたら、飲酒を控えるようにと、医師から注意されているからなのではないのか。飲酒については日ごろ自重しているのだが、いったん飲みはじめたら止まらなくなるタイプのように見受けられる。現在どこにいて、だれとなにを話しているのか、分からなくなってもいるようだ。

しかし府警の、紀世は壮亮に消されたという見方は分からなくはない。だから壮亮も姿を消すしかなかった。

　それまで、ほとんど口を利かずにいたつや子だが、水を顎にたらしながら飲む野宮を冷めた目で見ながら、首をかしげた。酒に目のない刑事をなじっている表情ではなかった。

　水を飲み、ふうっと息を吐いた野宮の背中を、あおいは撫でている。まるで福祉施設の介護士のようだ。

　いったん目を瞑った野宮だったが、このようなうまい酒はもう二度と飲めないとでも思ったのか、ぐい呑みに腕を伸ばしかけた。が、突如、睡魔に襲われてか、めまいを起こしたのか、座椅子の背にどんと寄りかかると、目を閉じた。三分と経たないうちに、上半身が大きくかたむき、立ち枯れの木が折れたように、あおいの膝のほうへ倒れた。

「お疲れにならはったんですね」

　あおいは、座布団を二つ折りにした。

　その野宮とあおいを、冷めた目で見ていたつや子が、「おかしい」とつぶやいた。

　紀世が、法然院近くのアパートから姿を消したあと、壮亮は一年ほどそこで独り暮しをしていた。彼が紀世を殺害したのなら、その直後に行方をくらましそうなものだ、とつや子はいい、どう思うかと、茶屋に目顔できいた。

「そうか」と、彼は腕を組んだが、野宮の雷鳴《らいめい》のようないびきが思考を混乱させた。

3

　茶屋とつや子は、高野川に沿って走る叡山電鉄の一乗寺《いちじょうじ》を降りた。

　つや子は、ゆうべのうちに地図をあたっているといって、茶屋の前をさっさと歩いた。

「一乗寺下《さが》り松《まつ》」に着いた。南北朝《なんぼくちょう》時代までは一乗寺があった。宮本《みやもと》武蔵《むさし》と吉岡一門《よしおかいちもん》との決闘の場所といわれ、住宅街のなかに一本の松が植えられ、石碑が建てられている。その松は老齢には見えなかった。

詩仙堂丈山寺《しせんどうじょうざんじ》の前を通った。

詩仙堂は、江戸初期の詩人であり書家でもあった石川《いしかわ》丈山が、一六七二年、九十歳で没するまで隠棲《いんせい》の地としたところ。

三河《みかわ》生まれの丈山は、十六歳で徳川家康に仕えたが、三十三歳のとき大坂夏の陣で、さきがけの功をあせったことから軍規にふれ、恩賞を受けられなかったばかりか、家康の怒りを買った。それがきっかけで武士を辞し、京都の詩仙堂の地に隠居。だが彼は気楽な隠遁生活を送っていたのではなく、詩人であり、文人であり、茶人であり、それから書家でもあったし、一休寺《いっきゅうじ》や、桂宮《かつらのみや》別邸や、枳殻邸《きこくてい》などの築庭にもかかわり、非凡な才を発揮している。彼は徳川家から去ったのだが、たえず旧主家から監視されていた人間ではなかったかと述べている書物もある。

詩仙堂近くの石津家は、ブロック塀の二階建てだった。門には細い鉄製の扉があって、そのなかから濃茶の犬が、茶屋とつや子を不審者とみなしたらしく、さかんに吠えた。

茶屋は、三軒ばかりはなれた家のインターホンを押した。石津家の犬は、「早くそこを立ち去れ」といっているように吠えつづけている。その家からはピアノの音がきこえていたので、比較的若い人が出てくるかと思っていたが、玄関のガラス戸を開けたのは七十代と思われる丸顔の主婦だった。

茶屋とつや子が、石津家のことをききにきたと告げると、主婦は二人を玄関へ入れた。

「石津さんとは、特に親しくはありませんけど、奥さんと会えば立ち話ぐらいはします。石津さんもうちも、この辺では古いほうですよって」

主婦は、石津家の次女がきのう鴨川で遺体で発見されたのを知っていた。夜、七時のテレビニュースがそれを報じ、仰天《ぎようてん》したといった。

石津家の家族構成をきくと、五十代の夫婦と、次女と、夫の母親だといった。

「ご不幸な目に遭われた次女の真海さん、ご両親と同居なさってはいなかったようです」

茶屋がいうと、主婦は、

「めったに姿を見いしまへんので、お嫁にいったんやとでも思っていましたけど、別居してはったんですね」

「長女の紀世さんも、実家にはいないようですが?」

「あら、ご存じですかいな。うちよりお詳しいんと違いますか」

主婦は口元を曲げた。

紀世の姿はもう何年も見ていないので、彼女も結婚したのだろうと想像していたという。

結婚したかもしれないが、近所の人が何年も姿を見ないというのは、不自然ではないか、と茶屋はいった。

「うちでは石津さんのことを、なんや事情のあるご家庭ではとみていました」

主婦は眉を変化させた。

なぜそう思ったのかをきくと、刑事が二度ばかり、石津家のことをききにきたのがきっかけだといった。

刑事は、どんな質問をしたかというと、なんとなく長女の住所か行方をさぐっているようだったという。それから何年も前だが、若い男の人が長女の姿を見掛けたかとききにきたり、石津家を張り込むようなことをしていたと、主婦は首を左右に動かしながら答えた。石津家を張り込んでいたのは、原口壮亮にちがいない。

主婦は、はっと気づいたように茶屋とつや子を見比べると、石津家のことをなぜ調べるのかときいた。

「ある男性の身辺を調べようとしていたら、その人と間接的に知り合っていたと思われる石津真海さんが、遺体で発見されたんです。真海さんは殺された疑いが持たれています」

茶屋がいった。

「ニュースでも、警察は事故と事件の両面で調べているいうてました。あなたがたが身辺を調べようしていた男性いうのは、だれのことですの？」

どうやらこの主婦は、事件が好きらしい。

「以前、法然院の近所に住んでいた人です」

「以前いうと、いまは？」

「どこにいるのか分かりません。私たちはその人の居所をさがしているんです」

「警察へいかはったら、どうですやろ？」

「いきましたが、行方不明ということでした」

「石津さんとこは、妙な家族ですなあ。娘さんが市内に別居してはったなんて。真海さんいう人は、独り住まいでしたか？」

「それについては、これから調べようと思っています」

「分かったら、知らせてください」

茶屋がきかないのに主婦は、自宅の電話番号をメモしてくれた。

石津紀世と真海の父親は、会社員で、二年ほど前まで黒い車が毎朝迎えにきていた。最近は電車通勤のようだという。

主婦に礼をいって玄関を出ると、石津家の犬が吠えていた。黒っぽい服装の男が二人車を降りて、石津家の斜め前の家のインターホンを押している。新聞か週刊誌の記者のようだ。

石津真海が住んでいたところは、京都大学キャンパスの東側にあたる一角の小さなマンションだった。茶屋は、真海の暮しぶりを知るため、入居者にあたろうとしたが、どの部屋の人も不在のようで応答がない。

家主が分かった。マンションの近くの門構えの家

だった。その家のインターホンに応答した主婦らしい女性は、

「きょう、石津さんのことききにきたのは、あなたで五人目。うちはあの方に部屋を貸していただけで、なにを食べて、どんな暮しかたをしてたのか、知りませんよって、警察以外の方にはお会いしません。あしからず」

といって切られてしまった。

「これが普通でしょうね。東京で私もマンション暮しですが、大家さんに私のことをきいても、住んでいるということしか分からないと答えるでしょう」

茶屋はつや子にいった。

つや子は、両親と同居だという。兄は所帯を持って実家の近所に、弟は勤務先の転勤で東京の宿舎に独り暮し。

「休みの日のわたしは、夕方から父と一緒にお酒を飲んでいます。うちの家族のことは、近所に知れ渡っていますので、どの家できいても教えてもらえると思います」

父親の職業はなにかときくと、

「建築業。大工です。外で飲んで帰ってきても、家でまた飲んでいます。母は、『いまに胃袋に穴が開いて死ぬ』いうてます」

彼女は、空を仰ぎ口を開けて笑った。

昨夜、祇園の料亭・近松で会った野宮刑事が電話をよこした。

「やあ、ゆうべは、話の途中で帰ってしまい、失礼しました」

野宮は笑顔で話しているようだ。彼はゆうべのことを半分ぐらいしか覚えていないのではないか。話の途中で帰ってしまったといっているが、気がついたら自宅の布団に寝ていたので、そんなことをいうのだろう。ゆうべの彼は、原口壮亮が、同居していた石津紀世を殺したにちがいない、といったところで睡魔に襲われ、どういうわけか、中鉢あおいの膝のほうへ倒れて眠ってしまった。

そのあと、茶屋とつや子とあおいは、野宮のいったことをおさらいするように検討した。

　壮亮が紀世を殺したという見解が、納得できないわけではない。だが、それを裏付ける証拠はないようだ。京都府警の一部の幹部が都合のいいように推測し、それがあたかも真相のように信じ込まれてしまったのかもしれない。

　野宮は一時間ばかり、救急車で病院へ運ばれてしまったほうが賢明の策ではないかと思うような、いびきをかいていた。いびきがとまったので、三人は顔を見合わせた。三人とも呼吸がとまったのではないかと思ったのだ。

　野宮は、口を閉じると、かっと目を開け、しばらく天井を見ていた。はたして脳が天井を映していたかどうかは分からない。

　あおいは、彼の顔にかぶさるように口を近づけて、救急隊員のような口調で住所をきいた。彼はたしか、東山区清閑寺《せいかんじ》と答えたようだった。彼女はそれをすばやくメモして、タクシーを呼び、運転手にメモを渡した。

　野宮は、ゆうべの話のつづきをききたいだろうといった。

「私は、根が几帳面《きちょうめん》なものですから、ものごとを半端にしておけないんです」

「それはわざわざ、お電話をありがとうございます。ぜひとも、昨晩のお話のつづきをおうかがいしたいので。……あのう、私だけというのは、なんですから、昨晩のメンバーの都合をきいたうえで、連絡をさせていただきます」

　茶屋がそういうと、野宮はケータイの番号を教えた。彼の番号は、あおいが知っているのである。

　あおいに電話して、野宮のいったことを伝えた。

　彼女は、野宮と会う場所をどこにしようかと考えたようだったが、

「木屋町《きやまち》通から、ちょっと引っ込んだところの小料理屋さんにしましょうか。そこを野宮さんはご存じ

と思いますので」

といって、「舟屋《ふなや》」という店の場所と電話番号を読んだ。彼女は、そこへの到着が午後七時すぎになるので、予約を入れておくといった。

野宮に連絡した。彼は、昨夜の家でもよかったのにといった。贅沢《ぜいたく》な刑事だ。

4

茶屋とつや子は、鴨川に両岸の灯が揺れているのを見ながら四条大橋を渡った。ここは昼夜を問わず人の流れでにぎわっている。

高瀬川に沿う木屋町通に入った。対岸が西木屋町通だ。底の見える浅い流れに原色の灯を映しているのは、飲食店の列である。

サヨコが電話をよこし、いまどこにいるのかときいた。

昔、運河だった高瀬川を見おろしているのだと、茶屋は答えた。

「いつも、その辺をぶらついているんですね」

茶屋が遊んでいるようないいかただ。

「今度の取材旅行は、長期にわたるって、牧村さんはいってるようだけど」

サヨコの口元はゆがんでいるようだ。

「どういう意味だ?」

「鴨川取材のお手伝いをするはずだった編集者がいなくなると、仕事をする気のなくなった先生は、かねての知り合いだった京都の女を呼びつけて、ぶらぶらしているらしいじゃないの。だから毎晩っていうか、昼間も、先斗町か木屋町辺りにいるのね」

サヨコの声が耳に刺さった。

「なんということを。……おまえは、牧村の妄想を本気にしているのか?」

「牧村さんのいうことには、現実味があるの。それに比べて先生の話は、マユツバ」

「いま六時だが、おまえにはもう、酒が入ってるんじゃないのか？」

「まだよ。歯医者へいったハルマキの帰りを待ってるの」

「ぼんやり待ってないで、先斗町の起源は、ポルトガル語だったといったことでも調べておけ。ゆうべ飲んだ酒が残っているから、牧村の夢のつづきのような話が、現実みたいにきこえるんだ。私はこれから、京都府警本部の敏腕刑事に会うんだ。京都の繁華街をぶらついているひまなんかない。……それからいっておくが、喧嘩を見たら、目を瞑って通りすぎるんだぞ」

電話に、「ただいまあ」という声が入った。

普通の勤め人は、歯医者へも美容院へも、勤務時間外にいくのだが。

舟屋の看板を見て、野宮が、昨夜の家でもよかったのに、といった理由が分かった。ぼんやりとした灯の入った四角い看板には「おでん」と太い字が書かれていた。

野宮は着いていた。いちばん奥のテーブルから入口をにらんでいたようだ。彼の前には、半分ほどに減った水のグラスが置かれている。今夜は忘れずに薬を服んだのだろう。

ほかに客はいなかった。

茶屋とつや子は、約束の時刻に遅れたわけではなかったが、

「お待たせしました」

と、頭を下げた。

白いエプロンの女将《おかみ》がきて、

「ご一緒やったんですか。はな、どうぞ、奥へ」

と、座敷へ案内した。

飲み物をきかれると、それを待っていたらしい野宮が、「生ビール」と、不機嫌そうな声を出した。

三人が、「お疲れさまです」と、ジョッキを目の高さにあげたところへ、「古都観月」編集長の黒沢があらわれた。彼もビールを頼んだ。

茶屋は黒沢に、奈波の消息をきいた。

「私はきょうも、鞍馬の家へ電話しましたが……」

奈波の実家のことだ。彼女からはなんの連絡もない、と母親は答えたという。

「原口奈波さんのような行方不明者について、警察は捜索をするんですか?」

茶屋が、ビールを半分ほど飲んだ野宮にきいた。

「原口奈波さんについては、特別です」

「特別、とおっしゃいますと?」

「原口壮亮の捜査班が動いているんです」

「壮亮さんも行方不明になっているからですね?」

「彼には、石津紀世さんを、消したんじゃないかという嫌疑がかけられている。それと」

野宮は、ビールを飲み干すと、ジョッキを音をたてて置いた。

つや子が飲み物のメニューを開いて野宮に向けた。彼の目尻がさがった。

「ほう。ここには越後《えちご》の酒もあるのか」

いまの野宮には、原口壮亮に関することよりも、メニューに載っている日本酒の銘柄のほうに、関心が寄ってしまったようだ。

「これ。これ、これ。これ。二合徳利《とっくり》で」

彼は、メニューの一点に太い指をあててつや子にいった。

あおいが着いた。野宮は、「ご苦労さん」といって、座布団をずらした。昨夜のことを覚えているのかどうか、彼はあおいを横にすわらせておきたいのだ。

野宮は、越後の酒をぐい呑みで二杯飲み、おでんの大根と玉子、蛸を食べると、やっと落ち着いたというふうに、四人の顔を確認する刑事の目をした。四人は彼の口に注目した。

「捜査の内容を話すわけにはいきませんが、事件は報道されているので」

彼は前置きすると、また四人の顔色を読むような目つきをした。

「壮亮は五年前まで、左京区鹿ヶ谷、つまり法然院近くのアパートに住んでいました。そこでの生活は、茶屋さんたちが調べたとおりで、入居して何日かすると、女性を同居させた。その女性が石津紀世さん。彼女はそこに約二年間いたが、姿が見えなくなった。実家にももどっていないようだ。……壮亮は紀世さんに未練があったらしく、ストーカー行為を繰り返していた。彼女がいなくなって一年後、今度は壮亮が姿を消した。両親にもアパートの家主にも、連絡も断わりもなく姿を消した。もしかしたら死んだのではないかとみる者もいた。だが……」

　野宮は、あおいが注いだ酒を、ぐびりと飲った。じゃが薯《いも》と半平《はんぺん》がほしい、とあおいにいった。

「壮亮が行方不明になってから、河原町のパチンコ景品交換所へ強盗が入って、現金二千五百万円が奪われる事件が発生した。その事件の一週間後、強盗にやられた景品交換所の女性従業員の一人娘が、東福寺近くの鴨川で他殺体で見つかった。その娘は、壮亮と親しくしていた時期があったんだ」

　茶屋はメモを取った。

　つや子の左手もペンを動かしている。

「景品交換所従業員の娘が殺された一年ばかりあと、四条通にあった衣料品のスーパー『大崎屋《おおさき》』が閉店することになって、セールをやっている最中、そのどさくさにまぎれて何者かが、ニセ札を使った。一万円札が三枚見つかったんだ。店の防犯カメラの記録を見たところ、壮亮に似た男が映っていた。……やつは市内のどこかに潜伏していると、私はにらんでいる。生活していくためには金が要るから、なにかをやっているはずだ」

　原口壮亮の居所さがしと、彼がかかわっているのではないかとみられている事件捜査の指揮を執っているのが芝草刑事だと、野宮は箸に突き刺したおでんを食べながら話した。

　壮亮は、京都市内に居住しているとはかぎらないので、府警は全国の警察へ協力を要請した。その結果、警視庁管内で発生した殺人事件にも、彼の関与の疑いが持たれている。

「警視庁管内の殺人事件では、どういう人物が被害者ですか?」

「それは、茶屋さんが調べてください。そういうことを調べて書くのが、得意でしょ」

この刑事は、茶屋の書いたものが載っている雑誌か、著書を買ったことがあるのだろうか。

「パチンコ景品交換所が強盗に襲われた事件は、何軒もありそうですが……」

つや子が野宮にいった。

「警戒が手薄だから、狙《ねら》われやすいんです」

「二千五百万円もやられたのは、なんていうパチンコ屋だったんですか?」

「忘れた。河原町だったのはたしかです」

つや子は、上目遣いで野宮を見たが、ノートにメモした。

「東福寺の近くの鴨川で殺されていた人の氏名を、教えてください」

「それも忘れた。事件は報道されたんだから、調べれば分かるでしょ」

野宮は、いちいち答えるのは面倒だといっているようだ。根が投げ遣《や》りなのではないのか。そうだとしたら警察官を職業に選択したのはまちがいだったろう。

「景品交換所からの現金強奪《ごうだつ》も、鴨川の女性殺人も、偽札行使事件も、未解決。今度の鴨川デルタ事件も、犯人検挙にはいたらないのではありませんか?」

つや子だ。

「あんたは、耳の痛いことを平気でいう人やね。どの事件も京都府警は、精鋭をそろえて懸命に捜査している。未解決なんて、いわんといてください」

「申し訳ありません。言葉がすぎました」

頭をさげたのは黒沢だった。

野宮は、あおいが注いだ酒をぐびっと飲ると、人

が変わったように頬をゆるめ、

「ひとつ、ヒントをあげようか」

と、つや子にいった。

「お願いします」

つや子は冷静だ。彼女は、乾杯用に注がれたビールを半分ほどしか飲んでいなかったし、おでんは糸こんにゃくを食べたきりだった。

「この近くの先斗町に……」

野宮がいいかけたところへ、茶屋の内ポケットが彼を呼んだ。

「先斗町の由来が分かったよ」

電話はサヨコだ。明らかに酔っている。たったいま地名の由来が分かったのではない。何時間も前に分かったのだが、それを茶屋に伝えるのを、たったいま思いついたのだろう。

「大事なときに、そんなことを」

「そんなこととは、なによ。そんなことだったんなら、あたしにいわなくたって、いいじゃん」

「どういうふうに分かったんだ？　早くいえ」

「一言でいうとだね、『ぽんと』はポルトガル語、Ｐｏｎｔａ、つまり先端。分かる？」

「ああ」

「天正《てんしょう》年間、天正はだね、ええと一五七三年から九二年。いま先斗町っていわれてる近くに南蛮寺《なんばんじ》があって、外国人が洲崎《すさき》の意味で呼んでたの。斗の字をあてたのは、分量からとった。分量が多い、つまりお金がもうかる」

「分かった。……だいぶ酔ってるようだが、独りなのか？」

「ハルマキと一緒」

「女の子が二人、酔っぱらって。みっともないから早く帰れ」

「ハルマキは、眠ってるから、起きたらね。先生は、なにしてるの？」

「私は、仕事中。夕方、いっただろ」

「きいてない。先斗町で飲んでて、いい仕事だね。

まあ、いいけど。じゃあね。バイバイ」

茶屋は、ハンカチで額に浮いた汗を拭って、野宮の前へもどった。彼は目を瞑っていた。このまま眠ってしまわれると、ゆうべと同じ結果になる。

あおいが、氷を入れた水のグラスを、野宮ににぎらせた。彼は目を開け、四人の顔をあらためて見てから、

「先斗町に、『ピンシャン』という店がある」

東福寺駅近くの鴨川で、他殺遺体で発見された女性は、その店で働いていたことがあったという。

野宮はそれをいうと、あおいに抱きつくような倒れかたをした。

5

茶屋は、黒沢に耳打ちした。酔いつぶれた野宮を見送ったあと、先斗町のピンシャンという店をのぞいてみようといったのである。

あおいは、昨夜と同じで、メモ用紙に野宮の住所を書いた。彼を乗せたタクシーの運転手に渡すためだ。

野宮を見送ると四人は、舟屋特製の漬け物でお茶漬けを食べた。あおいは、ピンシャンの場所を知っていた。「先斗町歌舞練場」の近くのクラブだという。

つや子とあおいを帰すことにした。帰りぎわにつや子が、黒沢に、「飲みすぎないように」と注意した。黒沢は泥酔するタイプなのか。それとも奇妙な酒癖でもあるのだろうか。

クラブ・ピンシャンの入口は料理屋風だった。先斗町にはこうした造りの店が何軒もある。クラブへは初めての客は入りにくい。

しかし黒沢は、出てきた三十歳ぐらいの女性に、「この近くの料理屋さんで、おたくを紹介された」と、世慣れた口調でいった。

「さあ、どうぞ」

色白、面長《おもなが》の女性は、白の長袖シャツに黒いパンツ姿。バーテンのような服装だ。彼女はカウンターへ二人を案内した。ここで一杯飲ませ、腰をすえて飲みそうなら、奥のボックス席へという寸法なのだろう。

ボックス席がどのような造りになっているのか、カウンターからは見えなかったが、男と女の話し声が壁を伝わってきた。水色のドレスの若い女性が、椅子にすわった茶屋と黒沢の後ろを通った。初めての客の素性をうかがいにきたようにも受け取れた。

二人の後ろをゆっくりとした足取りで通った女性は、Uターンするとカウンターの内に入った。白シャツがつくったウイスキーの水割りを、水色のドレスが二人の前へ置いた。

「あっ、お客さんに、どこかでお会いしてますぅ」

二十五、六歳だろうと思われる彼女は、茶屋の顔をじっと見ていった。彼女は丸い顔だ。目だけが異様なほど大きい。もともと大きいのではないらしく、目の周りを濃く縁取り、長い付け睫《まつげ》を反《そ》り返らせている。化粧を落としたら別人のようになるのではないかと思うほど、目だけを強調している。

「会ったことがあるんじゃなくて、雑誌かなにかで、写真を見たんじゃないの」

黒沢がいった。

「そうかも」

彼女の胸には、「鈴虫《すずむし》」という名札が付いていた。鈴虫は、人差し指を頬にあてて、茶屋を写真で見たのか、どこかで会ったのか思い出そうとしていた。

黒沢が、鈴虫にビールを注いだ。今夜の彼女にはまだ酒が入っていなかったのか、一気に半分ほどあけた。

「鈴虫とは、変わった名前だ」

茶屋が名札を指差すと彼女は、つまみを用意している白シャツのほうを向いて、

「金福《こんぷく》さんなの」

といった。

「ここの女性には、京都の古刹の名を付けているんだね」

「そうです。清水《きよみず》さんも、青蓮《しょうれん》さんもいます」

「これは珍しい」

茶屋は、忘れないうちにと、ノートにこの店のホステスの名をメモした。

「あ、思い出しました。茶屋さんだ。茶屋次郎さん」

鈴虫は、目玉がこぼれ落ちそうなほど目を見開いた。どうやら彼女は、「女性サンデー」の読者のようだ。茶屋の名川シリーズの連載中は毎回、彼の顔写真を付けているので、彼女はそれで茶屋の顔を覚えたのだろう。

金福は、茶屋と黒沢に、金平糖《こんぺいとう》と豆菓子のつまみを出すと、鮮やかな緑のショールを肩に掛けて外へ出ていった。

黒沢が鈴虫に、茶屋は鴨川を連載するための取材に京都へきているのだと話した。

「奥が空きましたんで、移りましょ」

鈴虫がいった。客が帰ったのではない。空席があったのだ。

奥にはボックス席が六つあった。個室もあるのだという。客は二組いるだけだった。その客にホステスが三人ずつついていた。

外へ出ていった金福がもどってきた。彼女は茶屋の著書の「京都・保津川」を手にしていた。無言のまま外へ出ていった彼女は、近くの書店へ走り、棚に並んでいる茶屋次郎の著作に付いている写真をじっと見てから、一冊買ってきたものらしい。

「お願いしますぅ」

極端に口数の少ない金福は、たったいま買ってきた本のうえにサインペンをのせた。

茶屋はにこりとしてサインをし、彼女に礼をいった。

「以前、ここで働いていた女性が、東福寺近くの鴨川で、事件に遭ったらしいという話をきいたが、あんたの知っている人？」

　黒沢が、鈴虫にきいた。

「桂春《けいしゅん》さんのことですね」

　鈴虫の音色、いや顔色が変わった。茶屋が、殺人事件の取材にきたのを推察したようだ。

「洛西《らくせい》の桂春院から取った名でしょう」

　黒沢がいった。

　その寺がどこにあるのか、茶屋は知らなかった。

「右京《うきょう》区花園《はなぞの》というところで、妙心寺《みょうしんじ》の北東にある公開塔頭《たっちゅう》です。織田信長《おだのぶなが》の長男・信忠《のぶただ》の次男・津田秀則《つだひでのり》が建立《こんりゅう》したのがはじまりです。秀則没後に、石河《いしこ》壱岐守《いきのかみ》貞政《さだまさ》が、父光政《みつまさ》の菩提追福《ぼだいついふく》に再建して、桂春院とあらためました。庭の美しい、ひっそりとしたいいお寺です。……寺院名はだれがつけるの？」

「京都のお寺さんの名を、自分の好みで」

　鈴虫の声は小さかった。

「じゃ、その人は桂春院が好きだったんだね？」

「美和《みわ》さんは、そういうてはりました」

「本名は、美和さん？」

　茶屋がきいた。

「森崎《もりさき》美和さんです」

「あなたは、桂春を名乗っていた彼女と仲よしだったんですね？」

「この店へ入ったのが、同じころでしたし、同い歳のせいもあって、気が合ったんです」

　休みの日に二人で会って、食事したことが何度もあったという。

　鈴虫と桂春がこの店へ入ったのが五年前で、二人とも二十一歳。約二年経った三年前のある朝、桂春は東福寺駅近くの鴨川で遺体で発見された。彼女の胸には刃物が刺さった傷があった。彼女が他殺遺体で見つかったことは、その日の夜、刑事が店へ聞き込みにきて知ったのだった。

　前夜、桂春は、いつもと同じ、午後十一時半に店を出て帰途についた。遺体発見現場が自宅に近いことから、電車を降りて自宅へ向かう途中で何者かに襲われ、胸を刺されたあと、鴨川へ運ばれたものと警察はみているようだ、と鈴虫はいった。

「桂春さんが被害に遭った一週間ばかり前に、彼女のお母さんが、とんだ災難に遭っていたということですが？」

「お母さんは、河原町のパチンコ景品交換所に勤めていました。そこへ強盗が入って、運ばれてきたばかりの現金が奪われたんです。その事件はテレビでやりましたし、桂春さんからもきいとりましたんで、わたしは、お母さんをお見舞いにいきました」

桂春の森崎美和は、母と二人暮しだったという。

茶屋は、目ばかり強調した鈴虫に、原口壮亮という男を知っているか、または桂春からその名をきいた覚えがあるかをきいた。

「覚えがありまへんけど、どない人ですか？」

「出身地は鞍馬です。大学を中退して、左京区の法然院の近くに住んでいました。五年前から行方不明ですが、無事でいれば二十九歳です」

「その人、桂春さんとなにか？」

「親しくしていたことがあったようです」

鈴虫は、茶屋と黒沢のあいだで首をかしげた。桂春と食事でもしながら話し合った日を思い出しているようだ。

「桂春さんに、『彼はいるんでしょ』ってきいたことがありました。そうしたら彼女、『高校生のときはいたけど、いまはいないの』っていってはりました。そのあとで、『友だちはいるけど』って、笑ってごまかしたのを覚えてます。友だちいうても、いろいろあるんで、わたしはそれ以上のことをきかないことにしてました」

「夜は、この店に勤めていたが、昼間も働いていたようでしたか？」

「会社に勤めているといってました。たしか不動産関係の会社で、彼女は受付をやっているいうていたような気がします」

「彼女は事件に遭った。人には見せなかったが、それなりの理由があったんじゃないでしょうか。あなたは桂春さんの背景に、なにか感じたことはありましたか?」

茶屋は、酒と一緒に口に氷をふくんだ。

「事件に遭いそうな人やったかいうことですやろか?」

「事件に遭いそうな人に見えたら、この店も、会社も、その人を採用しなかったでしょう。……普段は普通の人に見えたが、たとえば、なにか暗いものを背負っていそうだったとか?」

「そんなふうには見えませんでした。お母さんと二人で、質素な暮しをしているいうてました。……あ、そうそう。桂春さん、自分のドレスを持ってはりませんでした」

「店のものを?」

「入店して二、三か月経つと、ほとんどの女のコが自分のドレスを買うんです。桂春さんもマネージャーから、買うようにいわれてたはずなんです」

「長く勤める気が、なかったんじゃないでしょうか」

「初めのうちは、そうやったかもしれませんけど……」

鈴虫は、泡の消えたビールを一口飲んだ。客の注ぐ酒をいくらでも飲む女性ではないらしい。

「あなたが桂春さんと親しかったのを、この店のほかの人たちは知っていましたか?」

「何人かは」

「じゃ、桂春さんのことをききにきた刑事は、あなたと会いましたね?」

「会いましたけど、親しくはなかったと答えました」

「なぜ?」

「マネージャーから、そういえと、強くいわれました。親しかったいうたら、警察へ呼ばれて、何日間も仕事ができんようになるいわれましたんで」

三人連れの客が入ってきて、店内はにぎやかになった。常連客で、いつも歓迎されている人たちのようだ。

茶屋と黒沢は鈴虫から、桂春こと森崎美和の住所と、母親が勤めていたパチンコ景品交換所の所在地をきいたところで、腰をあげた。

茶屋は、名刺にケータイの番号を書いて渡した。鈴虫も、小型の名刺をくれた。裏にかたちのよい十一桁の数字が並んでいた。

「森崎母娘が事件に遭ったのは、三年前。原口奈波さんは、入社していましたね?」

川千鳥のマークのある通り抜け路地を歩きながら、茶屋が黒沢にきいた。

「入社していました。彼女は大学卒業と同時に入りましたので、それは四年前です」

森崎母娘が事件に遭ったあと、刑事が奈波に会いにきていなかったかを、茶屋はきいたのである。黒沢は横切った猫を見て足をとめ、気づかなかったといった。

6

森崎美和の母・章子《あきこ》の住所は、東福寺駅の北側にあたるアパートだった。美和も生前、そこに住んでいたのだった。

茶屋は、アパートの家主方を訪ねた。美和が変死体で発見されたのは、三年前の十一月で、JR奈良線が鴨川を渡る鉄橋の一〇〇メートルほど上流。身に付けていた物から身元が判明し、交番の警官が自宅にいた章子に知らせた。先斗町のクラブに勤めていた美和だが、彼女は前夜帰宅しなかったし、電話もなかった。こういうことは初めてだったという章子は、一睡もできないまま朝を迎えた。河原町のパチンコ景品交換所に勤めていた彼女は、欠勤しようかどうしようかを迷っていたところへ、警官がドアをノックし、『美和さんはいますか?』といった。章子は、娘が帰宅しなかったのを隠そうとしたが、警官の追い討ちをかけるような質問に、『いません』と答えた。

鴨川で、美和の身分証を持っている女性が発見されたので、一緒に現場へきてもらいたいといわれた。章子は、震える足で家主方へ駆け込んだ。家主方の主婦は章子の手を引いて、警官のあとを追った。

数時間後に分かったことだが、遺体で発見された美和は、胸を刃物で刺されていた。

章子が、勤め先の景品交換所で、刃物を持った強盗の男に襲われたのは、一週間前だった。したがって彼女は、警察に呼ばれて、押し入った男の人相や、年齢の見当や、体格や、服装などを何度もきかれていた。犯人についてきかれただけでなく、彼女の経歴から日常生活まで調べられた。

彼女は、美和の父親と離婚していたので、警察は父親の暮しぶりについても調べたようだ。章子と美和は、丸裸にされたも同然だった。

美和の事件は、警察の章子に対しての事情聴取が、ひととおりすんだ段階で発生した。警察は、パチンコ景品交換所での現金強奪事件と、美和が殺害された事件との関連を嗅いでいたようだ、と主婦は語った。

「章子さんは、普段の生活に問題のありそうな女性でしたか?」

「普段の生活に問題のありそうな人に、うちでは部屋を貸しません。美和さんが、夜も働いているんを知っていましたけど、服装は地味やったし、浮いた話をきいたこともありませんでした」

森崎母娘がアパートに入居したのは十三年前。それまで神戸《こうべ》市に住んでいて、離婚した章子は、京都市内にいる姉を頼って転居したもようという。アパートに入居当時、美和は中学生だった。口数が少なく、内気そうな美和には、しばらく友だちができなかった。彼女は、一つ下の家主の娘とだけ遊んでいた。

「お母さんは、働きに出てはりましたんで、美和ちゃんは学校から帰ってくると、お母さんが帰ってくる夕方まで、うちでうちの娘と一緒に、勉強したり遊んだりしてたんです。そやから、美和ちゃんがあんなことになったとき、うちは娘を一人失ったような気がして……」

主婦は、手を口に当てた。

章子は、現金が強奪された事件と、美和が殺害された事件のあと、景品交換所を辞め、「キャスケー」というスーパーマーケットに転職した。

「九条河原町のスーパーの、日用品売場に勤めてます」

主婦は、章子が勤めているスーパーへの地理をメモ用紙に描いてくれた。そこへは歩いていける距離だった。

茶屋は、東福寺駅の前を通り、鴨川に架かる東山橋へ向かった。鴨川から琵琶湖疏水《びわこそすい》が枝岐れしていた。

「茶屋次郎さん」

背中へ男の声が掛かった。フルネームで呼ぶ人は珍しいし、この辺りに茶屋の知り合いはいなかった。

彼は一瞬、どきりとしたが振り向いた。

男が二人近づいてきた。京都へ着いた初日、東山署の東福寺交番で会った梅木と羽板刑事だった。

二人の刑事は、茶屋をはさむように接近すると、

「まだ京都においでになったんですか」

梅木がいった。

「私は、一日や二日の観光にきたんじゃないので」

「あなたはいま、中谷《なかたに》という家から出てきた。知り合いだったんですか?」

森崎章子が住んでいるアパートの家主のことだ。

梅木は、茶屋に敵意を抱いているようなききかたをした。

「知り合いではないが、ちょっとききたいことがあったので」

「ききたいこととは、どんなことですか？」

「私が、なにをきいたかを、中谷さんの奥さんからおききになったほうが、正確では」

「ほう」

二人は顔を見合わせた。

「刑事さんこそ、ここへなにかを調べにおいでになったんですか。まさか私の歩くところを尾《つ》けているんじゃないでしょうね」

「私たちには、そんな暇はない」

梅木と羽板は、低声でなにかいい合うと、茶屋に東福寺交番へ同行してくれといった。

交番には、先日の長岡巡査部長がいて、怪訝《けげん》な表情のまま敬礼した。

「私たちは、茶屋さんのいうことを、全面的に信用しているわけじゃない」

茶屋をパイプ椅子に腰掛けさせると、梅木が眉間に皺を寄せていった。

「なんのことです？」

「東福寺三門前から姿を消したという、原口奈波さんの件です。京都の案内役として、あなたを出迎えた彼女が、一言もいわず、あなたを残して姿を消したという話がです。まるで神隠しに遭ったようだ。あなたは三門を見ていたというが、何分ぐらい彼女から目をはなしていたんですか？」

「十分か十五分」

茶屋は、奈波に話し掛けようと振り向いたら、彼女がいなかったのである。

「茶屋さんは、原口奈波さんの行方をさがそうとしているんじゃないでしょうね？」

「お察しのとおり、彼女の行方を」

「なぜです？」

「忽然と消え失《う》せたからです」

「彼女が消えたことに関して、なにかヒントを持っているんじゃないんですか？」

「ヒントはないが、私を彼女の行方さがしに駆り立てる原因はあります」

「原因？」

茶屋は一昨日、下鴨署へ呼ばれて、府警本部の芝草刑事に会っているが、そのことは梅木と羽板には伝わっていないのか。

茶屋は、奈波の友だちである中鉢あおいの紹介で、府警本部の野宮刑事に会っているが、野宮は茶屋に二度会ったことについては、口をつぐんでいるはずだ。祇園の料亭と木屋町のおでん屋で、しこたま酒を飲んでいるからだ。飲食に招待されただけではない。奈波の兄である原口壮亮を、重大事件の参考人として、同人の行方を追っていることを喋った。それは警察だけがつかんでいる秘密事項というほどのものではない。マスコミは、彼が話したこと以上の情報をにぎっていそうだが、警察官が酒席に招かれて、捜査中の事件を喋ったことが上層部に知れたら、彼は罰則を受けるのはまちがいなかろう。

「原口奈波さんの兄も、五年前から行方不明です。彼の居所でも分かれば、もしかしたら、奈波さんの居所をきくことができるんじゃないかと」

「原口壮亮の行方については、私たちも関心を持っています。さっき茶屋さんは、中谷という家を訪ねた。壮亮とは無関係じゃないですか」

「無関係ということはないでしょう」

「なぜ？」

「中谷家所有のアパートには、森崎章子さんが住んでいる。彼女の一人娘だった美和さんは三年前、何者かに殺され、鴨川へ棄《す》てられたらしい。美和さんは以前、壮亮さんと付き合っていたといわれている。彼女が殺害された一週間前、章子さんは、勤め先のパチンコ景品交換所で強盗に襲われ、多額の現金を奪われた。警察はその二つの事件に、壮亮さんが関与しているんじゃないかとみているんでしょ？」

「茶屋さんは、そういうことを、どこで知ったんですか?」

「事件は報道されている。知らないほうがおかしいと思いますよ」

「現金強奪事件と、森崎美和さんが殺害された事件は報道されたが、彼女が以前、原口壮亮と親しくしていたことは、報道されていません。あなたはだれから、その情報の提供を受けたんですか?」

「マスコミ関係者です」

　茶屋はごまかした。

「あなたは今回、鴨川取材に京都へきたということでしたが、じつは原口壮亮の秘密や居所をさがすためにやってきたんですね。それで、原口奈波さんに接触した。彼女から壮亮の秘密をきき出そうとした。奈波さんは、あなたの野心に気づいて姿を消した。いや、あなたの息のかかった何者かに、奈波さんを拉致《らち》させた。彼女をどこかに閉じ込めて、壮亮のやったこと、またはやろうとしていることをきき出そうとしている。……どう、図星でしょ?」

　梅木がいうと、横の羽板がうなずくように首を動かした。

　茶屋は、刑事の妄想を笑い、二人はどこへいくつもりだったのかときいた。一人は、頭から湯気を立てるような顔をして、そんなことを話せるか、と怒《ど》鳴《な》った。

四章　闇に棲《す》む男

1

　スーパー・キャスケーの日用品売場は二階だった。炊事《すいじ》用品コーナーに幼児を連れた女性客がいるだけで、広い店内は閑散《かんさん》としている。平日の日中はこんなものなのか。

　レジに厚手の前掛けをした五十代見当の店員がいて、帽子をかぶった若い女性と、伝票の突き合わせのようなことをしていた。

　茶屋は店内を一巡した。文房具もあるし、ペット食品も置かれている。

　若い女性が、段ボールを抱えてレジをはなれたのを見て、茶屋は前掛けをした店員に近づいた。彼女の胸には「森崎」の名札が付いていた。

　森崎章子は三年前、パチンコ景品交換所で強盗に襲われている。せまいブースに単独で勤めていたからだ。現在も、日用品売場でレジを担当しているのは彼女だけのようだ。パチンコ店に隣接している交換所とは、扱う金額が異なるが、現金を扱う仕事に変わりはない。まったく危険をともなわない仕事とはいえない。が、五十代の彼女にはそういう働き口しかないのだ、といっているようだった。

　森崎章子は、茶屋の名刺を受け取ってから、

「また刑事さんかと思いまして……」

といって、やや緊張をゆるめた顔をした。

　茶屋は職業を話した。

「知ってます。娘が、茶屋さんのご本を何冊も持ってました」

「美和さんですね」

　章子はうなずいてから、彼の名刺を見直すように

目を伏せた。

きょうの彼女は、午後四時で交代になるので、それ以降なら会えるといった。

「美和のことですね?」

彼の名刺を、前掛けのポケットにしまった。

「はい。いろいろと……」

幼児連れの女性が、籠《かご》にタオルや、ポリ袋や、赤と黄のスポンジなどを入れて、レジへ近づいてきた。女性と女の子は顔立ちがよく似ていた。

章子は素早く、メモ用紙に電話番号と、「PM4:20」と書いてくれた。

茶屋は階段へ向かっていたが、レジを振り返った。幼児連れの女性は、布製バッグから財布を取り出したところだった。彼女は三十をいくつか出ていそうに見える。平日の日中、子供連れで台所用品を買っている女性の暮しぶりを、彼は想像しながら階段を踏んだ。


午後四時二十分をすぎたところで、茶屋は章子の書いたメモの番号へ電話した。

彼女はすぐに応答して、落ち合い場所を教えた。

茶屋がきこうとしていることの見当はついていそうだ。十分や十五分では話はすまないことも分かっていそうだから、どんな場所で会うかを考えたものと思われる。

章子が指定したのは、河原町通を北へ二〇〇メートルほどいったところのそば屋だった。彼女の知り合いの店らしく、

「店に電話してありますので、二階へおあがりになっていてください」

といった。章子は、話し相手を欲しがっていたような声だった。

かなりの年数を経ているらしい建物のそば屋では、どことなく章子に顔立ちの似ている女将が、茶屋を笑顔で迎えた。

「どうぞ、二階へ。章子は間もなくくると思いま

す」

　女将は、うす暗い電灯の点いた階段を指差した。

　二階は和室だ。いくつか部屋があるらしい。

　茶屋は、座布団にあぐらをかいてから、女将の言葉を反芻《はんすう》した。たしか彼女は、章子の名を呼び捨てにした。

「そうか」

　章子が住んでいるアパートの家主がいったことが、茶屋の頭によみがえった。神戸市にいた彼女は離婚すると、美和を連れ、京都市内にいる姉を頼ったということだった。このそば屋の女将が、その姉ではないか。

　階段の下で女性の声がした。章子が着いたようだ。

　小さな足音がして、章子が盆にお茶をのせてやってきた。黒いセーターに、グレーのジーンズ姿だ。

「おやつ代わりに、ざるそばでもいかがですか?」

　章子は、この店の従業員のようないいかたをした。

「いただきましょう」

　茶屋がいうと章子は、階段の上から、ざるそばを二人前注文した。

「似ていらっしゃいますね」

「えっ。茶屋さん、ご存じやったんですか」

「お姉さんがいらっしゃるのを、きいていましたので」

　章子は首を動かすと、湯気の立つ湯呑に両手を添《そ》えた。

「いくつもの災難にお遭いになって、ご苦労なさいましたね」

「結婚するまでは、こんな人生を送るなんて、想像もしませんでした」

　彼女は、お茶を一口飲むと顔をあげた。自分を不運な女といっているようだが、目もとには微笑が浮き、会話を楽しむような風情があった。その顔を見て茶屋は、ききづらいこともきけそうな気がした。

「茶屋さんは、不幸な母娘が京都にいるのを知らはって、それで取材においでになったんですね？」

章子は、他人事のような話しかたをした。

「じつは、こちらへきてから、あなたと美和さんの災難を知ったんです。事件直後には報道されたことでしょうが、忘れてしまっていました。あなたがたが遭われた事件を知ったきっかけは……」

階下から、章子を呼ぶ声がした。

章子は、大きな声で応え、部屋を出ていった。ざるそばが出来たのだ。一般の客の場合は、当然運んでくるが、きょうは特別なのだ。章子が姉に、声を掛けてくれといったにちがいない。

ざるそばには三種類の漬け物が付いてきた。色の濃いそばには腰があった。つゆには、この店のこだわりの味が隠されているようだった。

茶屋が一口食べると、

「どうでしょうか？」

章子は箸を持ってきいた。

勿論、茶屋は、食感とつゆの旨さをほめた。一人前を一気に食べ終えたが、もう一枚頼みたいくらいだった。

鴨川の取材で京都に着いた日、出迎えてくれたのが地元出版社の女性編集者だったが、紅葉の東福寺を見学中、彼女が姿を消してしまった、と話した。

茶屋はつづけて話そうとしたが、

「編集者は、なんていう方ですか？」

と、章子がきいた。

茶屋が、原口奈波という名の女性だと答えると、章子はさっと表情を変えた。その顔を見て、美和が原口壮亮と付き合っていた時期があったらしいという話は、事実だったのかと感じた。

「あなたは、原口奈波さんをご存じですか？」

茶屋がきくと、章子は、考えるように少しのあいだ黙っていたが、奈波とは　度会ったことがあると答えた。

四年ほど前のことだが、原口奈波という女性が章子を自宅へ訪ねてきた。奈波は、『兄の行方をさがしている』といった。彼女の兄は壮亮といって、左京区の法然院近くに住んでいたのだが、一年ほど前に家族にも知らせず行方不明になり、なんの連絡もない。兄が住んでいたアパートの部屋を整理した荷物のなかから、森崎美和という人からの手紙が見つかった。住所も書いてあったので、何日か前から訪ねようと考えていた、と語った。

当時、章子は、一人娘の美和に親しくしている男性がいるのを知っていた。章子は、自分が結婚生活に失敗しているので、美和には同じ轍《てつ》を踏ませたくなかった。それで、親しい間柄の男性はどんな人かをきいた。当時二十一歳だった美和は、『会社員で、四つか五つ歳上』だと答えた。章子は、娘が好きになった男性の氏名と住所だけは、きっちりときいておいた。その男性に会ったほうがいいのではないかと考えたこともあった。

美和は、日曜の午後、出掛けることがあったので、好きな人に会うのだなと章子はみていた。

そこへ、原口奈波が訪れ、『兄の壮亮は一年ほど前から行方知れずになっている』といわれて、驚いた。奈波は訪問の目的を、美和が兄の行方か、あるいはなぜ連絡もなくいなくなったのかを知っていたら教えてほしい、というつもりだったといった。

章子は奈波に、親元とその職業をきいた。鞍馬の古いみやげ店を、両親でやっているのを知った。

美和は、昼間は不動産会社に勤め、夜は先斗町のクラブでアルバイトをしていた。章子はそれを奈波に話したし、自分はスーパーで店員をしていると話した。じつはパチンコの景品交換所にいたのだが、店から、『身内以外の人にはそれを話さないように』といわれていたので、奈波には偽《いつわ》りを話した。

奈波は容姿が美しいだけでなく、聡明そうで、大学を出たあと有名出版社に勤めているのを章子は知ったし、礼儀を心得た態度に好感を持ったので、美和に電話で断わって、彼女の勤務先を教えた。

帰宅した美和にきいたのだが、夕方、奈波の訪問を受けたということだった。

美和は、付き合っていた壮亮とはとうに連絡が取れなくなり、行方不明になっているのを知っていた。いい加減な男と親しくしていたといわれたくないので、そのことを章子には話さずにいたのだった。

三年前。いつものように午前十時十分に現金が景品交換所に運ばれてきた。強盗に襲われたのは、その十分後だった。犯人は単独のようだった。見張り役の者がいたかどうかは章子には分からなかった。

彼女は犯人に刃物を突きつけられ、手と口に粘着テープを貼られたが、怪我は負わなかった。

事件直後、駆けつけた警察官に、犯人の人相やら年齢やら服装などをあれこれきかれただけでなく、警察署にも呼ばれ、『犯人は、あんたの知り合いじゃないか』とまでいわれた。

警察署へは、三日つづけて呼ばれた。事件が原因で、寝込んでしまった日もあった。

美和の事件が起きたのは、強盗事件の一週間後。そのときも何度も警察署へ呼ばれた。

事情聴取にあたった刑事の口から、原口壮亮の名が出たときは、心臓を鷲《わし》づかみにされた気がした。美和が一時期、壮亮と付き合っていたのを警察は知ったのだった。

章子が身の細る思いをしたのは、それだけではない。神戸で別れた夫の身辺まで警察はさぐっていた。

夫は、中小企業のサラリーマンだったが、技術を身につけている人でなく、勤め先をよく変えていた。離婚の原因のひとつがそれだった。彼の勤務先が変わるたびに、生活苦にさいなまれた。彼にはもともと借金があったことも知った。金を返すために、ヤクザな仕事に手を染めたことも、警察はつかんでいた。

だが章子は、別れた夫とは何年も会っていなかったし、彼女がパチンコ店の景品交換所で働いていることは知らないはずだった。しかし事情聴取の係官は、『あんたが彼に勤め先を教えなくても、あんたの住所が分かっていたんだから、勤め先を知ることは簡単じゃないか』といった。係官の話をきいていると、章子が勤め先の秘密事項を売ったといっているようだったし、元夫とグルではないかといわれているようでもあった。

警察は、壮亮の行方を知りたがっていた。章子の勤務先の情報は、美和の口から壮亮に伝わった可能性があるともいわれた。

章子は美和に、『あんた、付き合ってた彼にうちの勤め先を教えたことがあったか？』ときいた。美和は、彼にきかれたこともないし、話した覚えもない、といっていた。

美和とその話をした翌日、彼女は帰宅しなかった。章子はまんじりともせずに朝を迎えた。と、そこへ警察官が飛び込むようにやってきて、『美和さんはいますか？』と大声できいた――

「あなたも、美和さんも、とんだ目にお遭いになりましたが、その後、原口奈波さんにお会いになっていますか？」

茶屋は、胸の前で手を合わせて話している章子にきいた。

「いいえ。電話もあらしまへん」

章子は、美和が事件に遭ってから三年になるが、いままでも二、三か月おきぐらいに刑事が訪れるといった。刑事の用向きは、原口壮亮に関する情報は入らないかということだという。

2

的場つや子とは、木屋町の舟屋で会うことにした。

原口壮亮の身辺には、深い闇が隠されているようだ。府警本部の野宮がいったように、警察は壮亮がかずかずの事件にかかわっていそうだとにらんで、彼の行方を追いつづけている。奈波の失踪も、壮亮の雲隠れと無関係ではないだろう。

茶屋は地下鉄を四条で降りると四条通を東に向かった。大丸の前には、待ち合わせらしい男女が何人も立っていた。もしかしたら壮亮は、こういう繁華な場所で、人混みにまぎれて暮しているのかもしれなかった。そう思って人を見ると、立っていたり歩いている人たちにも、裏側という一面があって、人にいえない陰の部分を抱えているようにも思われた。

茶屋の内ポケットが鳴った。なんだか不作法《ぶさほう》な呼びかたをされたような気がしたが、手を差し込んだ。ケータイも長く使っていると、からだの一部になったようで、電話を掛けてよこした相手の人柄を、主《あるじ》に教えるものなのだ。

予感はあたっていて、相手は、生まれ故郷は地獄の底のまた底にちがいない牧村だった。

「灯《ひ》ともしごろですが、先斗町あたりへ、足を向けているんでしょうね」

「よく分かったね。木屋町の料理屋へいく途中だ」

「先生は、毎日なにしてるんです。京都ではもうやることはないんじゃ?」

「なんてことを。私の目の前には、いままできいたことも見たこともないような事件が、次つぎに……」

「ほんとですか? そろそろ東京の歌舞伎町の匂いが恋しくなって、帰ろうかどうしようかと迷いながら、川沿いをふらふら歩いているんじゃないかって思いましてね」

「それは、あんたのことだろ。私は歌舞伎町なんかを恋しいなんて思ったことは、一度もない」

「目の前に事件が次つぎというわりには、声は楽しそうです。神隠しに遭った女性と、再会できる見通しでも？」

「いや。鴨川で殺人事件が二件起きているが、そのいずれにも、原口奈波さんの兄がかかわっているらしい。いるらしいというのは、京都府警の見解なんだ」

「というと先生には、情報源ができたんですね？」

「そのとおり。これから事件に関する情報の検討をするんだ」

「先生独りで検討するんじゃないですね？」

「頭脳明晰《めいせき》の人たちとだ」

「面白そうですね」

「あんたは暇だから、京都へきたいんじゃないのか」

「今夜の私はですね。目下、出す本、出す本が、羽が生えるように売れるH先生と、丸ノ内の『大王《だいおう》楼《ろう》』で食事して、それからH先生お気に入りの、銀座の……」

牧村は、用事があって電話をしてきたのではないらしいから、茶屋は終了ボタンを押した。

おでんの舟屋へは、黒いコートを着たつや子と同時に着いた。

コートを脱いだつや子は、白いセーターだった。胸がずんと突き出ている。

茶屋と彼女は、人肌に温めた酒を注ぎ合った。

茶屋は、森崎章子からきいたことを話した。

つや子はバッグからキャンパスノートを出すと、茶屋の話を整理するためにか、原口壮亮とかかわりのあった人たちを系図のように書いた。

壮亮は、五年前に住所のアパートから姿を消し、いまだに行方不明。彼と一緒に住んでいた石津紀世は、彼が姿を消す一年前にいなくなり、やはり行方不明のまま。

壮亮は、職業が定まっていなかっただけでなく、いくつかの事件に関係しているのではないかと警察ににらまれている。

石津紀世が行方不明になったあとのことらしいが、壮亮は、森崎美和と親しくしていた時期があった。その美和は三年前、アルバイトの帰途、何者かに刃物によって刺殺され、鴨川へ投げ込まれた。美和が殺される一週間前、彼女の母親の章子が、勤め先のパチンコ景品交換所で強盗に襲われ、現金を強奪されていた。

壮亮が美和と付き合っていたことから、現金強奪事件に彼がかかわっている疑いが持てるとして、警察は行方を追及している。美和殺しについても、彼は重要参考人としてリストアップされている。

茶屋が京都へきてからだが、初日早々、京都案内役をつとめていた原口奈波が、東福寺見学中に忽然と姿を消してしまった。そのことから彼は、彼女の身辺を調べはじめたのだが、次の日は、石津紀世の妹・真海が鴨川デルタで遺体で発見され、他殺と断定された。

この事件についても警察は、壮亮に注目している。壮亮は真海と直接関係はないようだが、彼女の姉・紀世が壮亮と二年間ほど一緒に暮していたからだ。

府警本部の野宮刑事の話だと、紀世の姿が見えなくなったのは、彼女の意思で行方不明になったのではなく、壮亮が消したのではないかという見方がされているらしい。

真海は、姉・紀世の失踪の秘密に接近したため、何者かによって抹殺されたと推測されているようだ。

左手でペンを走らせていたつや子だったが、右手をぱっと開いて、掌を茶屋に向けた。彼の口を封じるようなしぐさだ。

「三年前に殺された森崎美和さんのお母さん……」

「森崎章子さん」

「章子さんは美和さんから、原口壮亮さんの名と住所をきいていたといったんですね?」

「章子さんは、自分には離婚の経験があるので、娘には同じ轍を踏ませたくないといって、美和さんに、親しくしている男のことをきいたといっていました」

茶屋がいうと、つや子はノートを見せた。彼女はその

「美和さんは、三年前に殺されました。彼女はその前の一年間ほど壮亮さんと付き合っていたということでした。つまり、いまから四年ぐらい前に二人のお付き合いがはじまったということです。そのころ壮亮さんはすでに行方不明になっていたんです」

「そうか。そうすると壮亮さんは美和さんに、前住所、つまり法然院近くの住所を教えたというわけですね」

「美和さんが訪ねてくることはないと思ったから、偽りの住所を教えていたんです。警察が壮亮さんの行方を追い、いくつかの事件について、重要参考人とにらんでいるのには、そういう背景もあるんですね。現在、彼はどこにいるのか分からないけど、三年ぐらい前には生きていたということです」

壮亮のほかにも、姿を消した人がいる。石津紀世と原口奈波だ。二人が自らの意思で姿を消したのだとしたら、隠れることのできる場所があるからではないか。あるいは、かくまってくれる人がいるからではないのか。

「警察は、現金強奪事件にも、森崎美和さん殺し事件にも、石津真海さん殺し事件にも、壮亮さんがからんでいるとにらんで、彼の行方だけを追いかけているんでしょうか?」

つや子は、冷めかけたおでんのちくわを口に運んだ。

「景品交換所の現金強奪事件については、森崎章子さんの夫だった人にも疑いをかけたと思います。彼女から、現金が運ばれてくる時間などをきくことのできた人ですから」

「では、美和さんも警察から事情をきかれたし、身辺調査を受けたでしょうね」

「章子さんの知り合いは、片っ端から身辺を調べられたり、事件当時のアリバイ確認をされたはずです」

「調べなくちゃならないことが、いっぱいありますね。さしあたり茶屋先生は、どこから？」

「警察がマークした人を、まず」

「壮亮さん以外にだれを？」

「あしたは、森崎章子さんの夫だった人にあたってみようと考えています。章子さんに、その人の住所や連絡先をきくわけにはいきませんので、大桂社の関係の弁護士などに、公簿の閲覧《えつらん》か取り寄せを依頼してくれませんか」

「おやすいご用ですが、あしたじゅうに間に合うかどうか？」

つや子はそういって、ぐい呑みの酒を一気に飲んだ。漬け物をひと切れ口に放り込んで音をさせて嚙むと、ケータイの電話帳を繰りはじめた。

茶屋は、彼女の盃を満たし、自分の盃にも注いだ。

ケータイが鳴った。ゆうべ、黒沢編集長とのぞいた、先斗町のクラブ・ピンシャンの鈴虫からだった。

「鈴虫さん」

茶屋は弾んだ声で応じた。

「うちの名を覚えてくれはって、うれしいわぁ」

ゆうべ会った彼女の名が珍しかったから覚えられたのだ。これが「サチコ」や「ハルミ」だと、翌朝には脳から消えていたかもしれない。

「ゆうべ、茶屋さんにきいた桂春さんのことを、ずっと考えてたもんですから、家に帰って、さがしもんをしました」

「さがしもの……」

「桂春さん、あ、森崎美和さんどしたな。彼女が事件に遭ったあと、彼女のお父さんが、うちに会いにきはりました。お父さんには、美和さんを殺した犯人についての心あたりをきかれたような気がします。うちには、犯人の心あたりなんかありませんでした。……そのとき、お父さんから名刺をいただいたんを思い出したんで、さがしたんですぅ」

「名刺は……」

「見つかりました」

鈴虫は、名刺を読んだ。［杉田《すぎた》夏男《なつお》　倉山《くらやま》建鉄株式会社　神戸市中央区弁天町《べんてんちょう》］名刺の裏にはケータイの番号が書いてあるという。

たったいま、その男のことを話し合っていたところだ、と茶屋がいうと、

「じゃ、うち、いくらかお役に立ったんですね」

鈴虫は、笑顔で話しているようだった。

杉田夏男と連絡が取れれば、森崎章子の公簿を見て、別れた夫の名を知る必要がない。

茶屋は、鈴虫からきいた電話番号のメモをつや子に見せた。

「八時前です。電話しても、失礼にはならないと思います」

電話を掛けてみたらというのだ。もしも電話が通じなかったら、べつの方法を考えねばならなかった。

3

呼び出し音が五、六回鳴って、男の声が応えた。

茶屋はまず名乗ってから、相手を確かめた。

「杉田です」

森崎章子は、別れた夫のことを、勤め先が定着せず、生活費を稼ぐために、ヤクザがかった仕事をしている人だといったが、話しかたは紳士的だった。

茶屋が、自分の職業を話すと、書いているものを読んではいないが、名前はきいたことがある、と杉田はいった。

茶屋は、あすにも会いたいといった。

「茶屋さんは、美和の事件について、なにかにお書きになるおつもりですね？」

「美和さんがご不幸な目に遭われたことを書くつもりで、京都へきたのではありません。私自身が思いがけない出来事に遭ったんです。その出来事の原因をさぐろうとしていた過程で、美和さんのご不幸を知ったんです」

杉田は、神戸へきてもらえれば会える、といった。電話で話したかぎりでは、常識のわきまえのある男のようだ。

杉田の都合のいい時間と、会う場所をきくと、神戸港の弁天埠頭《ふとう》を知っているかときかれた。茶屋は地図を見て訪ねる、と答えると杉田は、

「タクシーなら、ハーバーランドといってください」

といった。

そこなら知っていた。大型の教育施設やスポーツ施設の集まっている場所である。

杉田は離婚したが、美和は血を分けた娘だ。彼女を殺した犯人は検挙されていない。重大事件であるから、いまも警察は捜査をつづけているが、杉田の耳には、捜査の進展のもようも情報も届いていないのだろう。彼は、美和がなぜ殺されたのかを知りたがっているだろう。それと彼は、経歴や職業から、警察に白い目で見られたことで、傷ついていそうだ。

約束の午前十時。神戸ハーバーランドの「モザイク前」という場所に到着したと、杉田に電話した。

杉田夏男は、茶屋が想像していたのとは反対の方向からやってきた。黒のジャケットにブルージーンズの杉田は、身長一七六センチの茶屋と同じぐらいだが、痩せぎすだった。五十代半ばだろうが、白髪が目立っている。

名刺を交換した。杉田の名刺の社名も所在地も、昨夜、鈴虫が電話で教えてくれたのと同じだった。その名刺をじっと見ている茶屋に杉田は、川崎《かわさき》重工業の孫請《まごうけ》企業だといった。そういえば神戸港には川

崎重工の造船所があるのを思い出した。

森崎章子の話だと、杉田は職業を転々とする男で、そのたびに生活苦が訪れたということだった。しかし三年前、娘の友人だった鈴虫に渡した名刺は、現在のと変わっていない。現在の勤務先に移ってから、職業が安定したのだろうか。

杉田は、すぐ近くのファミリーレストランへ案内した。食事どきでないせいか、広い店内は閑散としていた。

「森崎章子さんにお会いして、杉田さんが神戸にいらっしゃるのをうかがいました」

「章子は私のことを、碌《ろく》でもない男だといったでしょう」

杉田はそういって、頭に手をやった。

茶屋は、森崎美和の事件を知るにいたった経緯を説明した。

「章子が、パチンコ景品交換所で、強盗に遭った事件もご存じですね？」

「きいています」

「あの事件で、私は警察からにらまれました。……章子からおききになったかどうか、私には、からだの弱い妹がいます。いまも入院しています。自分たちの生活だけでなく、妹の暮しも私は支えなくてはなりませんでした。それで、昼も夜も働きました、夜働いていることが、昼間の勤務先にバレたためにクビになったこともありました。そのころのカスカスの生活が警察に知られたんです。不正をはたらいているある役所の人間に、『弱い者いじめをするな』と、脅《おど》かす仕事を請けたこともありましたし、やはり公務員の弱みをにぎる調査もやりました。そうやって生活費を稼ぐ私を、章子は嫌ったんです。……まさか彼女が現金強奪事件に巻き込まれるなんて、想像もしませんでした。まともな暮しをしていないと、いつかはとんだところで、疑われたりするものなんですね」

現在の勤務先は、若いときから知人が経営している会社で、杉田は入社して六年になるといった。

「美和さんとは、お会いになっていましたか？」

「年に二回は会っていました。それがいけなかった。章子の勤務先の情報を、美和から詳しくきいていたんじゃないかって、警察は勘繰ったんです」

「美和さんは一時、原口壮亮さんという人と親しくしていたようですが、美和さんからおききになったことがありましたか？」

「美和からきいたことはありませんが、その名前は、京都からきた刑事にききました。警察は、美和から章子の勤め先を、原口は耳に入れた可能性があるといっていました。……美和は、素行《そこう》のよくない男と付き合っていたようです。……二か月ほど前にも京都の刑事が会いにきて、『原口に関する情報は入らないか』ときかれました。その男と私は、知り合いでもなんでもないのですから、情報なんか入るわけはありません。身内がひとたび事件に遭うと、あとあとまでマークされるのを知りました。……刑事の話だと、原口壮亮というのは相当の悪党らしいですが、茶屋さんはどう思われますか？」

どうといわれても、茶屋は壮亮という男をよく知らないのである。殺人事件や、現金強奪事件や、ニセ札行使事件の重要参考人とみられているというが、それは警察の見方だ。警察が彼をマークするようになったのは、一緒に住んでいた石津紀世に対するストーカー行為が端緒のようだ。

壮亮と紀世は、なぜ別れたのか知らないが、別れたあと彼がストーカーになりそうな予感を持っていたのではないか。だから実家にはもどらず、行方不明になった。

彼女が実家にも連絡しないことについて警察は、不自然だとみるようになった。彼女は、壮亮のもとを出ていったのではなく、彼に殺された可能性があると考えるようになった。彼女がいなくなったあとの壮亮のストーカー行為は、カモフラージュだという疑いを持った。幹部のだれかがそういう疑いを口にすると、部下たちは、それが真相だと信じ込むようになり、壮亮はついに、殺人の被疑者にされてしまった。

であるから、彼は姿を隠した。生きているかぎり金が要るので、強盗をやったり、ニセ札を使ったりもした。

原口壮亮は凶悪犯のレッテルを貼られて、全国に指名手配されている。

「美和さんは、壮亮さんと、どこで知り合ったんでしょうか？」

「美和があんなことになったあと、章子にきいたんですが、勤めていた会社の同僚に紹介されたようだといっていました」

杉田は、茶屋に断わってタバコに火をつけた。

茶屋は、美和が勤めていた会社をきいた。それは烏丸《からすま》駅近くの「洛友《らくゆう》商事」という不動産会社だった。

美和に壮亮を紹介した人の名を知っているかと、茶屋はきいた。

杉田は首をかしげていたが、章子は覚えているかもしれない、と答えた。

茶屋は杉田と、原口壮亮にからむ情報の交換を約束した。思い出したことがあったら連絡する、と杉田はいった。彼の現在の私生活について茶屋はきかなかったし、知りたくもなかった。

だが杉田は、前から病弱な妹を抱えていたという。森崎章子からきいた杉田とは、別人のように茶屋には映った。一枚の紙にも表と裏がある。きょうは、独りの男の裏面の一端を見た気がして、京都へもどった。

すぐに、かつて森崎美和が勤務していたという烏丸駅近くの洛友商事を訪ねることにした。その会社は、ベージュのタイルを貼った、わりに新しいビルの四階と五階だと分かった。

曇りガラスのドアを入ると受付があって、若い女性が椅子を立った。茶屋はその人に、

「森崎美和さんを知っていましたか？」

ときいた。彼女には唐突だったのか、いくぶん険《けわ》しい目つきをして、

「ご用件は、なんでしょうか？」

といった。茶屋は名刺を渡し、以前勤めていた人のことをききたいというと、彼女は、「お待ちください」ともいわず、奥へ消えた。

4

五、六分すると、茶屋の名刺を摘むような持ちかたをした五十歳見当の女性が出てきた。茶屋の想像だが、この会社には社員の人事を扱う部署はないようだ。さっきの受付嬢は、茶屋がいった用件を何人かにあたってみたにちがいない。
「どういったご用件ですか？」

大きめの顔の女性は、茶屋の名刺を摘んだまままきいた。意地が悪そうな口元をした人である。

三年前まで勤めていた森崎美和と仲よしだった人に会いたい、と茶屋がいうと、彼女は顔色を変え、なんの肩書きも刷ってない名刺を見直した。彼女は、森崎美和が事件の被害者であるのを知っているのだろう。

「ちゃやじろうさんと、お読みするんですか？」

彼女はきいた。ほかの読みかたがあるかといいたかった。

「森崎のどういうことを？」

「失礼ですが、あなたは森崎さんとお親しかった方でしょうか？」

「いいえ、わたしは」

彼女は、機嫌を損ねたような表情をした。

「こちらには、森崎さんと親しくなさっていた社員の方がいらっしゃるようです。それはどなたでしょうか？」

「森崎は、営業部でしたので……」

彼女はそういうと、くるりと背中を向けた。

また五、六分経つと、今度は紺のスーツの男が出てきた。三十歳ぐらいだ。幅のせまいメガネを掛けている。彼は、さっきの女性から茶屋の名刺を受け取ったようだ。

「森崎のことで、おいでになったということですが？」

彼は、名刺を出した。［営業部営業二課　野村昭健《のむらあきたけ》］

森崎美和と同じ部署の同僚だったかと、茶屋がきくと、野村は、営業チームの一員で、一緒に仕事をしていた者だと答えた。

茶屋は、美和に対する悔みを述べた。

「事件をご存じだったんですね。私はまた、森崎が事件に遭ったことを知らずにおいでになったのではと思いました」

茶屋が、ききたいことがあるが、時間はあるかというと、道路の反対側にあるカフェで待っていてもらえれば、二十分後にはいけるといった。この会社で三人の社員に会ったのだが、三人とも茶屋の職業を知らないようだった。

野村昭健は、茶屋がカフェに着いて三十分経ってから、息を切らしてやってきた。

洛友商事は、一般住宅とマンションの建設と販売を手がけているという。野村は、一般住宅販売の営業で、主に北野《きたの》地域に建てた住宅を担当しているといった。

「森崎とは、三年ばかり一緒に仕事をしていました」

野村は、コーヒーにミルクだけを注いだ。

「会社では、受付担当だったとききましたが」

茶屋がいった。

「受付というのは、物件のある現地で、見学においでになったお客さまを案内して、物件の説明をすることでした。……寒いときも、暑いときも、天気の悪い日もありますし、日曜や祝日に出勤することも多いなかで、森崎は休まず、真面目に勤めていました」

野村は、彼女の人柄をほめた。

「森崎さんは、夜も働いていましたが、それをご存じでしたか?」

「なにかの折にそのことが知られました。会社では、副業を禁じていましたから、上司は、彼女に事実かどうかをききましたし、注意したようでした」

「夜の仕事を辞めなかったんですね」

「生活するのに、会社の給料だけではやっていけないといったそうです。それで上司は、見て見ぬふりをしていたんです。彼女が事件に遭ったことを思うと、夜のバイトは辞めさせるべきだったでしょうね」

「クラブで働いていたことが、事件に遭う原因だと思われますか?」

「警察は、彼女のお母さんが遭った事件に関係がありそうだとみているようでした。刑事が何回もきましたし、上司が警察署へ呼ばれたこともありましたし

た」

美和は、原口壮亮という男と付き合っていたらしい、と茶屋がいうと、

「茶屋さんは、原口の名をどこで?」

といって、表情を変えた。

「何人かからききました。森崎さんに原口壮亮さんを紹介したのは、野村さんでしたね?」

野村は、そうだといってから、壮亮とは大学で同期だったといった。

「原口とは、大学に入ってすぐに仲よしになりました。彼はよく勉強しているようでしたし、博識でした。ところが、二年になったばかりの四月、大学を辞めてしまいました。会ってその理由をきくと、『大学で講義をきいているのがバカバカしくなったんだ。勉強も面白くないし』といいました。あとで知ったことでしたが、彼は女性と一緒に暮したくなったためにに、鞍馬の実家をはなれたんです。勉強が嫌になったといって大学を辞めたのに、まともな仕

事に就いているようでもありませんでした。頭がよさそうな男だと私はみていたので、安定した職業に就けば、才能を発揮するんじゃないかとみていました」

美和に壮亮を紹介したきっかけを、茶屋はきいた。

「原口から電話があって、会う約束をしたので、横の席にいる森崎に、『友だちとメシを食うんだけど、一緒にどう』と誘ったんです。すると彼女は、ぜひともというものですから、居酒屋で原口と落ち合いました。三人で食事したのは、そのときだけでした。私は、原口と森崎が交際していたことは知りませんでした。原口からも、森崎からもきいていなかったんです」

「二人が付き合っていた時期があったのを、いつお知りになったんですか?」

「森崎が事件に遭ったあとです。会社へ訪ねてきた刑事からきいて、びっくりしたんです」

「訪ねてきた刑事は、壮亮さんのことをどんなふうに話しましたか?」

「何年か前、ストーカー行為をしたことのある男だし、二年ほど前から行方不明になっているといいました。金に困っているようすはなかったか、ときかれました。原口の職業が定まっていないことは知っていましたが、経済的に逼迫《ひっぱく》しているようすはみられませんでした。住所が不明、職業も不安定。警察からにらまれても、しかたがないなと思ったものです」

「壮亮さんがどんな仕事をしてきたか、あるいは勤務していた先を、野村さんはご存じですか?」

「勤務先は知りません。彼は初めから一か所に長く勤める気がないのか、私と会うたびに、アルバイト勤務の業種が変わっていました。私が覚えているのは、トラックの運転助手、警備保障会社、印刷会社です」

「警備保障会社では、どんな仕事に就いていたんでしょうか？」

「いわゆるガードマンです。イベント会場で、入場者の整理と、事故が起きた場合の誘導なんかをやっているといっていたことがありました」

印刷会社では製品の搬送《はんそう》をしていたという。

壮亮は五年前に、法然院近くのアパートから、家主に退去を告げずにいなくなった。そのことを野村は知らずに、壮亮に会っていたのだという。

「アパートを出ていったあと、どんなところで暮していたと思いますか？」

茶屋は、野村のメガネの奥の目に注目した。

「法然院の近くのアパートから、ずっと前にいなくなっていたことを、森崎の事件のあと刑事からきいて知ったんですが、原口は住込みで働いていたんじゃないかって、想像しました」

「住込み……。しかし、職を転々としていたようですが」

「現在は、決まった職に就いていることも考えられます」

原口壮亮からは、森崎美和が殺害された事件以降、連絡がないし、それまでの電話番号は通じないという。

野村とも、壮亮について思いついたことがあったら連絡し合う約束をした。

洛友商事のビルを出ると、風が強くなっていた。京都の冬は寒いときいている。冷たい風と曇り空は、冬の到来を思わせた。

サヨコが、「牧村さんから、「暗い、重たい苦難にめげず、がんばってください」と電話がありました」とメールをよこした。

茶屋は事務所に電話した。

サヨコが応じた。勤務中であるから当然だが、彼女は正気のようだ。

「牧村の、あらためて、『がんばって』という電話は、どういう意味なんだ？」

「先生が歩いている道路が、突然陥没《かんぼつ》して、先生は、ふかーい、ふかーい穴にでも墜落《ついらく》して、そこから脱出しようと、もがいているんじゃないんですか?」

「彼が、そういったのか?」

「わたしの想像です」

「私は、硬くて平《たいら》な道路を歩いている。不吉な想像をするな」

「それは、ようございました。……牧村さんには、京都の警察から、茶屋次郎とは、いったいどういう人物なのかといった、問い合わせでもあったんじゃないでしょうか」

「彼が、そういったのか?」

「わたしの想像です」

「きょうは、なにを食ったんだ?」

「わたしの食事を、気遣ってくださるんですね」

「夢か現《うつつ》の区別がつかなくなるような物を、食ったんじゃないかって思ったんだ」

「そういう物があったら、ぜひ試してみたいものです」

ハルマキは、なにをしているのかときいた。

「きょうは、ここで夕飯をつくって食べるといって、食材を買いにいきました。無事かどうかご心配なら、電話してみたらどうですか」

サヨコとハルマキは、きょうから事務所へ住み込む気なのではないか。

5

「関係者が、何人も行方不明になっているの、なんか不自然な気がするんです」

木屋町の舟屋で落ち合うと、つや子がいった。

茶屋もそれを感じている。

行方不明ということは、生死についても不明ということだ。

原口壮亮と同棲していたことのある石津紀世が、六年前に姿を消した。彼女が行方不明になってからしばらくの間、壮亮は彼女に会いたがって、石津家を訪ねたり、同家付近で彼女があらわれるのを待って、張り込んだりした。これがストーカー行為とみなされ、警察から忠告を受けた。

そういう彼は、紀世がいなくなった一年後に行方不明になった。しかし、行方が分からなくなってからの彼は、学生時代からの友人の野村昭健に会っているし、森崎美和とも短期間であるが付き合っていた。野村も美和も、壮亮が法然院近くの住所から、無断で姿を消したことを知らなかった。これが現代の陥穽《かんせい》だ。電話が通じるので、住所を変わろうが、じつは社会的には行方不明であろうが、疑うことをしなかった。

三年前、美和が殺害された事件をきっかけに、野村は壮亮が何年も前から行方不明だったのを知ったということである。その事件以来、壮亮は野村の前に姿を見せていないし、電話も通じなくなった。

そうして、茶屋が鴨川取材に京都に着いた十一月二十九日、彼の案内役を買って出た原口奈波が、日本最古の東福寺三門前から、忽然といなくなり、行方不明に。

「行方不明の三人が、現在、どこでなにをしているのか、分からないということですね」

ペンを左手に持ったつや子は、あたりまえのことをいった。

「なにをしているのか、分かってる人を、行方不明者とはいわない」

「いなくなった人たち同士で、連絡を取り合っていることも考えられます」

「どこで、なにをしているのか分からないのだから、そういうことも、たしかに……」

謎の発端は、石津紀世が姿を消したことではないか、とつや子はノートを見ながらいった。

そうだった。紀世がいなくなり、連絡が取れなくなったことから、壮亮のストーカー行為がはじまり、それによって彼の名と存在が警察に知られた。

茶屋はあした、石津紀世がどういう人物だったかを調べるつもりでいる。十一月三十日に、鴨川デルタで遺体で発見された石津真海についても、茶屋はまだなにもつかんでいなかった。壮亮が紀世と一緒に暮していた経過から、彼と真海は接触していた可能性があるだろうと、警察はにらんでいるようだ。

もうひとつ思いつくことがある。京都府警本部の野宮刑事は、二年前に警視庁管内で発生した女性殺人事件にも、壮亮はからんでいるのではないかという嫌疑が持たれていると いっていた。京都市内で使われたニセ札事件と、被害者の女性は関係していたようである。

茶屋は、おでんの半平に辛子《からし》を塗りながら、サヨコとハルマキが今夜、なにをしているかを思った。夕方の電話では、ハルマキは事務所で夕飯をつくるらしかった。二人が自分たちの食費を浮かすために、事務所経費と称して食材を買い、事務所のガス、水道、電気を使っているとは思えない。

今夜の二人が正気なら、茶屋には彼女らに指示したいことがある。

つや子の前をはずすと、サヨコに電話した。

呼び出し音が十回ばかり鳴って、

「はい。あらっ、先生」

サヨコのケータイに掛けたのに、応えたのはハルマキだった。二人はひとつの電話機を共有しているのか。そんなことはないはずだ。

ハルマキの声の背後はざわついている。歌声もきこえた。

「サヨコに、用事なんですか、先生?」

ハルマキは、どうやら酒が入っているようだ。二人は今夜、飲みにいくために、事務所で夕食をつくって食べたのだろう。外での食事の費用を倹約したのにちがいない。

「どうして、人の電話におまえが出るんだ?」

「サヨコのバッグが鳴ったんで、出たのよ。先生からだったんで、よかったけど、もしも、大事な用事の人からだったら……」

「私の電話は、大事じゃないっていうのか？」

「大事な用事っていうのは、その人が息を引き取る前とか」

「ケータイに、他人が出たら、長生きするはずの人でも、次の瞬間に息を引き取るかも」

「そうなの？」

「サヨコは、寝てるのか。それとも死んだのか？」

「サヨコはいま、ステージなの。次は、わたし。その次が牧村さん」

「今夜は、牧村が一緒なのか」

「そうなの。牧村さん、やさしいのよ。先生がどっかへいっちゃって、寂しいだろうからって、仕事が忙しいのに、無理して、きてくれたの。サヨコの歌、いま二番が終ったとこ。もうちょっと待って。それとも、わたしの歌が終ったころ、掛けてくれる？」

「そっちから、掛けてよこせ」

「いやっ、恐い。牧村さん、そんな声、出さないわよ」

牧村はどうしているのかをきくと、サヨコのすぐ近くで、彼女の歌を熱心にきいているのだという。

サヨコが電話をよこした。店の外で掛けているらしく、人声も歌声も入らない。

「まだ、酔ってはいないようだな」

「ぜんぜん」

「牧村は、なにか用事があってきたのか？」

「わざわざ、お見舞いにきてくださったんです」

「なんの見舞い？」

「先生が、京都の取材につまずいて、警察に追いかけられている。狡《ずる》がしこい先生のことだから、なんとか窮地を脱するとは思うが、いまのところ食事も満足に摂《と》れないだろう。ですので、わたしたちと一緒に、先生の無事を祈願しようって。ありがたいじゃありませんか。茶屋次郎が、泥水に沈んで、もがき苦しむのを、よろこぶ人がいるというのに、牧村さんは、ひたすら先生の取材の成功を希《ねが》って、取材先での災難には、涙を流して気の毒がり……」

「今夜のおまえは、いままでにない酔いかたをしている。安酒を飲んで歌をうたうのは、美容と健康に毒だ。牧村のことなんか気にせず、いい加減に切りあげることだな」

「先生は、なにか用事があったんですか？」

「大事な指示をしようと思ったが、十分もしたら忘れてしまうだろうから、あしたにする」

「大事な指示なら、いってください。気になって、歌をうまくうたえなくなりますし、今夜は眠れないかも」

　たまには眠れない夜があってもいいだろう、と茶屋はいって電話を切った。

　三人は、渋谷道玄坂上のスナック・リスボンにいるにちがいない。サヨコとハルマキはその店の常連だ。茶屋も二人にせがまれて何度かいったことがある。その店のマスターは、サヨコを見ると、カウンターの内で膝を折る。近所で飲んでいると思われる男たちに、サヨコがあらわれたことを伝えるのだ。三十分もすると、最低五、六人はやってくる。目の縁《ふち》をピンクに染めたサヨコがうたいはじめると、男たちは、日ごろの暮しぶりも、仕事も、家庭も忘れ、とろけるような顔をして、三〇センチばかりの高さのステージでマイクをにぎっている彼女を、見つめるのである。

　ハルマキにも少数だがファンがいる。ふっくらした彼女の顔を見ると、胸に抱えていた憂《う》さが消えるのか、目も口もゆるみ、なかには涎《よだれ》が垂《た》れているのも気づかなくなる男がいる。

　今夜の牧村は、どんな顔をしているのか。彼は、サヨコとハルマキにはさまれて飲んでいるのだから、ほかの客たちは、殺意をはらんだ視線を、彼に投げつけているのではないか。

五章　灰色の連環

1

　洗面所で髭《ひげ》をあたっていると、ホテルの設置電話が鳴った。自宅にいても、どこへいっても、ケータイが普及してからは設置電話をめったに使わなくなった。

　間もなく八時になるところだ。モーニングコールを頼んだ覚えもない。

「おはようございます」

　サヨコだ。珍しく澄んだ声である。ゆうべは、リスボンで何曲もうたわせられたから、けさは、浪曲師の喉が渇きそうな声ではと思ったのだが。

「昨夜の用事は、なんでしたの？」

「覚えてたのか」

「わたしはこれでも、茶屋先生の秘書でございます。先生のご指示を忘れたことなど、一度もないはずです」

　なんだか別人と話しているようである。それにホテルの設置電話にとは。彼の所在を確認したいという意図があったのではないか。

「いいか。メモしてくれ」

「用意しています」

「二年前……」

「一昨年ということですね？」

　茶屋は、返事の代わりに咳払いした。

「警視庁管内で、女性が殺害された事件があったが、その被害者が、京都で発生したニセ札行使事件に関係しているようなんだ。たぶん、殺された女性の持ち物から、京都で使われたのと同じとみられるニセ札が、見つかったんだと思う」

「その事件の内容と、被害者の女性の職業、経歴を知りたいということですね？」

「そうだ。殺されただけでなく、京都のニセ札事件に関係があるらしいというから、大きく報道されたはずだ」

「ニセ札を、殺された本人が使うつもりだったのか、それとも、何者かが、被害者の所持品のなかに入れたかですね」

けさのサヨコは、秘書らしい話しかただけでなく、頭もしゃんと冴《さ》えているらしい。

「先生の、きょうの予定は？」

サヨコは、茶屋の行動を管理しているようないいかたをした。

きょうの茶屋は、かつて原口壮亮と一緒に暮していた石津紀世の、身辺データを集めるつもりでいる。それは昨夜、的場つや子と話し合ったことだった。つまり茶屋は、六年前から行方不明になっているという紀世についての情報を、ほとんどつかんでいなかった。それから、つい先日、鴨川デルタで遺体で発見された紀世の妹・真海についても同様。

警察は、以前から壮亮の行方を追っていた。彼が紀世と暮していたことがあったからであり、彼女の行方をつかもうとしていたからだ。彼は、紀世をさがす過程で、真海にも会ったことがあったにちがいない。それに壮亮は、森崎美和とも交際していた事実があった。

美和が他殺体で発見されると、警察はすぐに壮亮の関与を疑った。美和の母親が勤め先で強盗事件に遭うと、母親の身辺情報は、壮亮が美和から得たのではないかと推測したらしい。

いくつかの事件にかかわっているのではないかとみられている壮亮だが、生きているのならどこで、どんな暮しかたをしているのか。

きょうの茶屋は、つや子と一緒である。彼は単独でも行動できるが、京都に通じている彼女がいると心強いのだ。

　行方不明になる前の石津紀世は、スーパーマーケットをチェーン展開しているオゾンの本部に勤めていた。

　その会社は、京都市役所の近くであり、大桂社にも近かった。もともとは酒の問屋だったというオゾンは、風格のある古色蒼然《こしょくそうぜん》たるビルである。

　受付へ出てきた女性に、以前勤務していた石津紀世について話をききたいと告げると、総務課長の名刺を持った男が、茶屋とつや子を応接室へ案内した。茶屋の名刺よりも、つや子が大桂社の社員であることがものをいったようである。

　五十がらみの総務課長に、つや子が茶屋の職業と、ここを訪ねることになった経緯を説明した。つや子の説明は簡潔で雄弁だった。

「石津紀世は、高校卒業と同時に入社して、仕入部に所属していました。六年前、二十一歳のとき、習い事をしたいというような理由で、依願退職したんです」

　課長は、水色のファイルを自分の前に置いて答えた。勤務記録が載っているはずのファイルを開かずに答えたのは、紀世をよく記憶しているからなのだろう。その理由が次の話で納得できた。

　紀世が退職して二か月ほど経ったころ、刑事が会社を訪ねてきた。紀世のことをききたいというので総務課長が会った。

　刑事は、紀世の勤務ぶりがどうだったかをきいた。彼女には特別な出来事もなかったし、地味な印象のある社員だった。欠勤もほとんどなく、おおむね真面目な勤務ぶりだった、と答えた。課長は、三年間勤務した紀世をよく観察していたわけではなかったので、あたりさわりのない答えかたをしたのだ。が、刑事が訪ねてきたことから、彼女の関係書類に目を通したのだし、氏名を記憶することになった。

　訪ねてきた刑事は、意外なことをいった。

紀世は、約二年間、実家を出て、法然院近くのアパートで、男と同居していた。二か月前、男と別れたらしいが、実家にはもどらず、現住所は不明。

アパートに一緒に住んでいたのは、原口壮亮という男で、紀世より三歳上。原口は紀世に未練があって、彼女の居所をさがしている。彼女の実家を訪ねて、両親にも会っている。両親は、紀世の行方を知らないといって、彼を追い返したが、紀世が実家を出入りするとみてか、近所で張り込んだりもしている。警察は原口に、ストーカー行為にあたるとして注意した。紀世のことについて原口から問い合わせなどはないか、と刑事はきいたし、原口から連絡があった場合は警察に知らせるようにといわれた。

「原口壮亮さんから問い合わせがあったり、訪ねてきたことがありましたか?」

茶屋がきいた。

「ないと思います。少なくとも私のところには、そのような報告はありません」

石津紀世は退職後、会社へ訪ねてきたことはないかをきいたが、課長は、首を横に振った。

つい先日、紀世の妹の真海が、鴨川デルタで遺体で発見されたが、と茶屋がいうと課長は、その事件を新聞で知って、もしや紀世の妹ではと思い、人事記録を開いたのだったという。

「姉が行方不明。妹が殺された。いったいなにがあったんでしょうね」

課長はつぶやいた。

茶屋は、石津姉妹の父親の職業を尋ねた。

課長はファイルをめくった。

「株式会社王城《おうじょう》の役員となっています。名前は、石津三千蔵《みちぞう》です」

課長は、なにかを思いついたらしく部屋を出ていったが、四、五分でもどると、

「王城という会社をどこかで見た気がしましたので」

といって、メモを手にしてきた。

メモには「株式会社王城　東山区轆轤町《ろくろちょう》」と、電話番号が書いてあった。

「こちらとお取引のある会社なんですね？」

茶屋がきくと、王城運輸という会社が九州の焼酎を運んでくるので、記憶していたのだといった。オゾンとは直接の取引はないという。

「王城運輸は、王城の関連企業だというのを、ご存じだったんですね？」

「商品を届けにきたトラックのドライバーにきいたんです。そうしたら、王城の傘下《さんか》には異業種企業が何社もあるということでした」

茶屋は、詩仙堂に近い石津家の近所の主婦の話を思い出した。

紀世と真海の父親は会社員らしいが、以前は黒い乗用車が送り迎えをしていた。最近は電車を利用しているようだということだった。

オゾンの本部を出ると、歩いて三分ぐらいの大柱社へ寄った。「古都観月」編集部は三階だとつや子がいった。

エレベーターを降りると、廊下に書籍が積まれていた。梱包されたままの書籍も並んでいる。

つや子は、応接室へどうぞと指差したが、茶屋は編集部をのぞいた。二十人ほどの男女が、パソコン画面と向き合ったり、ペンを動かしている。ぎっしりと書籍が詰め込まれた書棚を背にした壁ぎわに、編集長の黒沢がいた。彼は茶屋の姿を認めると椅子を立った。

つや子が、京都の「会社録」を手にして応接室へ入ってきた。彼女は茶屋の横でページを繰った。

「ありました」

株式会社王城を見つけたのだ。

「設立　一九九〇年　資本金　二億六千万円　事業
産業廃棄物処理　運送　印刷　ドラッグストア
連結事業　建設2　運送2　警備保障1　遊技場
12　貴金属・宝飾品の製造・卸1　ホテル3」

役員は八名が記載されていて、三番目に石津三千蔵が載っていた。

王城が載っているページを、つや子がコピーした。

「関連事業の遊技場というのは、なんだと思いますか?」

茶屋は、テーブルをはさんで正面にすわった黒沢に話し掛けた。

「パチンコ店か、ゲームセンターじゃないでしょうか」

「パチンコ店……」

茶屋の頭に、きのう、洛友商事で会った野村昭健の顔が浮かんだ。野村は、原口壮亮の友人。彼は三年ほど前まで壮亮に会っていた。洛友商事に勤めていた森崎美和に、壮亮を紹介したのが彼だった。美和は何者かに殺害されて、鴨川へ投げ込まれたようである。その事件の一週間前に、美和の母親・章子が勤務先のパチンコ景品交換所で、強盗に遭っている。

野村の話によると、たまに会うたびに壮亮はアルバイト先を変えていた。彼の記憶にある壮亮のアルバイト業種は、トラック運転の助手、ガードマン、印刷会社だったといっていた。

もしかしたら壮亮は、王城の系列下にある企業でアルバイトをしていたのではないか。

「原口壮亮さんは、一緒に暮していた石津紀世さんと別れてから、彼女に未練があって、彼女の行方をきくために両親に会いにいった、ということでしたね」

黒沢がいった。

「壮亮さんのストーカー行為をやめさせるために、警察に訴えたのが紀世さんの両親だったということです」

茶屋はノートをめくった。

「紀世さんがいなくなってから、壮亮さんは初めて、彼女の両親と接触したように受け取れますが、彼はその前から石津三千蔵さんと会う機会があったんじゃないでしょうか」

「紀世さんを介して、三千蔵さんを知ったし、会ったこともあったというんですね」

「紀世さんが、父親の会社、あるいは関連会社に、壮亮さんを紹介したということも……」

　考えられることだと、茶屋はうなずいた。

「王城という会社の内容と、関連企業の名称や所在地を知る方法はありませんか。その会社にお知り合いがいるとか?」

　茶屋がいうと、黒沢とつや子は顔を見合わせて首をかしげた。

　茶屋のいったことを社内のだれかにきくのか、どこかへ問い合わせるのか、黒沢が部屋を出ていった。

　三十分経つというのに黒沢はもどってこなかった。

　つや子も、電話に呼ばれて出ていった。

　茶屋は、社員の仕事の邪魔になっているような気がしはじめた。が、そこへサヨコがメールをよこした。手すきになったら電話を、とあった。

　茶屋は、事務所の電話に掛けた。

「ニセ札が発見された事件が、分かりました」

　サヨコがいった。けさ、茶屋が指示した事件を調べたのだ。

　一昨年十月。東京・西品川《しながわ》のマンションに独りで暮していた若松《わかまつ》瑛見子《えみこ》・二十八歳が、絞殺《こうさつ》された。彼女は、渋谷区の会社員。連絡がなく出勤してこなかったので、同僚がケータイに掛けたが応答がなかった。それで警察官に立ち会いを頼んで、部屋に入って遺体の彼女を発見した。首に紐《ひも》状の物で絞められた跡があったことから、殺害されたものとみて、司法解剖された。その結果、彼女け前夜、死亡したことが判明。殺人事件であるから警視庁品川署に捜査本部が設けられた。

彼女は、京都市北区《きた》生まれ。京都大徳《だいとく》大学卒業後、京都市内の村政《むらまさ》製作所に約三年間勤務。死亡時は、渋谷区の人材派遣会社・ゼブラアートに勤務。

捜査本部が、自宅室内を調べたところ、壁に吊られていたバッグのなかから、封筒に入ったニセ一万円札が三枚見つかった。そのニセ札は、同年九月、京都市下京区四条通のスーパー・大崎屋の閉店セール中に使われたニセ札と同じものであることが分かった――

「ここまでが、新聞と週刊誌の報道です」

「京都出身だったのか」

茶屋はつぶやき、また思いついたことがあったら連絡するといって、電話を切った。

つや子がもどってきた。つづいて黒沢が入ってきた。

黒沢は、王城という会社を知っている者がいないかを社内できいたが、いなかった。それで新聞社にいる知り合いにあたった。すると経済部記者に電話をまわしてくれた。経済部記者は、王城という会社の存在は知っているが、内容については詳しくないといって、運輸関係の業界新聞の記者を紹介してくれた。その記者と連絡が取れ、一時間後に大桂社へきてくれることになったという。

つや子は、昼食の出前を取るが、なにがよいかと茶屋と黒沢にきいた。

茶屋は、うどんがいいというと、つや子は笑った。彼女とはこの前もうどんを食べたからだろう。

「この近くには、京都一のおいしいうどんの店があります」

彼女は、出町柳駅の近くの店で昼食を摂ったときも、同じようなことをいった。

茶屋はノートを開いて、サヨコが報告してきた東京の女性の殺人事件を黒沢に話した。

「では、その事件でも、原口壮亮は警察ににらまれたでしょうね」

黒沢がいった。

「たぶん」

「そういう男の妹が、当社に勤めていた……」

黒沢は天井を仰いだ。原口奈波のことである。

2

「京阪運輸界」という業界紙の磯貝《いそがい》という名の記者は、黒縁の厚いメガネを掛けていた。四十代半《なか》ばに見えるからベテランだろう。応接室にいた三人は初対面だから磯貝と名刺を交換した。

「旅行作家の茶屋次郎さんが、ここにおいでになるとは」

磯貝は、意外だといった。彼は茶屋が書いているものを知っていた。つい先日は、茶屋の著書の「笛《ふえ》吹《ふき》川」を読んだのだという。

茶屋がなぜここにいるのかを、黒沢が説明した。

磯貝は、ショルダーバッグからノートを取り出すと、黒沢の話をメモした。

つや子がお茶を運んできた。

磯貝は、ポケットからタバコを取り出したが、テーブルに灰皿がないのを見てポケットにしまおうとした。

「どうぞ、お使いください」

つや子が棚から緑色をした灰皿を出して、磯貝の前へ置いた。

本題に入ることにして、茶屋が、王城という会社を知っているかと磯貝にきいた。

磯貝は、タバコに火をつけると顎を引いた。

「うちでは、新聞と月刊誌を出しています。それに広告を出してもらうために、担当の者が王城を訪ねましたが、『広告を出すような会社じゃない』といって断わられたんです。それをきいたあと私が、新聞の会社紹介のコーナーに登場してもらいたいといって訪問しましたが、それの取材にも応じてもらえませんでした」

「広告はともかく、会社紹介の取材を拒否したとは、どういうことでしょうか?」

　茶屋がいった。

「株式を取引市場に公開している企業ではないので、会社内容を宣伝する必要はない、というのがその理由でした」

「宣伝する必要がないのでなく、会社内容を世間に知らせたくないというのが、本音では?」

「茶屋さんのおっしゃるとおりだと思いました。それで私は、王城の履歴に興味を持ったものですから、ひそかに調べることにしたんです」

「株式を上場していないし、会社内容を公《おおやけ》にしたくないという企業は、ほかにもあると思います。磯貝さんは、王城のどんな点から履歴に興味をお持ちになったんですか?」

　茶屋は、業界紙記者の細い目のなかの光をじっと見てきいた。

　磯貝は、茶屋の顔にうなずいた。

「商工新聞社が発行している会社録を見て、連結事業にさまざまな業種が並んでいる点に注目しました。それから登載されている項目が、ほかの企業より極端に少ない。たとえば従業員数、業績などが省《はぶ》かれています。つまり王城が、商工新聞社の求めに充分応じなかったということだと思います」

「商工新聞社では、会社録に登載する内容の取材に、担当者が訪問しているんですか?」

「いいえ。登載項目を刷った用紙を各社に送り、記入したものを送り返してもらっているんです。不明な点がある場合は、電話で補足をしているようです」

　磯貝は、独自に調べた王城の内容を話した。

　茶屋は勿論、黒沢もつや子も、磯貝の顔をちらちら見ながらペンを走らせた。

　創始者は小玉賢治《こだまけんじ》という人。小型トラックを自分で運転して廃品回収をしていた。初めのうちは道端に捨て置かれている不用品を拾い、修理のきく物には手を加えて古物商に卸すようなことをしていたようだ。年数が経つうち、町工場から出る鉄屑《てつくず》を集め、製鉄関連業者に納めるようになった。

この事業はどうやらあたったらしく、鉄屑の出る工場と、それを買い取る企業との契約が成立して、大阪方面へも手を伸ばした。

小型トラックから大型トラックを何台も所有するようになったのは、大阪の家電製造と建材メーカーの製品を東海地区へ輸送する事業を請負ったからだった。運送業は拡張され、大阪の製薬会社製品を東海や関東へ輸送するようにもなった。

この間に小玉は、石津という人と知り合った。石津も十代から二十代にかけて、廃品回収をしていたようだが、小玉と石津が手を組むと、王城を設立し、事業を拡大した。医療機関や公共施設から出る廃棄物処理をおこなううち、業績が下降した印刷会社と、運送会社を買収したのである。この買収資金は石津が出したらしいといわれているが、石津がどうやって多額の資金を得ていたのかは謎とされている。

小玉は、事業経営に秀《ひい》でた才能のある人で、買収した会社を健全企業に立て直した。

石津は、夫婦だけで細ぼそとやっていた薬の小売店を、土地ごと買い取ったのを手はじめに、ドラッグストアのチェーン化を展開した。

王城は、潤沢《じゅんたく》な資金を活かして、小規模な建設会社や運送会社に、運転資金の貸付けをし、次第に経営実権をにぎり、創業者や主な役員を追い出して、傘下におさめた。

買収とはべつに警備保障会社を設立し、傘下企業から仕事を請負わせた。京都、和歌山《わかやま》、大阪にパチンコ店を開業、「王城興産」に運営させた。王城興産は、ホテル、貴金属と宝飾品の製造と卸も手がけている——

ここまでが磯貝が調べた王城の沿革《えんかく》だった。

「会社録によると、創業者だという小玉賢治は載っていませんが」

茶屋がペンを休めて質問した。

磯貝は、いい質問だというふうに口のまわりの深い皺をゆがめた。見ようによっては不気味な表情である。

「小玉賢治は六十七歳のとき、病気で倒れたんです。それは七年前でした。小玉には息子が二人、娘が三人いました。長男と次男が、王城に勤めていました」

磯貝の話をきいて茶屋は、会社録のコピーに目を落とした。王城の役員のなかには小玉姓の人はいなかった。

「小玉の長男も次男も、役員に就いていましたが、退任、いや、退職したということです」

「小玉賢治が病気になったからですか?」

「小玉賢治は病気になって二年後、つまり五年前に死亡しました。その直後に、小玉の長男と次男は、王城から去っています。私は、石津三千蔵によって二人とも追い出されたんじゃないかとみています。賢治が亡くなると、すぐに役員改選をしたということですから」

「小玉賢治と石津三千蔵は、不仲だったんでしょうか?」

「不仲ではなかったが、石津にとって小玉の息子たちは邪魔な存在だったんでしょうね。……石津は冷《れい》徹《てつ》な人間のようで、小玉賢治の入院中、二、三回しか見舞いにいかなかったということです。会社を興《おこ》した当座は、小玉と石津は、なにかにつけ相談し合っていたと思います。共同経営者でしたから。しかし会社の規模が大きくなり、事業がまず順調にすすむようになると、石津にとって創業者は目の上のたん瘤《こぶ》だったんじゃないでしょうか。石津にやりたいことがあっても、小玉の賛成が得られないとか」

「王城の成長経緯を、小玉の二人の息子は知っていたでしょう。石津の資力がものをいったこともです。しかし、追い出そうとされれば、なんらかの方法で抵抗したと思います。会社の株も所有していたことでしょうし」

「紛争はあったでしょうね。あるいは現在も、争いはつづいているかもしれません」

茶屋は、また会社録の写しに目をやった。

資力にものをいわせて王城を発展させたという石津三千蔵は、代表者ではないようだ。それをいうと磯貝は、登記簿を見たが、石津三千蔵は取締役に名を連ねているだけで代表権はないという。現在の王城の社長は、伊吹雪彦《いぶきゆきひこ》となっている。

「伊吹雪彦とは、どういう経歴の人ですか？」

茶屋がきくと、磯貝はそこまでは調べていないといった。

茶屋は、詩仙堂に近い石津の自宅を思い出した。付近では平均的なブロック塀で囲った木造二階建てだった。鉄製の門扉のなかから濃茶の犬がさかんに吠えていた。


石津三千蔵には娘が二人いた。その一人は紀世で、高校卒業後、スーパーマーケットを経営するオゾンの本部に事務社員として勤務していた。彼女は二十一歳までの約二年間、原山壮亮と同棲。しかし六年前、壮亮と別れると実家へもどらず、行方不明になった。

なぜなのか事情は分からないが、石津の次女の真海も実家を出て、京大の東側になる左京区吉田のマンションに独り暮しをしていた。

結婚前の二人の娘が、ともに実家をはなれていた点にも、なにか世間に知られたくない裏面が隠されていたような気がする。

真海は、絞殺されたうえ、鴨川に放り込まれたようだ。彼女の職業がなんだったのか、なぜ殺されたのかも、まだ茶屋はつかんでいない。

磯貝の話をきいているうちに、父親が役員をしている会社の闇の部分が、事件に直接なり間接的にからんでいるのではないかと思いはじめた。

3

「まだまだ、調べたいことが山ほどある」

茶屋はつぶやきながら、つや子の前にあった会社録を引き寄せた。

一昨年十月、東京・品川区の自宅マンションで殺害された、若松瑛見子が勤務していたという村政製作所が載っているページを開いた。

村政製作所は、東証一部上場企業で、総合電子部品メーカーだ。

「えっ」

茶屋は思わず声をあげた。村政製作所の役員のなかに伊吹雪彦の名があったからだ。

王城の現在の社長と同姓同名である。同じ人物なのだろうか。企業の社長が他社の役員を兼務しているのは、珍しくはないが、あとで確認することにした。

茶屋はつや子に、会社録にある村政製作所をコピーしてもらった。

つや子がきいた。

「村政製作所へ、いらっしゃるんですか?」

「おととしの十月、東京の自宅で殺された若松瑛見子は、京都出身だし、村政製作所に勤めていました。どの部署で、どんな仕事を担当していたのかも知りたいんです」

茶屋は思いついたことがもうひとつあって、森崎章子に電話した。三年前、パチンコ景品交換所に勤務中、強盗に襲われた人である。

彼女はすぐに応答しなかったが、十数分後に掛けてよこした。

「あなたが勤めていたパチンコ景品交換所は、王城という会社の系列ですか?」

「いいえ」

章子は答えたが、王城系のパチンコ店が何か所もあるのを知っているといった。

「現金輸送車は、あなたが勤めていた交換所以外のところへも寄っていたでしょうね?」

「何か所へも寄っていたようです。そのなかには王城系の景品交換所も入っているということでした」

「美和さんは、原口壮亮さんと親しくしていた時期があったそうですが、美和さんから、壮亮さんの勤め先をおききになっていましたか?」

「いいえ。原口さんという人のことは、まったく知りませんでした。その人の勤め先が、なにか?」

印刷会社にも、運送会社にも、警備会社にも勤めたことがあったらしいと茶屋がいうと、警察へ呼ばれたさい、刑事から、そのようなことをきいた記憶があるといった。

「茶屋さんは、原口壮亮さんの居所をさがしていらっしゃるんですね?」

「妹の奈波さんの行方もです」

「きのうも刑事さんが見えまして、茶屋次郎さんからどんなことをきかれたか、といわれました」

梅木と羽板という刑事だろうというと、

「あら、茶屋さんは、刑事さんたらとお知り合いなんですか」

「二人の刑事は、私のやっていることが、気になってしかたがないようです」

茶屋は、身辺の警戒を怠らないようにと忠告した。


京都市北区の村政製作所の敷地は、二、三十年は経っているだろうと思われる檜が柵《さく》になっていた。広い駐車場には、車がぎっしりと並んでいる。河原の石を積み重ねたような門柱を入ると「受付」という札の出た守衛所があった。

制服制帽の守衛係に、人事課を訪ねる旨を連絡してあると告げると、左手の棟を教えられた。それは事務棟で、奥のほうには二階建ての棟がいくつも整然と並んでいた。棟と棟のあいだを車が通っているが、人影は目に入らなかったし、機械などの動く物音もきこえない。

総務部人事課係長の名刺を出した四十代後半の男が応対した。

係長は、茶屋が用件を切り出す前に、彼の職業を尋ねた。茶屋の名刺には氏名以外に、事務所所在地と電話番号しか刷ってないからだ。

「やっぱりそうでしたか。きのう、お電話をいただいたとき、どこかで見たかきいたかしたお名前だと思いました。……旅行作家の方が、どうして若松瑛見子のことを？」

係長は、わずかに首をかしげた。

「若松さんが不幸な目に遭われたことは、ご存じでしょうね？」

「知っています。報道されましたし、東京から刑事さんがおいでになって、若松が勤務していた当時のことをおききになりました。刑事さんは、若松の実家へもいらっしゃったと思います」

「ご実家には、ご両親がおいでになるんでしょうね？」

「最近は連絡を取っていませんが、両親は健在だと思います」

茶屋は、瑛見子が勤務していた部署をきいた。

「入社して半年ほどは、施設管理部というところにいましたが、秘書課に欠員が生じましたので、転属しました」

「秘書課ですと、役員の方と接触する機会があったでしょうね？」

「ありました。若松は、会議の設定や、四、五人の役員のスケジュール管理なんかを担当していました。秘書課は、この棟の四階で、役員室とは隣り合わせですので、会う機会はしょっちゅうあったと思います」

退職理由をきいた。

「アメリカの大学へ留学したいということでした。あとで考えると、口実だったかもしれません」

「なにを勉強するためだったんでしょうか？」

「分かりません。歳ごろでしたから、結婚するつもりだったのでは、と想像した社員がいました」

「社内で、お付き合いしている方との噂でもありましたか?」

「それは耳にしていませんでした。私たちが知らなかっただけかもしれませんが」

「こちらの役員に、伊吹雪彦さんという方がいらっしゃいますね?」

「はい。常勤役員です」

伊吹雪彦は、以前施設管理部長だったが、現在は関連事業担当の常務だという。

王城という会社を知っているかというと、係長は天井を見るような目をしてから、きいたことのある社名だといった。

「王城の社長が伊吹雪彦さんというお名前です。こちらの伊吹さんでしょうか?」

係長は瞳を動かしていたが、確かめる必要を感じてか部屋を出ていった。
五、六分すると黒い表紙のノートを持ってもどり、伊吹雪彦は、たしかに王城の社長に就任している、といった。
「ということは、王城はこちらの関連企業ですか?」

「いいえ。当社の関連企業は二十二社ありますが、王城という会社は入っていません」

取引先かときいたところ、係長は、「さあ」といって首をかしげた。主な取引先ではないということらしい。

「思い出しました。王城というのは、産廃処理業者では?」

「そうです。産廃処理以外に、運輸や、印刷や、ドラッグストア。系列には警備保障や、パチンコ店やホテルもあるようです」

茶屋がいうと、係長は表情を曇らせ、

「茶屋さんは、若松のことを調べにおいでになっただけではなさそうですね」

といった。

茶屋は、村政製作所を訪ねることになった経緯を、簡潔に説明し、かずかずの事件に、なんとなく王城がからんでいるような気がするのだといった。

「たとえば、どんな事件にですか?」

係長の表情は険しくなった。

茶屋は、原口壮亮の名を出し、警察はいくつもの事件に壮亮の関与を疑っている。そのうちの一件が若松瑛見子が殺害された事件なのだといった。

「若松が、原口壮亮という人と知り合っていたとでもいうんですか?」

「京都府警は、なんらかのかたちで二人が関係していたのではとにらんでいるようです。若松さんは、東京の自宅で殺されただけではありません」

「自宅からニセ札が発見されたことを、指していらっしゃるんですね」

「若松さんがご不幸な目に遭われる前、スーパーの大崎屋の閉店セールで、ニセ札が使われていました。その事件でも原口壮亮という人の関与が疑われたんです」

係長の眉間はますますせまくなった。

茶屋は、知っているかぎりの原口壮亮の経歴を話した。

壮亮は、王城を経営している石津三千蔵の長女の紀世と、二年ばかり一緒に住んでいた。が、彼と別れた紀世は、実家にもどらず行方不明になった。壮亮の名が警察に知られるようになったきっかけは、紀世に対してのストーカー行為だった。

4

茶屋は、係長の仲介で、常務の伊吹雪彦に会えることになった。伊吹は四十代で取締役に就任したのだという。そもそも伊吹家は、村政製作所の大株主で、同社の発展に貢献した一族だと係長から紹介された。

応接室にあらわれた伊吹は、色白で穏やかな風貌《ふうぼう》をしていた。

「係長からききましたが、茶屋さんは人気のおありになる旅行作家だそうですね。私は、その方面に疎《うと》いものですから、お名前を知りませんでした」

話しかたはおっとりしていた。

係長と話しているときは、お茶を出されたが、伊吹があらわれると女性社員がコーヒーを運んできた。

「茶屋さんは、あちらこちらへと旅行され、その先ざきで、おいしい物を召しあがり、結構なお宿をお取りになる。うらやましいようなお仕事ですね」

伊吹は笑いながらいった。旅行先で茶屋が、峠を越えたり、川を渡ったり、社寺を参詣したことを記事にしなくてはならないのに、大企業の常務はそこまでは想像していないようである。

「さて、私は、なにを答えればいいのですか?」

伊吹は、コーヒーを一口ふくんで、細い目を茶屋に向けた。

「伊吹さんは、村政製作所の関連企業でもない王城の社長に就任されていますが、それはどのようなご縁で?」

茶屋は、いかにも良家育ちの人らしい福相を見てきいた。

「ああ、王城ですか。私は、あの会社の経営者に頼まれて、社長になっているだけです。代表権も実権もありません。名前を貸しているだけというのが、正直なところです」

「経営者とおっしゃいますと、小玉という方のことでしょうか?」

「石津さんです。あの会社を動かしている人です」

「石津三千蔵さんですね?」

「茶屋さんは、ご存じでしたか?」

「会社録で見ただけです。石津さんとは、長いお付き合いなのでしょうね?」

「六、七年といったところでしょうか。当社の創立記念パーティーでの席で、人に紹介されて会ったのが最初だったと思います」

伊吹は、笑みを絶やさずに答えた。

「王城は、こちらとは関係のなさそうな、さまざまな事業を運営されているようです」

「そうですね。パチンコ屋まで傘下に入れていますね。石津さんから、『社長に』と頼まれたとき、業績に問題のある会社ですと、私の名にも傷が付きますので、バランスシートを出していただいて、経理士に見てもらいました。順調に利益をあげていましたので、名前だけを使っていただくことにしました」

王城の会議などには、定期的に出席しているのかときくと、社長に就いて三年ほどになるが、訪ねたのは二、三回だと答えた。石津とは、どうやら社外で会っているようだ。

旅行作家が、なぜ京都の中小企業のことを知りたいのかと、伊吹がききかけたそのとき、ドアにノックがあった。背のすらりとした女性社員が入ってきて、伊吹に耳打ちした。彼はうなずくと、約束の来客があるので、といって応接室を出ていった。

伊吹も、かつて秘書課にいた若松瑛見子の事件を知っているだろうが、彼にしてみれば、関係のない遠いところで起きたことなのではないだろうか。

伊吹の足音が消えると係長が、伊吹は人に頼まれていくつもの名誉職に就いている。本人はそれらすべてを覚えていないようだといった。

タクシーをつかまえようと東へ向かって歩いていた。三〇〇メートルほどで鴨川に突きあたるはずだった。

内ポケットが、チリ、チリと鳴った。メールをよこしたのは、牧村編集長。そろそろ東京へ帰りたくなったころだろう、とでもいってよこしたのでは。

［電話ください］無愛想なメールである。

電話した。

「先生は、いまどこですか？」

「タクシーがつかまらなかったら、北大路《きたおおじ》駅で地下鉄にと思ったところだが、なぜ？」

「いま、京都に着きました」

茶屋は、牧村を京都へ呼んだ覚えはない。

「なんの用事で、京都へ？」

「なんの用事……。先生に鴨川の取材をお願いしたら、とんだ目に遭って、市中の警察署をハシゴしているところでしょうから、お見舞いに」

牧村は人混みのなかにいるようだ。

「衆殿社をクビになったんじゃないんだね？」

「なにをいってるんですか。ホテルへもどってください。ロビーで」

牧村は電話を切った。

ホテルに着くと牧村は、ショルダーバッグを斜め掛けにしたまま、新聞を読んでいた。

茶屋が前に立つと、驚いたというふうに新聞をたたんだ。

「先生、お元気そうじゃないですか？」

「病気見舞いにきたようなことをいうな」

「事務所の二人のおねえさんは、先生は当分のあいだ、帰ってこれないんじゃないかって、寂しそうだったし、心配してましたよ」

「そのわりには、楽しそうに酒を飲んで、歌をうたっていた。あんたが彼女たちを誘ったんだろ？」

「私は、彼女たちを見舞いにいったんです。若い二人のことだから、胸を痛めて、しょげ返っているだろうと思ったからです」

茶屋は牧村の横に腰掛け、京都へきた用事をきいた。

「なんだか、私がきては迷惑みたいですが、だれかとこれから会う約束でも？　あっ、そうだ。先生は大桂社の美人編集者と、行動をともにしているんでしたね。その人は、きょうは？」

牧村は、ロビーを見まわした。

彼は、昼食を摂っていない、といって腹を押さえた。茶屋も食事前である。

ホテルの一階奥のレストランに入った。食事どきをすぎているので、空席が目立った。

牧村は、メニューを見る前にビールをオーダーした。いつの間にか、会社を一歩出れば酒を飲みたくなる癖がついてしまった男だ。

二人とも、シーフードスパゲッティにした。

「私が京都へきたのは、おととし、東京の自宅マンションで殺された女性……」

牧村は、その女性の氏名を忘れたのか、ノートを取り出した。

「若松瑛見子さんだ」

茶屋がいった。

「そうそう。彼女については、事件当時、うちでも取材していました。なにしろ若松瑛見子は、女優かモデルにしたいくらい、容姿端麗《ようしたんれい》だったんです」

茶屋はきょう、瑛見子が勤めていた村政製作所を訪ねてきたのだったが、面接した係長も、常務の伊吹も、きわ立った美人だったとはいってなかった。

めったにいない美人、というのはマスコミが、人目を惹く記事のためにつくりあげたことではないのか。

「彼女は、首を絞められて殺されただけではなかった」

牧村は、ビールを一杯飲み干した。

「ニセ札を所持していたことが、室内の捜索で分かった」

「そこです。室内にあった彼女のバッグのなかに、ニセ一万円札が三枚入っていた。そのニセ札は、京都のスーパーの閉店セールのどさくさにまぎれて使われたのと同じでした。警察が室内をなお調べたところ、タンスの引き出しから封筒に入ったニセ札が二枚見つかったんです」

牧村は、自分が見つけたようないいかたをした。

「合計五枚……」

「ニセ札の入っていた封筒は、切手が貼ってあって、「大津《おおつ》」の消印がありました」

「滋賀県だね。宛名は？」

「若松瑛見子です。品川区の住所も正確でした」

「差出人は？」

「それがないんです」

差出人不明か。

「引き出しには、それ以外に、彼女宛の同じ紙質の封筒が四通」

「それも郵送されてきたもの？」

「消印は、高槻《たかつき》、茨木《いばらき》、東《ひがし》大阪《おおさか》、大和《やまと》郡《こおり》山《やま》でした」

「なんとなく、わざとらしいな」

「一か所に統一されていない点もですね」

「中身は？」

「四通は空《から》でしたし、差出人名はありませんでした」

「本人が受け取った郵便物にまちがいないだろうけど、はたして中身はニセ札だったかどうか？」

ニセ札が使われていたとしたら、どこかで発見されていたはずである。

「封筒は、何者かに受け取りだけを頼まれたんじゃないだろうか。消印の日付は？」

「五通とも、一昨年でした」

封書を発送した人間は彼女に、封筒を保存しておくようにと指示したことが考えられる。

「先生は、若松瑛見子が、ニセ札行使事件に関与していたと思われますか？」

牧村は、パスタを半分ほど食べたところで、ビールの追加を頼んだ。

「それはなんともいえないが、村政製作所を退職してからの経歴は？」

「渋谷区のゼブラアートという、人材派遣会社に一年勤めていました」

村政製作所を退職したのは三年前。その後の一年半はなにをしていたのか。

「アメリカの学校へ通っていたと　本人はゼブラア

ートに申告していますが、なんていう学校なのかは分かっていません。ゼブラアートでは、英語の読み書きも会話も堪能だったといっています」

その会社で彼女は、広告会社へのモデルやタレントの派遣事務を担当していたという。

「本人は、モデルとして所属したんじゃないんだね？」

「顔立ちもスタイルもいいので、会社では雑誌広告なんかへのモデルになることをすすめたけど、本人は、英語を活かす社員として働くのを希望したそうです」

茶屋は、王城という会社の沿革を話した。もしかしたら若松瑛見子が関係していたのではと考えたからだ。

「王城の実務者らしい石津三千蔵は、元からの資産家ですか？」

牧村は、パスタを少し残してフォークを置いた。

「若いときは、廃品回収をやっていたというし、資産家の生まれではないらしい。なにかの事業であてて、金を蓄《たくわ》えたんだろうが、経歴には謎の部分があるような気がする」

それと、茶屋が首をかしげるのは、石津の二人の娘の暮しぶりだ。

長女の紀世は、高校を卒業すると、スーパーマーケット経営のオゾンに社員として就職した。大学教育などを受けられる家庭なのに進学しなかった。そして十九歳のときから二年間ほど実家を出て、原口壮亮と同棲生活を送った。二十一歳のとき、壮亮との生活を解消したのか、彼と別れたのだが、実家にはもどらず行方不明になった。行方不明というのは、彼女の両親がいっていることであって、連絡を取り合っていることが考えられなくはない。

殺害された次女の真海も、実家をはなれて独り暮しをしていた。彼女の住所は分かっているが、経歴についてはまったく不明である。

実家の近所では、独身の娘が二人とも両親と別居していたのを不思議がっている。歳ごろになった娘が暮すには、住宅が手ぜまというわけではない。

5

つや子とは、夕方、舟屋で会うことにした。

中鉢あおいに連絡すると、きょうは午後六時に退《ひ》けるので、そのあと駆けつけるといった。

茶屋と牧村は、昼食を摂ったレストランから、ラウンジへと移動した。牧村はそこでもビールを飲むのかと思ったが、二杯飲んだビールが効いたのか、コーヒーをオーダーすると腕組みして、目を瞑った。若松瑛見子に関することを茶屋に話すと、そのほかに用事はないようだ。六時すぎには、つや子とあおいが同席すると茶屋がいったが、牧村は返事をしなかった。

茶屋はまだ調べたいことがある。あらためてノートを読むと、いままで調べたことはすべて食いかじりであるのに気がついた。目下《もっか》、彼の最大の関心事は、石津家と石津三千蔵だ。

茶屋はいま一度、一乗寺の石津家の近所で聞き込みをすることを思いついて、立ちあがろうとした。眠っているはずの牧村の腕が伸びてきた。

「私を置いて、どこへいこうとしたんです？」

「手洗いだ」

「嘘でしょ。いまの格好は、私から逃げようとしたとしか思えません。だれかと会う約束でもしてあったんですか。相手は女性ですね」

「あんたは、昼間から飲んだ酒が効いて、眠ってたんじゃないのか」

「私は、いつでも、どこにいても、茶屋先生をじっと見ているんですよ」

「今夜は酒盛りになる。それまで寝《やす》んでいるといい。部屋を取ろうか？」

「ここでいいです。もっと先生と話し合いましょう」

「話し合おうって、あんたは眠いんじゃないのか」

牧村は首を横に振ると、冷めたコーヒーを一口飲んだ。

「先生は、王城の実質経営者の石津三千蔵に関心を持っていますね？」

「大いに」

牧村の目にはまだ眠気が残っているようだが、言葉は明瞭《めいりよう》だ。

「王城の前社長は、創立者だった。その人は亡くなる前に、石津に会社の実権を譲渡していたんですか？」

業界紙記者の磯貝は、創立者の小玉賢治が五年前に病死すると、それまで役員を務めていた小玉の長男と次男を、石津が実権をにぎりたいがために、会社から追い出したらしいといっていた。

「先生。そのことを確認すべきですよ」

牧村は、目をぱっちり開けた。

茶屋は、会社にいるつや子に電話し、会社録は毎年発行されているのかときいた。

「見ますので、少しお待ちください」

つや子の声は弾んでいた。彼女は顔立ちもととのっているが、声も透きとおるように澄んでいる。

「お待たせしました。会社録は隔年発行です」

きのう、大桂社で茶屋が見たのは最新版で、去年の発行だという。

「その前、あるいはその前の前に発行の会社録は保存されていますか？」

「三冊あります」

茶屋は、最新号の前のと、その前に発行された会社録の、王城の部分をコピーして、あとで持ってきてもらいたいと頼んだ。

茶屋が電話しているあいだ、牧村は目を瞑っていた。眠っているのか、なにかを考えているのか分からない。


午後六時。茶屋と牧村は、木屋町の舟屋に着いた。まだ客は一人も入っていなかった。茶屋は、主人と女将とも顔なじみになっている。

座敷にあがると牧村が、

「京都へきたんだから、一晩ぐらい祇園で飲み食いしたいものです」

と、天井を見あげていった。彼の顔は、「なんだ、おでん屋か」といっていた。

十五分ばかりすると、中鉢あおいが入ってきた。茶屋が牧村に、原口奈波の友だちだとあおいを紹介した。

「『女性サンデー』の編集長さん」

あおいは、牧村の名刺をじっと見ていった。彼女が、たまに「女性サンデー」を買っているというと、牧村は正座して、

「これからも、どうぞよろしくお願いします」

と、丁重《ていちょう》に頭を下げたあと、

「茶屋先生が、いろんなことをお願いして、ご迷惑をお掛けしていると思います」

と、よけいなことをいった。

「迷惑どころか、先生は、奈波のことを心配してくださって。……わたしはなんのお役にも立てなくて、申し訳ありません」

そういったあおいに牧村は、膝に両手を置いて何度も頭をさげた。

酒が運ばれてきた。茶屋が銚子《ちょうし》を取りあげたところへ、つや子が着いた。

白いボーダーシャツに黒のベストのつや子は、牧村と名刺を交換した。

盃を口にかたむけた牧村の目は、つや子の胸に釘づけになった。女性の白くて深い谷間を初めて見たような顔をして、酒をちびりちびりと飲った。

つや子は、男の視線に胸を刺されているぐらいのことには馴れきっているというふうに、黒い鞄から会社録のコピーを取り出した。

王城の項が拡大されていた。

茶屋は、自分が持っている最新号のコピーと、三

年前発行の登載記録を比べた。内容に変更はなかった。五年前発行のを見ると、社長が小玉賢治、役員のなかに小玉勝市《かついち》、小玉雄次《ゆうじ》の名があった。小玉姓の二名は、小玉賢治の長男と次男だろう。

磯貝記者のいった、小玉賢治の息子二人を、石津が会社から追放したというのは事実のようである。

珍しいことだが牧村は、ポケットから出したノートにメモを取りはじめた。彼は昼間、ホテルで、若松瑛見子の事件を話したときも、そのノートを手にしていた。森崎美和と石津真海が殺された事件も重大だが、牧村は瑛見子の事件により強い関心を寄せているようだ。殺された彼女の自宅から、京都市内で使われたニセ札が見つかったことについても、なにかのからくりを疑っているという。

それと、かつて彼女が勤めていた村政製作所役員の伊吹雪彦が、王城の社長に就任している点から、京都で発生したいくつもの事件が、どこかでからみ合っているのではないかと、牧村は感じはじめたにちがいない。

「あんたは、あした東京へ帰ったら、若松瑛見子が勤めていたゼブラアートという会社の役員構成を、調べてくれないか」

茶屋が牧村にいった。

「私は、あした帰るかどうか分かりませんよ」

「あ、そうなの。編集長なのに、暇なんだね」

「事件は、複雑な模様を呈しているようなので、茶屋先生だけでは手がまわらないでしょ」

「手がまわらないというか、まだ分かっていないことがいくつもあるのはたしかだ」

牧村は、茶屋と一緒に調査をするつもりなのか。謎がいっぱいあって、調査が面白そうなので、それを茶屋にだけやらせておくのが惜しくなったのではないのか。

牧村は、ノートをポケットにしまうと、先斗町に知っているクラブがあるので、そこで飲み直すといって膝を立てた。

「なんていう店?」

茶屋がきくと、店の名は忘れたが、場所は覚えているといった。

「女のコの名は覚えているんだね?」

「それも忘れたが、顔は覚えている」

つや子とあおいは、顔を見合わせて笑った。

先斗町で飲むなら、鈴虫のいる店へいきたい、と茶屋がいうと、

「えっ、この時季に鈴虫が……」

牧村は目を丸くした。

茶屋はつや子に、大桂社の顧問弁護士に依頼してもらいたいことがあるといった。

「どんなことを、お願いすればよろしいのですか?」

つや子は、左手にペンを持った。

「あなたはあした、小玉勝市と小玉雄次の住所を調べてくれませんか。それから、左京区一乗寺の石津三千蔵の公簿の取り寄せを、弁護士先生に頼んでください」

茶屋は、石津三千蔵の経歴を詳しく知る必要があるといった。

つや子の横で、黙ってビールを飲み、おでんを食べていたあおいが、

「さっきから、石津という人のことが話題になっていますけど……」

といって、箸を置いた。

「知っている人ですか?」

茶屋は、あおいの真剣な表情にいった。

「みなさんのお話をきいていて、一年ぐらい前に、奈波からきいたことを思い出したんです」

三人は、あおいの顔に注目した。

「たしか奈波は、石津姓の姉妹のことを調べたいとか、調べているといってました。壮亮さんは石津さんという女性と、しばらく一緒に暮していたけど、その人と別れた。別れると彼女は行方不明になった。彼女の妹も実家を出て、独り暮しをしている。

実家があるのに、二人の娘がなぜ両親と別居なのかを知りたい、というようなことをいっていました」

「妹の石津真海さんは、殺されて、鴨川デルタで見つかりました」

茶屋がいった。

「その事件をテレビで知ったとき、もしかしたら奈波からきいたことのある人では、と思いましたけれど、それをだれにも話さないことにしていました」

だれにもというのは、府警本部の野宮刑事を指しているようだった。彼女はあした休みだから、鞍馬の原口家を訪ね、奈波の両親に会ってくるといった。

六章　男たちの軌跡

1

　レストランはけさも、朝食を摂る宿泊客でにぎわっていた。

　ぐるっと見まわしたが牧村の姿はない。

　ゆうべ、茶屋と牧村は、鈴虫のいる先斗町のクラブ・ピンシャンへ入った。鈴虫もそうだが、十数人のホステスには京都の古刹の名が付いている。それをきいた牧村は面白いといって、鈴虫から全員の名をきいてはメモした。いつか、「女性サンデー」の記事に使うつもりなのか。この店にはかつて、森崎美和が桂春の名で働いていた。美和は、原口壮亮と親しくしていたことのある女性だ。

　美和は、クラブでのアルバイトを終えて帰る途中、何者かに胸を刃物で刺されて殺され、鴨川へ投げ込まれた。その事件でも壮亮は関与を疑われ、刑事が店へ聞き込みにきたということだった。

　珍しいことだが、牧村は美和の事件にも関心を深めてか、鈴虫に美和の人柄などをきいていた。

　彼女の話をつまみにして酒を飲んでいるうち、眠気がさしてきたらしく、何度もペンを取り落とした。そういうところが、本来の牧村だった。

　けさの牧村は、どこにいるのかも忘れて、まだ夢のなかなのではないか。

　茶屋は窓ぎわの席で、烏丸通を急ぎ足でいく人を見ながら、ゆっくりフォークを使った。彼の前後のテーブルの客は外国人だ。一組は初老のカップル、一組は四人の男女。四人はいかにも観光に訪れたらしく、高い声で話し、笑い合っていた。

　茶屋は新聞を読み、二杯目のコーヒーを飲み干したが、牧村はレストランにあらわれない。

茶屋は設置電話に掛けた。が、応答がない。ケータイに掛けてみたが、留守電になっていた。ひょっとしたら会社から呼ばれ、東京へ帰る列車のなかなのか。

九時をすぎると、レストランの客はめっきり減った。

茶屋はフロントで、牧村の部屋へ電話してもらいたいといった。なんとなく不吉な予感にとらわれたからだ。

「牧村さまは、お出掛けになりました」

女性のフロント係は笑顔を向けた。

「出掛けた……。何時ごろですか？」

彼女は首をかしげたが、八時前だったと思うと答えた。

二日酔いで目が覚めないか、発病で意識を失っているのではと思ったが、そうではないらしい。茶屋になんの連絡もせず、いったいどこへいったのか。

昨夜の牧村はピンシャンで、鈴虫の話を熱心にきいていた。森崎美和の事件については、鈴虫の話をメモまでしていた。もしかしたら彼はけさ、美和が遺体で発見された現場へでもいったのではないのか。現場近くに立ってみたところで、事件の全容が見えるわけではないが、なにか感じるものでもあったのだろうか。

それとも牧村には、茶屋にもいえない秘密があり、きょうは朝から、秘密の場所へ出掛けたのか。

茶屋は部屋にもどると外出の支度をととのえた。石津三千蔵の身辺を詳しく知るため、いま一度、彼の自宅付近の家を訪ねてみたかった。

バッグを肩に掛けたところへ、つや子から電話があった。きのう頼んでおいた小玉勝市と小玉雄次の住所が分かったのだという。

茶屋はペンを構えた。

小玉勝市の住所は、東山区芳野町《よしのちょう》。小玉雄次の住所は、南区東九条東岩本町。

いまのところ、住所以外のことは不明だがよいか、と彼女はいった。

二人が現在、どのような暮しかたをしているかを、すぐに調べてみる、と茶屋は彼女に礼をいった。

「牧村さんとお二人で聞き込みにいらしたら、刑事とまちがえられそうですね」

つや子の口は笑っているようだ。

「その牧村ですが、けさは行方不明なんです」

「えっ。ゆうべは、ちゃんとホテルへお帰りになったんですか?」

つや子は、牧村の素行を疑っているようなことをいった。

けさは食事をしたのかどうか、茶屋よりも早く起きて出掛けたようだというと、

「ゆうべの牧村さんは、茶屋先生やわたしたちの話をききながら、さかんにメモを取っていらっしゃいました。なにか調べたいことでもあって、お出掛けになったのでは」

つや子にいわれて、茶屋は昨夜の牧村のようすを思い返した。彼はたしかに舟屋でもピンシャンでも、ノートにメモを取っていた。

茶屋は、予定変更し、地図を開いた。

小玉勝市の住所は五条通に面しているか、その近くだと分かった。

ロビーへ降りると、女性のフロント係から、

「いってらっしゃいませ」

と声を掛けられた。茶屋はフロント係とは顔なじみになっている。

印をつけた地図を、タクシー運転手に見せた。

車は、曇り空の下を、烏丸通を南へ走り、五条通を東に向かって鴨川を渡った。五条大橋から三〇〇メートルほどのところで、この辺りだといわれた。

地番を少しはずれた履物店で、付近に小玉勝市という人が住んでいるはずだが、ときくと、生《は》えぎわ

の後退した主人は、冊子のような物をめくったが、六軒東の「香雪《こうせつ》」という和菓子屋が小玉姓だと教えられた。

　和菓子屋というのは意外だったが、香雪をのぞいた。軒《のき》の上には年数を経ていると思われる木製の看板がのっている。ガラス戸を四本立てた店のなかには、鉤の手のガラスケースと、金色や緑色の箱を並べた棚が見えた。白衣を着て、白い帽子の若い女性が独り、横を向いてなにかを包んでいる。客は入っていなかった。茶屋は店の前を往復してから、隣の和装品店へ入った。棚には西陣織のバッグや、風呂敷や、和紙工芸品などが色を競っていた。ガラスケースのなかは簪などのアクセサリーだ。それらをちらりと見た茶屋は、ハルマキに簪を頼まれたのを思い出したが、買う気を起こしはしなかった。

　店の奥にいた五十代ぐらいの主人らしい女性が、茶屋を見てにこりとした。茶屋は客ではないことを断わり、隣の香雪をやっているのは、小玉という人かときいた。

　女主人は、茶屋の用向きを嗅ぎ取ったらしく、二、三歩前へ出てきた。

　香雪の経営者は勝市という名かときくと、女主人は笑顔を消して、そうだと答えた。

「小玉さんは、東山区内で王城という会社を経営していた人の息子さんですが、お菓子屋さんをやっていらっしゃるのは意外でした」

　女主人はうなずくと、香雪は、大正時代からの老舗だったが、先代には店を継ぐ人がいなかったため、住居と店舗を売りに出した。それをそっくり買い取ったのが小玉勝市だといった。

「まだ五年は経っていないと思います」

　香雪は以前からの得意先があるし、何年も勤めている職人がいる。小玉は、それらのすべてを継承できるので買い取ることを決めたのだという。

「繁盛しているようですか？」

「詳しいことは分からしまへんけど、ずっと前からの職人さんがいはりますし、小玉さんの奥さんも手伝っていはります」

小玉は、もっぱら配達を担当しているようだという。

業界紙の磯貝記者の話だと、小玉兄弟の父親が死亡すると、石津三千蔵が会社の実権をにぎり、先代の血を引いた兄弟を追放したということだった。

女主人の話では、小玉勝市は四十二、三歳で、愛想がよく、穏やかな人柄に見えるという。

茶屋は、女主人に礼をいって店を出ると、少しはなれたところから香雪をカメラに収めた。


河原町通を下って、小玉雄次の住所をさがした。二、三軒できいてさがしあてることができたが、ここでも茶屋は意外な思いにとらわれた。小玉雄次は「稲穂《いなほ》」という煤《すす》けた看板を掲げている焼き鳥屋の主人だった。

付近は庶民的な商店街で、そのなかの稲穂はいかにも老舗といった店構えだ。

最近では珍しくなった金物店が近くにあった。その店には、ブリキの塵取《ちりと》りから七輪《しちりん》まで置いてあった。七十代半ばだろうと思われる主人は、清酒の銘の入った厚地の前掛けをしていた。

稲穂をやっているのは小玉という人だが、何年ぐらい前から経営しているのかと茶屋はきいた。

「そろそろ五年ぐらいになりますやろか」

「五年……。店構えは古そうですが？」

茶屋は首をかしげて見せた。

「なにや、気にならはることでもあるんですかいな？」

主人は、段ボール箱を隅に寄せると、椅子を出した。

「小玉さんは以前、東山区内の会社の役員をしていました。お住まいだけを知っておきたいと思ってきましたが、焼き鳥屋をやっているとは、意外でした」

「あの店は、三十年以上、べつの人がやっていたんです。その人は歳を取ったし、病気にもなって店をやっていけなくなったんです。それで、店も住まいも手放すことにしたんでしょうな。若い従業員を何人も使うて、繁盛していた店ですわ」

店の裏側に木造二階建ての住宅があるのだという。

小玉雄次に会ったことがあるかをきいた。

「何度も会ってます。店を再開するときには挨拶に見えましたわ。小玉さんは飲食業の経験はないけど、経験のある従業員を雇い入れることができたんで、稲穂の名で営業するいうてました」

店の模様替えがすんだ日に、近所の人たちを招んで、オープン記念の宴会を催《もよお》したという。

「小玉さんは毎日、店に出ているんですか?」

「ええ、白いシャツに黒い前掛けをして、毎日。……如才《じょさい》ない、ええ人です」

再開後、二、三か月すると常連客がもどってきて、以前にもまして活気のある店になったという。

小玉は商売上手らしいと、金物店の主人はほめた。

茶屋は道路を渡ると、午後五時から店が開くという稲穂に、カメラを向けた。

牧村のケータイは依然として留守電になっている。茶屋が掛けたことは記録されているのだから、何事もなければ電話をよこすはずである。

もしかしたら牧村は、何者かに行動を監視されていたのではないのか。監視されていただけでなく、けさはホテルから連れ去られたのでは。彼は、ニセ札を自宅に置いて殺された若松瑛見子の事件に関心を持っていた。これがアダになったということはないだろうか。

2

ホテルへもどった。自分の部屋のキーを受け取ってから、牧村はまだ外出から帰ってこないのかと、

フロント係の女性にきくと、

「ラウンジにいらっしゃいます」

といわれた。

茶屋は、やや照明を絞っているコーヒーラウンジをのぞいた。鍔《つば》の広い帽子をかぶって緑の木陰に立っている女性を描いた、大型の油絵が飾られている壁ぎわで牧村は、瞑想《めいそう》にふけっている僧のように目を閉じていた。

「どっかへさらわれていって、二度とこの世にもどってこないのかと思っていた」

茶屋はそういって、牧村の正面に腰掛けた。

「残念ながら私は、先生のご期待にそえず、このとおり」

彼は朝から、北区の若松瑛見子の実家へいき、彼女の両親に会い、そのあと兄を勤務先に訪ねて、三十分ほど前にもどってきたのだという。

彼は、編集長よりも記者をやっていたいのではないか。

「収穫は？」

瑛見子の両親は、娘が殺されたことも、自宅からニセ札が見つかったことも、納得できないといっているという。

大学を卒業してから三年間、村政製作所に勤務した瑛見子は、アメリカへ語学留学したいと両親にいった。それをきいて両親の頭にのぼった思いは、渡航費や渡航先での生活費だった。それをいうと、自分の月々の給料やボーナスから少しずつ溜《た》めていた金をあてることができるので、両親にはその点の心配はかけないといった。

「父親の職業は？」

茶屋がきいた。

「小規模な会社に長く勤めていて、今年の春退職したそうです。いま六十五歳。母親は六十歳ですが、三年前から病院通いをしているといっていました。両親がいうには、息子と娘を大学に通わせるのが精一杯だったそうです。住まいは一軒家ですが、借家です」

瑛見子の兄は三十二歳で独身。結婚するはずの女性がいたのだが、瑛見子が事件に遭ったことから、先方が婚約解消してきたという。

「私が、瑛見子のことをある程度調べてきたものと父親はみて、娘には留学費の援助をしてくれた人がいたといっていました。彼女が三年間で、給料やボーナスの一部で留学費を蓄えることができたといったのは、嘘だと見抜いていたんです。援助をしてくれる人がいなかったら、瑛見子には、留学の希望があっても、実現はしなかったんじゃないでしょうか」

牧村は、ノートを手にしていた。

「彼女は、ゼブラアートという会社に一年間勤めていて、不幸な目に遭った。アメリカから帰国して半年ばかり空白があるが、その間なにをしていたのか、両親は知ってたのかな」

「その点を兄にきいたら、東京の学習塾でアルバイトをしていたと、瑛見子からきいたことがあったが、それだけでは、生活費はまかなえなかったと思うといっていました。兄も、彼女が資力のある人の援助を受けていたのを、におわすようなことをいっていました」

瑛見子の一年間の留学、そして帰国してからの数か月、定職に就いていなかったことと、事件に遭ったことは、無関係とは思えない、と牧村はいった。

「若松さんに、原口壮亮と奈波を知っていたかをきいてみたか?」

「両親も兄も、きいたことのない名だといっていました」

瑛見子は何者かに、ニセ札を行使していたように陥《おとし》れられたのではないだろうか、と茶屋はにらんでいる。

中鉢あおいから電話があった。彼女はきょう、鞍馬の原口家を訪ねたのだった。茶屋がホテルにいるというと、彼女は十五、六分後には着けるといった。

　的場つや子からも連絡があって、一時間後にホテルへくることになった。彼女は、大桂社の顧問弁護士に石津三千蔵の公簿取り寄せを依頼したのだった。

　あおいは、ベージュのコートを腕に掛けてラウンジへ入ってきた。

「今夜は、寒くなるそうです」

といって、牧村の横へ腰掛けた。ゆうべとはちがって体調でも悪そうな顔をしている。

「原口壮亮さんと奈波さんの消息について、ご両親はなにかいっていましたか？」

　茶屋がきいた。

「おばさんは、親戚に急用ができたといって、いませんでした」

　壮亮と奈波の母・晴江のことである。

「じゃ、お父さんだけだったんですね？」

　あおいはうなずいた。

「おじさんは元気のない声で、『二人のことはなにも分からない』といいました。それはいままで何回もきいた言葉です。電話でもききましたけど、なんとなく落着きがないようで、お客さんがいないのに、店の物を動かしたり、拭いたりしていました。おじさんのあんな態度を見たのは初めてです」

「あなたが、二人のことを心配して、わざわざ訪ねたのに」

　あおいはきのう原口家へ電話して、訪ねるのを告げていたのだった。

「きのうの電話には、だれが応えたんですか？」

「おばさんです。電話の声はいつもと同じで、わたしに礼をいいましたし、『心配かけてごめんね』ともいっていました」

　晴江の、親戚に急用が生じたというのは、ほんとうだったのだろうかと、茶屋は首をかしげた。

　あおいは、壮亮と奈波の父の秀一郎に、壮亮から石津真海の名をきいたことがあるかと尋ねたという。
「秀一郎さんは、なんていいましたか?」
「『きいたことがあるような気がする』といってか
ら、『なんで、そんなことをきくのか』っていわれ
ました。おじさんに、あんないいかたをされたの
も、初めてでした。わたしが邪魔をしにきたみたい
だったので、茶屋次郎先生も、奈波の行方不明につ
いて、胸を痛めているといいましたら……」
あおいは、なんていおうかを迷ったのか、言葉を
切った。
秀一郎がなにをいったのかを、茶屋はうながし
た。
「『あの人は、東福寺の建物や紅葉に目を奪われて
いて、奈波が一緒だということを忘れていたんだ。
世のなかの役に立たない仕事をしているので、無責
任なんだ』って。ごめんなさい、先生。お気を悪く
なさらないでください」

あおいの横で目を瞑って話をきいていた牧村だ
が、秀一郎のいったことにうなずくように首を動か
すと、
「あなたは、原口秀一郎さんとは何度も会っている
んでしょ?」
と、あおいにきいた。
「はい。数えきれないほど」
「そういう人に対して、奈波さんのお母さんは、親
戚に急用ができて出掛けたということでした。その
言葉は漠然としたいいかただと思いませんか。ほん
とうに急用ができたんなら、急用の内容をいいそう
なものです」
あおいは牧村の顔を見ながら、何度も首を動かし
た。
つや子が、黒い鞄を提げてやってきた。
「お疲れさまです」
あおいが笑顔でつや子を迎えた。

つや子は紅茶をオーダーすると、鞄から角封筒を取り出した。

――石津三千蔵は、伏見区下鳥羽《しもとば》の生まれで五十七歳。旧姓老沼《おいぬま》。

十九歳のとき、伏見区竹田《たけだ》の石津ルイ子の養子に。

二十五歳のとき、ルイ子（四十七歳）は宮津市において死亡。

三十歳で利根妙子《とねたえこ》と婚姻。二人の子供。長女・紀世（二十七歳）、次女・真海（二十四歳）＝十一月三十日、左京区下鴨において死亡確認――

右が石津三千蔵の戸籍記載事項。

茶屋は、石津三千蔵の公簿の要点をノートに控えると、じっとしていられなくなった。

3

茶屋は、石津三千蔵の出生地をさがしあてた。伏見区下鳥羽のそこは府道の西寄りで、鴨川に近かった。鴨川は一キロあまり南下すると桂川《かつらがわ》に合流することが分かった。

三千蔵の旧姓の老沼という家があったのを覚えているといった人に会ったとき、学童の合唱の声が風に運ばれてきた。近くに小学校があるのだった。

老沼家を覚えているといった人は、頭の光った七十代。入れ歯の具合がよくないのか、口を左右に動かしながら、新聞を持ったまま玄関へ出てきた。

「老沼のことを、いまごろ……」

肌艶のいい丸顔の老人は、なぜ知りたいのかという顔をした。

茶屋は、つくり話を思いついた。事業で成功した老沼三千蔵の伝記を本にしたいのだといった。

「三千蔵という子は、成功したんですか?」

「石津という姓になっていますが、運送業や印刷業を手広くやっている会社の、事実上の社長です」

「ほう。それは知らなんだ。私がその子をよう見掛けたんは十四、五歳のころまでやけど、何年か経ってから、いろんな噂が耳に入ったんを覚えとる」

茶屋は、玄関の上がり口へ腰掛けると、三千蔵はどんな少年だったかをきいた。

三千蔵の父親は、自動車整備工場に勤めていた。毎晩、風呂あがりに酒を一杯飲むのが唯一の楽しみで、ほかにはこれといって趣味のない温和な男だった。母親は、食品会社や食堂や機械工場などと、たびたび勤め先を変えた。働き者だが口やかましい主婦だと、近所の人たちに陰口をきかれていた。

三千蔵には、二つか三つちがいの妹がいた。三千蔵が中学のとき、両親は北海道旅行に出掛けた。夫婦での旅行は初めてだったろうといわれていた。だが、二人は帰らぬ人となった。帰りに飛行機事故に遭って、死亡したのである。

三千蔵と妹は、親戚のべつべつの家へあずけられた。妹は、あずけられた家に落ち着いていたようだが、三千蔵は何か所かを転々とした。両親への保険金や航空会社からの慰謝料受け取りをあてにした、親戚の争いごとを嫌って、あずけられていた家を飛び出したらしいという噂が流れていた。学校へもろくにいかなくなったことから、不良少年とも呼ばれ、彼に近づくのを禁じた親もいた。

彼は高校へすすまなかった。中学の卒業式にも出席しなかったようだという。

しばらくのあいだ行方が分からなくなっていたが、近所の人が、リヤカーを引いて歩いている三千蔵を見掛けたという話が広まった。

彼はリヤカーを引いて、道端や河原に捨てられている廃品を拾い歩いていることが、人びとの口から耳へと伝わった。

「それはたしか、あの子が十七、八のころで、その後は噂も入ってこんようになった。私はあんたから老沼三千蔵の名をきくまで、忘れとった」

老人は、光った頭に手をのせた。

「三千蔵さんの妹については、なにかおききになりましたか？」

「きいた覚えはまったくないから、平穏に暮すことができたか、遠方へでもいったとちがうやろか」

茶屋は礼をいって老人の家を出ると、伏見区内のもう一か所を訪ねてみることにした。

老沼三千蔵は十九歳のとき、石津ルイ子という人と養子縁組をしている。


訪ねあてることのできた先は、近鉄京都線竹田駅の近くだった。

「石津さんという家は、うちのお隣りさんでした」

といったのは、六十半ばの主婦。

以前、石津家があったところは、新しいマンションになっていた。そこへも児童たちの甲高い声がきこえた。

小学校と幼稚園が近くにあることが、あとで分かった。三千蔵は石津家に同居していたというから、子供たちの声をきいていたにちがいない。

石津ルイ子には子供がいなかった。彼女の夫は建設会社の社員だったが、彼女が三十九歳のとき、建設工事現場で発生した事故で死亡した。その後二年ほど彼女は独り暮しだったが、養子を迎えた。

「養子をもらうことになったいう話をきいたとき、幼い子やろうと想像してましたら、鼻の下や顎に薄く髭の伸びた大人やったんで、びっくりしました」

三千蔵は十九歳だった。

「石津さんとは親戚だったんでしょうか？」

茶屋がきいた。

「詳しいことは知りません。石津さんがいわはったんは、早うに両親に死なれた子いうだけです」

三千蔵が同居してしばらくすると、彼の職業が近所の人たちに知れた。古い小型トラックを運転して、廃品回収をしていたのである。

そのトラックはときどき、鉄屑のような物を山のように積んで、家の裏にとまっていた。三千蔵は毎日、車に乗って出掛けるので、近所では働き者と見ていた。

だが、なかには卑猥《ひわい》な想像をして噂を立てる人も少なくなかった。ルイ子は四十を出たばかりだし、養子にした三千蔵は二十歳近かったからだ。二階建ての一軒家の二階の窓に、深夜まで灯りが点いているといいふらす人もいた。夫に死なれた直後のルイ子は、しょげ返っていたのに、「若返った」とか、「最近は化粧をするようになった」とか、「着る物が以前とはちがってきた」などと、口さがない人たちは噂をした。

人びとの噂も消え失せたころ、石津家に重大事が起こった。ルイ子が、旅行先の宮津の海で水死したのを近所の人たちはきいたのである。彼女は四十七歳。三千蔵は二十五歳だった。

当然だが、宮津の警察から連絡を受けた三千蔵は、現地へ駆けつけ、彼女の遺体を引き取った。

「石津ルイ子さんは、何人かと旅行していたんですか?」

「いろんな噂が飛んでいました」

主婦は眉間に皺を寄せた。

「いろんな、とおっしゃいますと?」

「近所の人たちと一緒にいったのでないことはたしかでした。……わたしが覚えている噂は、ルイ子さんには男の同伴者がいたらしいということでした」

「男性の同伴者が……」

茶屋は、身を乗り出すようにした。

「団体旅行ではなかったんで、そういう噂が流れたんかもしれません」

「男性でも女性でも、同伴者がいたのが事実なら、その人はルイ子さんが亡くなったときの状況を知っているはずですね」

「そないでしょうけど、事故やったいうことしか、わたしは覚えていません」

主婦は両手を合わせると顎にあてた。

「ルイ子さんが旅行に出掛けたとき、三千蔵さんは自宅にいましたか？」

主婦は瞳を天井に向けていたが、

「ルイ子さんが亡くならはったあと、警察の方がきて、あなたと同じことをきかれたんを、思い出しました」

といって、いくぶん険しい目つきになった。

茶屋は、同じ質問を繰り返した。

「三千蔵さんは、家にいてたような気がします。二階の窓に灯りが点いていたんを見たと、警察の方に答えたような気がします」

「窓に灯りが点いていたというだけでは……」

茶屋はいいかけて口をつぐんだ。

ルイ子の死は、はたして事故だったのだろうか。

宮津というと、日本三景のひとつの天橋立《あまのはしだて》の絶景が目に浮かぶが、彼女は船での観光をしていたのか。

「ルイ子さんが亡くなったのは、夏ですか？」

「春でした。たしか桜の咲くころやったという気がします」

それなら海水浴ではない。釣りをしていてあやまって海に落ちて溺《おぼ》れたのか。

「ルイ子さんは、勤めていたとか、仕事を持っている人でしたか？」

「いいえ。ご主人が亡くなる前はどこかに勤めてはったようでしたけど、独りになると勤めを辞めて、家にいてはりました。これも人からきいたことですけど、前まえからお金を溜めていたけど、ご主人が亡くなると、生命保険と建設会社からはまとまった金額の慰謝料をもろたいうことです。それを知って、お金を借りにくる人が出入りしていました。ルイ子さんは、市内の商売をしている人にだけ、利息を取って貸していたそうです。その噂は、亡くなる前から小耳にはさんでいました」

「ルイ子さんが貸していた金の回収は、三千蔵さんがしたのでしょうか?」

「そうだと思います」

「ルイ子さんが亡くなってからは、三千蔵さんの暮しぶりは変わりましたか?」

「変わりました。廃品回収に使っていた古い小型トラックは、塀にくっつけるようにしてとめたままになっていました。トラックをめったに運転しなくなると、自転車に乗って出掛けるようになったんを覚えています」

「自転車……」

茶屋は、主婦の話をメモした。

主婦の記憶では、ルイ子の死亡後半年ほどの間、自転車で外出していた三千蔵は小型トラックと交換したように、中型トラックに乗るようになった。そのトラックにはさまざまな物が積まれていた。

「たとえば、どんな物ですか?」

首をかしげたり、天井を仰いだりしている主婦に茶屋はきいた。

「古い家を壊した廃材のような物やったり、機械が積んであったこともありました」

「なんの機械でしたか?」

「わたしが知っていたんは、織機《しょっき》でした。そのほかはなんの機械なのか分かりません。あ、古いパチンコ台が積んであったことがありました」

パチンコ台を入れ替えた店から運んできたのだろうか。

「三千蔵さんは、独り暮しでしたか?」

「ずっと独りでした」

茶屋のききたいことを察知したように主婦は、

「二十代やったのに、女の人が出入りするのを見たことはありませんでした。たまに男の人が訪ねてきていましたけど、いつもちがう人やったようです」

土地も家屋も石津家の所有だったので、三千蔵がそれを処分して転居した。

「土地はうちの倍ぐらいの広さでしたので、百四十坪はあったと思います」

　家屋は年数を経ていたので、土地とともに買い取った不動産業者が取り壊して、アパートにした。その建物が三十年近く経ち、昨年、マンションに生まれ変わったのだという。

　三千蔵は転居するさい、主婦の家に挨拶にきた。彼はそのとき、自分は親族に恵まれない星の下に生まれた人間、という意味のことを洩らしたという。転居先は南《みなみ》区だが、落ち着いたら連絡するといって、自分でトラックへ家財を積んで、二、三回往復していた。それきり彼は姿を見せないし、連絡もよこさなかった。主婦も近所の人たちも、ルイ子のことも三千蔵のことも忘れていた。

　が、四、五年前、茶屋と同じように石津三千蔵が住んでいたころのことを知りたいといって訪ねてきた男がいたと、主婦は思い出したようにいった。

　その男は、茶屋のように名刺を出さないし、職業を明白にしなかったという。

「何歳ぐらいの男でしたか？」

　茶屋は、その男に関心を抱いた。

「二十四、五歳に見えました。なにを知りたいのですかとわたしがききましたら、たしか三千蔵さんは若いころ、どんな仕事をしていたかを知りたいといいました」

「奥さんは、知っていらっしゃることを、話してあげましたか？」

「簡単に話してあげたような気がします。その人、茶屋さんのように、慣れたききかたをしなかったと思います」

　その男の風采を覚えているかときいたところ、会社員風ではなかったという。

4

　茶屋はタクシーのなかから、牧村に電話した。木屋町の舟屋で落ち合うことにしようというつもりだった。

なんと牧村は、目下、東京行きの新幹線の車中で、名古屋をすぎたところだといった。

「前ぶれなくやってきて、黙って帰るなんて……」

「勝手なやつだっていいたいんですね」

牧村は、笑っているようだ。

茶屋は、石津三千蔵の過去について、目の覚めるような報告をするつもりだったのに、と、愚痴《ぐち》をいった。

「先生が京都で、真面目に取材をしていることが分かりました。ドキドキすることや、眠気がふっ飛ぶようなことは、原稿に書いてください。私は、今夜の編集会議で、先生の奮闘ぶりを話しておきます。あ、それから、事務所のおねえさんたちにも、先生は当分大丈夫だって、報告しておきますので」

列車はトンネルにでも入ったように、ぷつりと切れた。

四条河原町の髙島屋《たかしまや》の前でタクシーを降りた。四条通を人びとは、鴨川で、高瀬川で、揺れて流れる夜の灯に酔っているように、そぞろ歩いている。デパートも飲食店も、客を吸い寄せては吐き出している。

河原町通で「京うちわ」の看板を出している店をのぞいた。観光に訪れたらしい中年の外国人の男女が十人ばかりと、日本人の若い女性が四、五人、商品を珍しそうに見ていた。茶屋は、色とかたちに誘われて入った。ガラスケースには簪も扇子《せんす》も収まっていた。東山区大和大路《やまとおおじ》には、アメ色のべっこう簪をつくっている有名な店があるらしいが、ここは観光客向けの商品を並べている。

茶屋は、ハルマキに頼まれたのを忘れぬようにと、金と赤と黒で彩《いろど》られた簪と、梅の花を散らした扇子を選んだ。

事務所には、少しばかり口うるさいサヨコもいる。以前、彼女から、書道教室に通っているときいたのを思い出し、筆を二本と、箸を選んだ。事務所へ送ることにした。これが届いたとき二人は、喉が裂けるような歓声をあげるだろうか。

舟屋に着いて、熱いお茶を一口飲んだところへ、黒沢とつや子がやってきた。

ビールで乾杯すると茶屋が、結婚前の石津三千蔵の軌跡を話した。

「石津の半生は、波乱に富んでいますね」

黒沢は、唇の泡を指で拭った。

「両親は、飛行機事故で亡くなり、生命保険と航空会社からの慰謝料を受け取った。だが、その金をめぐって、親戚が争いを起こしていた……」

つや子は、低い声でつぶやきながら、茶屋の話をノートに控えた。

「三千蔵が養子になった石津家は、親戚ではなかったんですね？」

黒沢がきいた。

「他人のようです」

「三千蔵氏は、どういう縁で石津ルイ子の養子になったんでしょうか？」

つや子がノートから顔をあげた。

「石津家の近所の人の推測では、廃品回収をしていた三千蔵を、ルイ子は観察していて、働き者だといって白羽《しらは》の矢を立てたということです」

「その観測に狂いはなかったんですね」

黒沢の言葉には、深い意味がふくまれているようだ。

三千蔵のほうも、何度かルイ子に会いながら、次第にその距離を縮めたのだろう。

養親を得たが、三千蔵の働きぶりは変わらなかった。リヤカーが小型トラックに替わり、やがて中型トラックにさまざまな物を積んで運ぶようになった。車が大きくなったぶん、彼の商売の規模が広がったということだったのだろう。

ルイ子と三千蔵には、親子のかたちはできたが、彼は彼女をじっくり観察していたような気がする。

ルイ子は、小金を溜めていたらしい。夫の事故死によって、まとまった金額を手にするようにもなった。世のなかには、そういうことを見逃さない人がいるもので、彼女に借金の申し込みをした。ルイ子のほうは、養子の稼ぎだけで食べていければよいという女ではなかった。金を借りにくる人物を吟味し、市内で商売をしていて返済能力のある人にのみ貸していた。

彼女のそのようすを、それとなく見ているうち、三千蔵には彼女が所有している金額の見当がついたにちがいない。それと、石津家の不動産がどれほどかの見当もついていたことだろう。

茶屋は、黒沢とつや子に、宮津におけるルイ子の死亡の原因を正確に知りたいといった。三十二年前のことである。病死ではなかった。

石津家が隣だったという家の主婦の記憶だと、ルイ子が死亡したあと、警察官が訪れて、三千蔵のアリバイを確認するような質問をしたという。彼女の水死には事故と断定できない点があったのだろう。

彼女は男性と一緒だったらしいという噂もあるが、それがだれだったのか分からなかったのではないか。

地元の警察は、事件のにおいを嗅いだかもしれないが、すでに時効になっている。

「弁護士に頼めば調べてくれるでしょうけど、茶屋先生が直接、警察にあたったほうが早いし、正確ではないでしょうか」

黒沢がいった。

茶屋はうなずいた。原口奈波の行方不明に端を発した調査だったが、思いもよらない広がりをみせたものだと思った。

酒に酔うと眠ってしまう、野宮刑事の手を借りることを考えないではなかったが、茶屋は自力で調べることを決めた。

「わたしがご一緒したいですけど、あしたは、打ち合わせが二件重なっているものですから」

つや子は、ペンを箸に持ちかえた。

茶屋は、ホテルにもどると、宮津行列車の時刻を調べた。京都からは特急で二時間たらずだった。

日付が変わる時刻まで原稿を書いた。きょう、情報を得た小玉勝市と小玉雄次に関してである。小玉兄弟は、王城に役員として勤めていたのだが、父親で創業者の小玉賢治が死亡すると、共同経営者だった石津三千蔵によって会社から追い出されたということだった。

世間には似た例はいくつもありそうだが、茶屋が意外な思いを抱いたのは、小玉兄弟の現在の職業。兄は、老舗の和菓子屋を買い取って経営。弟は、同じように跡継ぎがなくなっていた焼き鳥屋を買い取っていた。

二人のことを書いて、事務所へファックスで送った。これをサヨコがパソコンに打ち込んでおく。週刊誌に連載をはじめてからの重要な資料となるのである。

風呂からあがって、濡れた髪をタオルで拭っているうち、老沼三千蔵の生い立ち、そして、石津ルイ子の養子となるまでの、彼の来しかたが、大型の絵画を見ているように目の前に広がった。茶屋は、頭にタオルを巻いて、ふたたびペンをにぎった。

5

山陰本線の特急列車の乗客は、八割がた座席を埋めていた。師走でも観光客はいるもので、五十代と思われる四人連れの女性が、競うように喋り、笑い合っていた。

車窓は、亀岡《かめおか》あたりで田園風景を映した。やがて山が近くなり、ところどころに紅い葉の残る緑の山を映す川に沿って列車は走った。

亀岡盆地を抜けると、トンネルをいくつもくぐって綾部《あやべ》に着いた。山陰本線はここで舞鶴《まいづる》線と岐れた。福知山《ふくちやま》盆地では、また深い川と出合った。話し合っていた四人の女性たちが居眠りをはじめると、茶屋も眠気がさしてきた。

　福知山からは北近畿《きたきんき》タンゴ鉄道になった。東側が丹波《たんば》高地、西が丹後《たんご》の山々だ。

　山あいを抜け出すと車窓が明るくなった。宮津市が近づき、右側に海の岩場が映った。入江が深いために波は静かなようだ。四人連れの一人が目を覚まし、「宮津よ」と叫ぶような声を出した。どうやら四人は天橋立へいくらしい。

　宮津駅は白い建物だった。「日本三景・天橋立」の縦長の看板が目を惹いた。

　まず京都府警宮津署を訪ねた。そこも白い三階建てだ。

　茶屋は、受付の若い女性に、三十二年前に起こった事故の内容をききたいのだが、どこへいったらいいかと尋ねた。

「三十二年前……」

　つぶやいた彼女は、まだ生まれていなかったろう。

　彼女は茶屋の名刺を手にしたまま、どんな事故か、ときいた。

「四十七歳の女性が、宮津の海で亡くなったということしか分かりません」

「海水浴中の事故ですか？」

　彼女の言葉には、京都市内の人たちとは少し異なった訛がある。

「桜の咲くころだったというから、海水浴ではないと思います。もしかしたら、事件だったのかも」

「三十二年前の春というのは、まちがいないんですね？」

「ええ」

「亡くなった人の名前は分かっていますか？」

　茶屋はメモ用紙に「石津ルイ子　四十七歳」と書いた。

　彼女は、茶屋の顔と名刺を見比べるようにしてから、デスクの電話を掛けた。

茶屋は、職業を明らかにするために、著書を持ってくるべきだったと後悔した。警察署を訪ねる前に、書店へ寄ることを思いつかなかった。

電話を終えた彼女は、メモを返して、刑事課へゆくようにといった。

刑事課ではワイシャツ姿の五十歳ぐらいの刑事が応対した。案の定、茶屋は職業をきかれた。丁寧に説明したつもりだが、分かってもらえたかどうか、刑事は首をかしげただけだった。

刑事は、資料室からさがし出してきた白い表紙のファイルをめくった。

「あなたがいわれるとおり、三十二年前の四月二十日、石津ルイ子という女性の遺体が、阿蘇海《あそ》で収容されました」

茶屋は、刑事に断わってメモを取った。

「石津ルイ子さんは、四月十八日に天橋立に着いて、松珠苑《しょうじゅえん》という、天橋立運河に近い旅館に泊まりました。単独だったが、十九日には連れが到着することを旅館に告げました」

「二泊する予定だったんですね」

茶屋は、ペンを走らせながらいった。

「石津ルイ子さんは、十九日の午前中に、天橋立や傘松《かさまつ》公園を観光するといって旅館を出たが、夕食どきになってももどってこなかったんです」

松珠苑は午後八時、宿泊客の一人がもどってこないことを宮津警察署に知らせた。署では管内の各交番に緊急連絡した。

「石津さんの連れは、旅館に着きましたか？」

「着かなかったとなっています」

「おかしいですね」

「おかしい」

「石津さんは、観光船にでも乗ったんでしょうか？」

「想定できるあらゆることを調べたとなっています し、刑事が石津さんの住所へ出張して、同居している人に会ったし、近所で彼女の日常について聞き込みをしています」

不審な点はいくつもあるが、事件とは断定できないとして捜査は打ち切られたようだという。つまり事故とも、自殺とも、他殺とも分からないままだったようだ。

茶屋は、納得できないという顔をした。

「この報告書と調書を巻《ま》いた人にお会いになってみたらどうですか?」

当時事件を担当した主任刑事はすでに退職したが、電話番号は分かるといわれた。鶴田《つるた》という人で、宮津市内に住んでいるという。

教えられた番号へ掛けると、鶴田が直接応じた。高齢のせいか声が嗄《しわが》れている。

彼は自宅にいるからいつでも会えるといい、住所を教えてくれた。

「車で二十分ばかりのところです。署の者に地理をきいてください」

元刑事は、話し相手を欲しがっていたようでもある。

一階の受付の女性職員が描いてくれた地図を、タクシーの運転手に見せた。そこは宮津市西端近くの由良《ゆら》川沿いだという。

車は栗田《くりた》湾を左に見せてすすんだ。「由良浜温泉」という看板が目に入った。海水浴場もあるようだ。

鶴田家は、小高い丘の上にあった。そこからは青い海を越えて栗田半島が眺められた。

真っ白い髪の鶴田は、小さな鉢植えの並ぶ庭に立っていた。七十半ばである。警察を勤めあげたあと十年ほど、市内のショッピングセンターに勤めていたといった。がっしりとしたからだつきだし、肌艶もいい。まだ働けるが、雇ってくれるところはないと、自嘲《じちょう》気味に頬をゆがめた。

妻がお茶をいれてくれた。彼女の頭も白かった。

茶屋は、電話で用件を伝えていたので、すぐに本題に入った。

「現在もそうですが、私が勤めていたころも宮津は平穏でしてね、凶悪な事件は起きませんでした」

鶴田は前置きし、石津ルイ子の変死事件はよく覚えているといった。

ルイ子は四月十八日の午後、松珠苑に単独で着き、お茶を飲みながらひと休みしたあと、付近の散歩に出掛けた。夕方、もどってくると風呂に入った。六時半の夕食まで、部屋でビールを飲んでいた。飲酒習慣があるのか、夕食のとき、日本酒を一本添えてもらいたいといった。

客室係の女性に、初めて宮津へきたが、きれいな街だといい、あした傘松公園から天橋立を眺めるのが楽しみだと話した。そして、あしたの夕方、連れがくるので、同じ部屋へ連泊したいといった。

「石津ルイ子さんは、前もって旅館を予約していたのでしょうか?」

茶屋がきいた。

「何日か前に、二人連れで一泊の予約をしていたんです。しかし独りで着いて、連れは都合が悪くなったといったということです。だが十九日には連れがくるといった。たぶん宮津に着いてから彼女が相手に電話して、次の日にくるのを確認したんだと思います」

「一日遅れて宮津へくるのは、男だったのか女だったのか分かっていましたか?」

「旅館では性別をきいていなかったが、私は男だったろうとみています」

一泊したルイ子は、十九日の午前十時半ごろ、景勝観光に出掛けた。だが彼女は、夜になってももどってこなかった。

「松珠苑から警察に連絡があったのは、十九日の午後八時すぎでした。旅館ではルイ子がもどってこないし、一緒に泊まると彼女がいった連れの人も到着しなかったので、宿帳に記入してある自宅の電話へ掛けたんです。家族は不在らしくて通じなかった。その連絡を受けて警察も自宅へ電話したが、応答する人はいませんでした」

宮津署は、ルイ子の住所の管轄である伏見署へ連絡した。深夜になってから、ただ一人の家族である石津三千蔵が帰宅していたので、ルイ子の行方不明を伝えた。すると三千蔵は、あした宮津へ向かうと答えた。

ルイ子は次の日の朝、地元の人によって阿蘇海の北、傘松公園のケーブル下近くの海で、遺体で発見された。発見当初は身元不明だったが、後刻、ルイ子だと確認された。遺体発見の通報を受けた警察は、ただちに自宅へ電話した。だが応答する人はいなかった。

三千蔵が松珠苑に到着したのは、二十日の午後二時。彼は、宮津署に搬送されていた遺体と対面した。

遺体は司法解剖された。その結果、死因は溺死で、死亡したのは十九日午後四時ごろと推定。食後二時間程度経過していたことから、市内かその付近で昼食を摂った可能性があるとされた。

「海中で発見されたので、私たちは水中死体と呼んでいました。溺水を吸引していたから、解剖所見は溺死となっていますが、自ら海に入ったのか、過って転落したのか、その原因は分かっていないんです」

鶴田は、白い頭に手をやった。

「昼食をした店は分かりましたか？」

「うどんとエビの天ぷらを食べていましたので、考えられる店を片っ端からあたりました。その結果、元《もと》伊勢《いせ》籠《この》神社近くのうどん屋で食事をしたらしいのですが、店の人の記憶がはっきりしていないんです。ルイ子の写真を見せたところ、男の人と一緒にきた人に似ているとはいいましたが、確かではないんです。毎日のことだが、その店は午後二時ごろまで客が立て混んでいるんです。天ぷらとうどんを食べた男女の客は何組もいたんです」

「ルイ子と思われる客と一緒だった男は、何歳ぐらいだったんでしょうか？」

「三人の店員にききましたが、男は彼女と同年配だったという人と、若かったような気がするという人もいて、その記憶は曖昧《あいまい》でした」

鶴田は、ルイ子の住所付近での聞き込み捜査もしたという。

刑事としては当然のことで、養子の三千蔵の十九日午後のアリバイを調べた。本人に会って、その時間帯にどこにいたのか尋ねた。すると彼は、車に乗って廃品回収の仕事中だったと答えた。どの辺にいたかも答えたが、三千蔵と会っていたとか、見掛けたという人をさがしあてることはできなかった。

その後も、三千蔵の日常生活や行動に注目してはいたが、ルイ子が死亡した当時の、彼のアリバイを確実ににぎることはできなかったという。

京都へもどる列車のなかで茶屋は、鶴田が話してくれたことを振り返った。

鶴田は、三千蔵に疑惑を抱いていたようだ。ルイ子は死亡する直前の四月十九日午後二時ごろ、食事をしている。その店の見当もついた。店の従業員の記憶は曖昧だったようだが、ルイ子が男と一緒にうどんと天ぷらを食べたことはまちがいない、とにらんだのだろう。一緒に食事した男は、十九日に松珠苑へ泊まる予定の人だった。彼女はその男と、天橋立の見える場所で落ち合ったような気がする。男は、初めから彼女と一緒に旅館に泊まるつもりはなかった。男は阿蘇海でボートを借りるか、あるいは岸辺に係留《けいりゅう》されていた舟に彼女を乗せ、何百メートルも沖へ出ないうちに、海に突き落としたのではないか。ルイ子がなんの警戒心も抱かず、男の操る小舟に乗ったのだとしたら、その男は三千蔵のほかにはいないと鶴田刑事は読んだにちがいない。だがそれは推測できる状況であって、証拠をつかむことはできなかったのだろう。

七章　晴れのない証言

1

　ホテルへもどった茶屋は、コーヒーを飲もうとラウンジへ入った。と、牧村が電話をよこした。

「きょうの先生は、どちらで、なにを?」

　牧村はまるで、茶屋の行動を管理しているようなききかたをした。

　茶屋は隠す必要がないので、天橋立で有名な宮津市で、三十二年前に起きた水死事件のもようを調べにいってきたのだと話した。死亡したのは、石津三千蔵の養母だとも話した。

「その石津三千蔵ですが……」

　牧村は、いいかけてくしゃみをした。

「石津が、どうした?」

「石津の写真を手に入れてくれませんか」

「写真を……。それはなんとかするが、なんで必要なの?」

「若松瑛見子の留学を支援していたのが、石津だったかどうかを確かめたいんです」

　牧村は品川区の自宅マンションで殺された若松瑛見子に強い関心を寄せている。

「写真があれば、それを確かめられるんだね?」

「じつはきょう、彼女が勤めていたゼブラアートで、瑛見子と親しかった同僚の女性に会ったんです。彼女は、瑛見子と何度かいったことのある南青山のレストランで、瑛見子が五十代と思われる男と一緒にいるのを見たんです。彼女は瑛見子に気付かれないようにして、二時間ばかり観察していた。だから写真を見れば、そのときの人かどうかが分かるといったんです」

「その女性は、瑛見子が事件に遭ったあと、警察に事情を聴かれているだろうね」

「いや。瑛見子と親しかったことも、レストランで男といるところを目撃したことも、喋っていないといっています」

刑事には話さなかったが、「女性サンデー」の編集長の取材には応じたのか。

茶屋は、石津三千蔵の写真を早急に手に入れるよう努力すると答えた。牧村は、瑛見子を殺した犯人は、彼女の留学を支援していた人物ではないかとにらんでいるのだろうか。彼女の留学を支援していたのは、男性だろうと、彼女の親も兄もみているらしい。その男と彼女は男女関係があったことは容易に想像できる。彼女が犯罪に巻き込まれた原因は、痴情《ちじょう》のもつれだったのではという推測も成り立つだろう。

しかし瑛見子に、そういう間柄の男性がいたのだとしたら、警察はその人物を割り出していそうな気がする。あるいは、男性のほうから名乗り出たことも考えられる。

茶屋は、大桂社のつや子に、牧村の要望を伝えた。彼女は、会社のカメラマンに話すといった。

コーヒーを飲み終えたところへ、つや子から返事の電話があった。カメラマンは、おやすいご用だと引き受けてくれたという。

茶屋は、つや子に宮津で聞き込んだことを伝えた。

「石津三千蔵さんは、警察で事情を聴かれたでしょうね？」

「事情聴取を受けたでしょうし、何度も刑事の訪問を受けたはずです。元刑事の鶴田氏は、石津ルイ子は、小舟から海へ突き落とされたものとみています。小舟に彼女を誘うことができたのは、石津三千蔵氏しかいないともいっていました」

「そこまでいえるのに、彼を逮捕することはできなかったんですね」

「犯人は彼しかいないとか、財産目当てだろうとか、ルイ子と一緒に住んでいるかぎり、好きな女性がいても結婚できなかったろうというのは、推測です。物的証拠をつかんだわけではない。ルイ子は、首を絞められたわけでも、刃物で刺されたわけでもないんです」

「事故だった……」

「一〇％ぐらいは、そういう見方をされたんじゃないかと思います」

ルイ子には、三千蔵にも話せない秘密があって悩みつづけ、生きていくことに耐えられなくなっての自殺、という見方をした人もいたかもしれない。


今夜の茶屋は、ホテルのレストランで独りで食事した。宮津で天橋立を眺めたことや、元刑事が語ってくれたことを、つや子かあおいに話しながら食事したかったが、原稿を書くぞ、と決めて、ビール一杯飲まなかった。


フォークとスプーンを置いたところへ、牧村から電話があった。

いつもの牧村は、どんな店で飲んでいるのかときくのだが、今夜の彼は別人のようである。

「若松瑛見子が遺体で発見された前日の夕方、彼女の自宅マンションから、中年の女性が出てきたのを、そのマンションへ、しょっちゅう、飲料水や酒を届けにいっていた酒屋の店員が、目撃していたんです」

「夕方……」

「瑛見子が殺されたのは、日曜の午後五時ごろです。酒屋の店員が中年女性を見たのが、五時半ごろだったんです」

瑛見子は、自室で絞殺されていた。玄関は施錠されていなかった。

警察は、犯人は被害者の瑛見子と顔見知りの者だったろうとみているという。つまり強盗などでなく、瑛見子と合意のうえで部屋へはいった。部屋には争ったような跡はなかった。したがって、瑛見子と話し合ったりしているうち、彼女のスキをみて、編みロープによって首を絞めた。凶器のロープは現場から見つかっていない。ロープは普通の家庭が荷造りなどに使う物ではなく、登山者などが用いる太さ9ミリのナイロン製編みロープ。これは犯人があらかじめ用意していった物ではないかとみられている。瑛見子には、編みロープを用いるようなスポーツの経験はなかったようである。

「瑛見子の服装は、グレーのジャージーの上下で、下着にも乱れはなかった。ですから、犯人は暴行目的の男でないことだけは、遺体発見直後、そして解剖検査でも分かっていたんです」

「ロープを使っての絞殺だったから、女性でも可能な犯行というわけだね」

「先生のこれまでの調査で、考えられる女性はいませんか?」

「中年女性というが、見当では何歳ぐらいなのか?」

「酒屋の店員の見当では、五十半ば。体格は、中肉中背。黒っぽい物を着ていたということです」

茶屋は、年齢や体格があてはまりそうな女性を考えてみるといった。

五十代といわれて、すぐに思いあたったのは森崎章子だった。三年前にパチンコ景品交換所に勤めていて、現金強奪事件に遭った。そのショックの癒《い》えていなかった一週間後、娘の美和が殺され、鴨川で発見された。いまはすっかり立ち直ったように、スーパーマーケットに勤めている。その章子と若松瑛見子に接点があっただろうか。

茶屋は、ノートに控えている瑛見子の経歴をあらためて読んだが、章子と出合ったと思われる点は見あたらなかった。

茶屋は章子と、彼女の姉の嫁ぎ先であるそば屋の二階で話し合った。そのときの彼女は、黒いセーターにグレーのジーンズ姿だった。最初は彼女の勤め先のスーパーで会ったのだが、離婚を経験し、予想もしない災難に遭ったからか、生活感がにじんでいた。章子はいま五十二歳だ。瑛見子が事件に遭ったのは一昨年の十月。五十歳の章子が、はたして五十代半ばに見えたろうか。


茶屋はホテルの部屋で原稿を書いた。石津三千蔵に関してである。養母である石津ルイ子の水死について、彼は疑惑を持たれた男だ。元刑事の鶴田の話だと、ルイ子の身辺から浮上した関係者のうち、最も怪しいとにらまれたのが三千蔵だったようだ。その三千蔵のことを、四、五年前に調べていた若い男がいた。その男は、刑事や、マスコミ記者や、探偵でなかったことは歴然としていた。ルイ子と三千蔵のかつての住所付近の家を訪ねていたが、質問のしかたはぎごちなかったという。

茶屋は、今回の取材のなかで殺害された人を並べてみた。

森崎美和が三年前、若松瑛見子が二年前、そして先月に石津真海。

美和は、五年前から行方不明になっている原口壮亮と交際していた期間があった。真海は、かつて壮亮と一緒に住んでいた石津紀世の妹。紀世は六年前から行方不明ということにされている。瑛見子は大学卒業後三年間、京都の村政製作所に勤務していたが、語学留学を希望してアメリカへ渡った。その一年間の渡航費用を支援していたのが、石津三千蔵ではなかったかとみている人がいる。みている人は牧村だが、茶屋も的はずれとは思っていない。

こうして眺めてみると、悲惨な最期をとげた三人には、なんらかのかたちで石津三千蔵がからんでいる。

六年前、原口壮亮は、一緒に暮していた石津紀世に未練があって、彼女の実家である石津家を再三訪ねていたらしい。だから三千蔵にも、その妻の妙子にも会っている。だが三千蔵と妙子は、紀世はどこへいったのか分からないと答えつづけた。壮亮は、その言葉が信用できなくて、ストーカー行為だと警察から注意を受けるほど、石津家の付近をうろついていたという。その壮亮も五年前に忽然と姿を消した。その動機も理由も分かっていないといわれている。

四、五年前に、かつて石津ルイ子と三千蔵が住んでいた家の近所で、ぎごちない口調で聞き込みをした若い男というのは、壮亮ではなかったかと茶屋は考えた。壮亮には、三千蔵の軌跡を調べる理由があったように思われる。その聞き込みによって若い男は、三千蔵の養母が日本三景のひとつの景勝地で水死していることを知ったし、その死をめぐって、三千蔵に疑惑の目が向けられていたという情報を手に入れたのである。

京都府警は、森崎章子が災難に遭った現金強奪事件、森崎美和殺害事件、ニセ札事件の陰に、壮亮がうごめいているらしいとみているようだ。彼に似た人物を事件現場付近で目撃したという情報があるからだ。だがはたして、それらの情報は事件現場付近から出たものだろうか。何者かが壮亮に疑惑の目が向くような工作をしているのではないか。

茶屋は、大桂社の原口奈波が姿を消した次の日、鞍馬の原口家を訪ねて、彼女の父親の秀一郎に会っている。だがそのときは、石津三千蔵の氏名すらも知らなかったのだから、壮亮の失踪も三千蔵との関係もきいていない。

奈波と壮亮の両親は、石津三千蔵のことを知っているかもしれないし、ふたたび訪ねれば、会ったことがあるというかもしれない。壮亮は、三千蔵の過去に関心を持っていたことも知っている、と答えそうな気もした。

2

茶屋は、鞍馬のみやげ物店・天狗庵を訪ねた。電話をせずいきなりいったのだ。

箱になにかを詰めている秀一郎に、

「こんにちは」

と声を掛けると、秀一郎は茶屋をろくに見ずに、

「いらっしゃいませ」

といった。客だと思ったようだ。

秀一郎は片手で箱を押さえて顔をあげた。

「ああ、この前の先生」

彼はそういいながら箱にテープを貼ると、スチール椅子を広げて茶屋にすすめた。

薄暗い廊下に小さな足音がして、頰のこけた女性が出てきた。妻の晴江だった。秀一郎が彼女を紹介した。

晴江は、あわてたように上がり口に膝をついて頭を下げた。灰色のセーターを着た肩が瘦せている。

「先生はこのあいだも、奈波の行方を心配してきてくださったんだ」

秀一郎が、晴江を横目に入れるようにしていった。

「うかがっています。ご迷惑をお掛けして、申し訳ありません」

彼女はまた頭をさげ、お茶をいれるといって奥へ引っ込んだ。

奈波の顔のかたちは母似だと茶屋は思った。秀一郎は五十七歳、晴江は五十六歳ということが分かっている。頰がこけ、目が落ちくぼんでいる彼女は、実年齢以上に老けている。

秀一郎は、奈波の一件では大桂社にも迷惑を掛けているといった。

女性の客が二人入ってきた。秀一郎は客に声を掛けた。二人の女性客は話し合いながら、小振りのみやげ物を買った。それを秀一郎が慣れた手つきで紙に包み、

「これから鞍馬寺へですか」

と、愛想をいって、代金を受け取った。

お茶を出すといってさがったにしては、晴江の出

てくるのが遅かった。

二人の女性客は、空もようが気になるようなことをいいながら店を出ていった。

晴江は、丸盆にお茶をのせてきて出すと、軽く頭をさげて奥へ消えた。茶屋が、奈波の消息を気にかけて訪ねたのは分かっているのだから、夫婦がそろって話をしそうなものだが、晴江には家の奥に仕事でもあるのだろうか。痩せて顔色のよくない彼女は、もしかしたら寝《やす》んでいるのではないか。

「奈波さんからは、なにか？」

茶屋は、頭に白い筋のまざった秀一郎にいった。

「いいえ。なにも」

「警察は、捜索をしてくれていそうですか？」

「刑事さんが二、三回きてくれましたし、家内が警察署へいっていますけど、いまのところ、奈波に関する情報は入らないということです」

「壮亮さんは、五年前から行方不明だそうですが、どうなさっているとおもわれますか？」

茶屋が壮亮の名を口にしたからか、秀一郎は眉をぴくりと動かした。

「息子の行方についても、さっぱり……」

秀一郎は、かすれ声でいった。

「壮亮さんが行方不明になられた原因は、お分かりになっているんですか？」

「いいえ。それも……」

秀一郎は首を横に振ってから、

「茶屋さんが、奈波のことを心配なさってくださるのは分かりますけど、壮亮のことについて、どなたから、なにかおききになったんですか？」

と、目を見張るようにしてきいた。

「原口さんは、石津三千蔵さんをご存じでしょうね？」

「ええ。まあ」

「石津さんにお会いになったことがありますか？」

「一度あります。茶屋さんはもうご存じでしょうが、壮亮は一時、石津さんのお嬢さんと一緒に暮していました。好き同士が一緒になったんですが、考えかたがちがうのか、生活のリズムに差があるというような理由で、二人は別れました。そのあとです。私が石津さんをお宅に訪ねたのは」

「どんな方でしたか？」

「手広く事業をなさっているだけあって、私のような、こんな小さな商売をやっている者とは、スケールがちがいます。……壮亮とお嬢さんが別れたことについては、『若いときには一度や二度は、生活にも仕事にもつまずくことがある。壮亮さんは、紀世と別れたのを後悔しているようだが、あらためて一緒になりたいなんて考えないほうがいい。二人とも若いのだから、やがてもっと大きな幸福に恵まれる』と、豪快《ごうかい》ないいかたをされていました」

「それだけですか？」

「はい。日曜日にうかがったのですが、会社へいかなくてはならないといって、十五分か二十分ぐらいしか話すことができませんでした」

「そういうことがあったあとかもしれませんが、壮亮さんは石津さんの過去を、ずっと前に住んでいたところで調べていたことがあったのでは？」

「そういう事実があるんですか？」

秀一郎は、やや険しい目つきをした。

「あるんです。三千蔵さんは十九歳のとき、伏見区竹田に住んでいた石津ルイ子さんの養子になりました。当然、一緒に暮していたのですが、三千蔵さんが二十五歳のとき、ルイ子さんは宮津の海で亡くなりました。……そういうことを、壮亮さんからおききになってはいませんか？」

「知りません」

秀一郎は、急に仕事を思いついたとでもいうように腰を浮かすと、テーブルのうえの薄いノートをめくり、メガネを掛けた。

茶屋は動かず、秀一郎のようすをじっと見ていた。一昨日、中鉢あおいがいったことがよみがえった。あおいはここを訪ねたのだが、晴江は親戚に急用ができたといって不在。店にいた秀一郎は彼女に対してよそよそしい態度をとった。そういう秀一郎を見たのは初めてだった、とあおいは不満そうに話したものだった。

廊下を足音が近づいてきた。

柱の陰から晴江が夫を呼んだ。

「あなた、ちょっと」

ノートを読むような格好をしていた秀一郎は、つっかけを脱いで奥へ引っ込んだ。四、五分して出てくると、テーブルの引き出しを開け、さがしものでもするような手つきをした。

「お忙しいところへ、お邪魔したようで」

茶屋は、秀一郎の背中を観察しながらいった。

「ええ、ちょっとね」

「ご親戚に心配ごとでも?」

茶屋がいうと、秀一郎は首をまわして、メガネ越しに茶屋をにらむような目つきをした。あおいは秀一郎のこの態度に出合い、居づらくなって退散したのだろう。

立ちあがった茶屋は、奥へ届くように、

「お邪魔しました」

と、大きな声を掛けた。

廊下を小走りに出てくる足音がして、

「いま、お茶を入れ替えようと思っていましたが、お急ぎですか」

晴江が膝をついた。茶屋の声をきいてすぐに出てきたところをみると、体調が悪くて寝ていたようではない。服装もきちんとしている。だがあらためて見ると、彼女の髪には秀一郎よりも白いものが多かった。

店へ客が入ってきた。秀一郎と晴江は、ほっとしたような表情をして、

「いらっしゃいませ」

と、声をそろえた。

茶屋はきょうも、鞍馬山を仰いで、仁王門に手を合わせてから鞍馬駅へ下った。いまにも泣き出しそ

うな空の下を、黄色のリュックを背負った小学生らしい男女の列が、参道を登っていった。

電車はすいていた。先頭の席で若いカップルが低声で話し合っている。布袋を膝に置いた老婆が、口を動かしながら目を瞑っている。貴船口駅をすぎたところへ、茶屋のポケットが寒気をもよおしたように震えた。メールだ。ボタンを押した茶屋は、思わず叫びそうになった。

赤と緑と黄のまじったにぎやかな柄の和服を着て、髪を高く結いあげたハルマキの写真が送られてきた。耳の上の茶髪に金色の簪が突き刺さっていた。写真はもう一コマ。藍と茶の縞の和服を着たサヨコが筆を持って字を書いていた。二葉の写真にはメッセージは一言も入っていない。茶屋の贈り物を受け取ったサヨコとハルマキは、早速、和装をととのえたようだ。貸衣装屋へでも駆けつけたのか。それぞれの写真が、茶屋への礼なのだろう。


つや子から電話があった。カメラマンから石津三千蔵を撮ることができたという連絡があったので、あとでホテルのラウンジへいくという。

石津三千蔵とは、どんな顔の男なのだろうか。茶屋は、リヤカーを引いて住宅街を歩いている少年を想像した。帽子をかぶり、汚れた服を着て、底のすり減ったズック靴を履いていたような気がする。その少年をガラス越しにじっと観察していた女性がいた。石津ルイ子だ。彼女は不用になった物を、少年に与えたかもしれない。かつて夫が着ていた古着を、少年のリヤカーへそっと置いたような気もする。急な雨に出合った少年を呼びとめて、雨宿りさせた日があったのではないか——

ホテルが見えだした烏丸通で、前ぶれもなく落ちてきた大粒の雨に茶屋は叩かれた。歩いていた人たちはビルのなかへ駆け込んだり、鞄を頭にのせて走っていた。茶屋も頭を濡らしてホテルへ飛び込んだ。フロント係の女性が彼を見つけて、タオルを持ってきてくれた。

　クリーニングに出しておいた物を持って、部屋へもどった。つや子から、ラウンジに着いたという電話があった。

3

　つや子は、背の高い四十歳ぐらいのカメラマンと一緒だった。

「茶屋先生のお顔は、雑誌やご本で何度も拝見していました」

　カメラマンは目を細めて、黒いバッグから角封筒を取り出した。中身ははがき大の写真だった。彼は、一乗寺近くの石津家を張り込み、門を出てきた男を撮った。十コマほど撮ると、すぐ近くの家の主婦に、カメラのモニターを見てもらった。カメラマンの予想は的中して、門を出てきた男は石津三千蔵だった。

　石津は、一乗寺駅の方向へ歩いていった。車で張り込んでいたカメラマンは、カメラに収めた男が石津三千蔵であるのを確かめると、王城へ向かった。

　そして、会社の前で立ち話している石津を二十コマほど盗み撮りしたのだという。

「株式会社　王城」という社名看板のあるビルは古い五階建てだ。そのビルの前で向かい合っている石津は、濃紺のスーツに水玉模様のネクタイを締めている。白いワイシャツの片方の襟《えり》がはねあがっていた。ネクタイの結び目もゆがんでいる。服装に気を遣わない人なのか、スーツなどに着慣れていないようにそれは似合っていなかった。

「話している相手とは、身長がだいぶちがいますね」

　茶屋は、立ち話している二人の男の写真を手に取った。

「石津氏の身長は一六〇センチ程度だと思います」

　肩幅はわりと広く、ずんぐりとした体型だ。丸顔で、生えぎわが後退しているから額は広い。眉は炭を貼り付けたように黒ぐろとして太い。目立って太い眉の下の目は点のように小さくて、どこを見ているのか分からないくらいだ。厚い唇を閉じている写真のなかで一枚だけ、歯を出して笑っているのがあった。目は皺の一本になったように細い。自宅の門を出るときの石津は、顔を左右に振ったようで、警戒を怠らない鋭い表情をしていた。世辞にもいい男とはいえない顔立ちである。

「あなたは、どのぐらいの時間、この男を見ていましたか?」

茶屋はカメラマンにきいた。

「合計すると、三十分ぐらいです」

「では、会社の前では、わりに長く立ち話をしていたんですね」

「背の高い男性は、ビルの建て替えか、リフォームの話し合いにきていたようで、初めは図面のような物を見せたり、壁に手を触れたりしていました」

茶屋は、石津はどんな性格の男だと思うかときいてみた。

「無愛想で、めったに笑わないし、とっつきにくい人じゃないでしょうか。口数も少なそうでした。はなれていたので、声はきこえませんでしたが」

カメラマンは、自分には苦手なタイプだとつけ加えた。

茶屋はまた、石津の若いころを想像した。石津ルイ子の養子になった三千蔵は、トラックに廃品を積んで運んでいた。桜の花が舞い散るころ、養母のルイ子が日本三景のひとつの海で水死した。三千蔵にとっても重大な出来事だった。宮津の警察から、旅館に二泊する予定のルイ子が、夜になってももどらないと知らされた三千蔵は、トラックを運転してでもすぐに現地へ駆けつけるとはいわなかった。ルイ子が泊まっていた旅館に彼が着いたのは、通報を受けた翌日の午後だった。

鶴田刑事の記録によると三千蔵は、列車を利用してきたとなっている。

三千蔵は、警察署の霊安室で、どんな顔をして遺体のルイ子と対面したのだろうか。

石津三千蔵の写真を、「女性サンデー」編集部へ送信した。

はね返るように牧村が電話をよこした。

「茶屋先生が撮ったんじゃないですね」

「分かるのか」

「一目見て、プロが撮ったものと判断しました」

牧村は、写真をプリントして、かつて若松瑛見子の同僚だった人と、彼女が住んでいたマンションの住人に見せにいくといった。彼は週刊誌の編集長であるのを忘れて、若松瑛見子の事件調査にのめり込んでしまったようだ。

カメラマンにお礼の意味の食事を舟屋ですることにした。つや子も一緒だ。

つや子とカメラマンが、日本酒についての話をはじめたところへ、中鉢あおいが着いた。

「雨が降ったあと、急に寒くなりましたね」

彼女は、茶屋の顔を熱をおびたような目で見てから、ニットのシャツの襟をつかんだ。ピンクのシャツは新しそうだった。

「あおいさんは、この人を見たことは？」

茶屋が、石津の写真を彼女の手に渡した。

あおいはじっと見ていたが、見覚えのない人だと答えた。

茶屋はきょう、鞍馬の原口家へいってきたことをあおいに話し、壮亮からも奈波からも連絡はないし、消息も不明だといわれたといった。

「晴江さんは、以前から痩せていましたか？」

茶屋は、晴江のこけた頰を思い出した。

「痩せたのは最近です。わたしは二か月ぐらい前に会ったんですけど、あまり痩せていたのでびっくりして、体調がよくないのではとききました。そのときおばさんは、『太りたくないので、運動をしている』といっていました」

あの痩せかたと顔色は、運動による効果ではないと茶屋は思っている。それと、原口夫婦の態度は不自然だった。秀一郎は茶屋に椅子をすすめたが、途中から、早く立ち去ってほしそうな格好をしていた。

あおいは、近日中にまた原口家へいってみるといった。この前訪問したとき晴江は、親戚に急用ができたといって、不在だった。だから茶屋のいう、健康な人とは思えない晴江の痩せた顔を見ていなかった。


茶屋のケータイにハルマキから、また写真が送られてきた。なんと、和服姿のサヨコがマイクをにぎっている。渋谷のスナック・リスボンで飲んでいるにちがいない。茶屋はその写真を、つや子にもあおいにも見せなかった。彼が、事務所の秘書だといっても、二人は信じないだろう。歌をうたっているサヨコの睫《まつげ》は、いつもの三倍ぐらい長そうなのだ。彼女にしばらく会っていない人が見たら、別人だと思うだろう。

十分ほどすると、今度はサヨコが写真を送ってよこした。和服を着たハルマキがマイクをにぎって、口を開けている。高く結いあげた髪には簪が刺さっていて、それだけでは寂しかったのか、黄色の菊を一本刺していた。

めったに和服を着る機会などないので、その姿をリスボンの常連客に見せたくなったにちがいない。もしかしたらサヨコは、牧村を誘ったことも考えられる。彼女に、「今夜は着物なの」といわれたら牧村は、週刊誌の編集長であることも、殺人事件に関して重要な調査があるのも忘れ、二人のいるスナックへ向かって、タクシーを飛ばしているところではないのか。

もしも牧村が誘いに応じなかったとしたら、サヨコは、自分とハルマキの写真を、彼のケータイに送りそうだ。

茶屋はそんなことを考えながら席にもどり、つや子が肉厚のぐい呑みに注いだ伏見の酒を、ぐびっと飲った。

と、そこへ、今度は牧村から、

「お楽しみの時間かもしれませんので、おすみになりましたら、お電話を」

とメールが入った。茶屋は、また席をはなれた。

「私の勘は的中でした」

牧村の声は弾んでいる。今夜の彼は、若松瑛見子が勤めていたゼブラアートの元同僚の女性に、石津三千蔵の写真を見せたのだった。元同僚は写真を見たとたんに、『この人です。とても特徴のある顔の人でしたので、覚えていました』と答えたという。

牧村は、瑛見子の留学の費用を支援していたのは男性で、それは石津三千蔵の可能性があると感じていたのだ。石津は彼女に経済的な支援をしただけではないだろう。

牧村は、瑛見子が住んでいたというマンションへいき、彼女をときどき見掛けていたという入居者にも、石津の写真を手に取らせた。『どの部屋へいくのかは分かりませんでしたけど、何度か見たことのある人です』といった。石津の顔立ちは、一度見たら記憶に焼きつく特徴をそなえているのだ。石津の人相を覚えていた入居者は、瑛見子が遺体で発見された前日の夕方、マンションを出てきた女性を目撃していた。その女性は五十代半ば見当で、蒼い顔をしていたと記憶しているという。

4

茶屋は、きょう一日をホテルで原稿執筆にあてることにした。

東京・品川区の自宅マンションで殺害された若松瑛見子について書いたが、途中でペンがとまった。

昨夜の牧村は、瑛見子が住んでいたマンションの入居者に、石津三千蔵の写真を見てもらった。すると入居者は、見覚えのある顔、と答えた。

京都の村政製作所に勤務していた瑛見子は、アメリカへの語学留学を希望して会社を辞めた。渡航費用が調達できたからだ。

彼女の留学を経済的に支援したのは、どうやら石津だったようだということが分かった。彼女が石津と会っているところも目撃されているからだ。石津は彼女の住まいを訪ねたことがあるらしいから、二人には男女関係があったことは容易に想像できる。

瑛見子は帰国した半年後に、ゼブラアートという会社に就職した。そして一年後に殺害された。警察は、彼女の身辺捜査から石津を割り出したと思う。重要参考人として、事情を聴いたり、彼女が死亡した時刻のアリバイ確認もしただろう。

石津にはアリバイがあり、加害者になりうる関係者のリストから消されたようだ。

瑛見子は、太さ9ミリの編みロープによって白い首を絞められていた。石津はかつて、トラックで廃品回収や、産業廃棄物処理などをやっていた。だからロープを所有していてもおかしくはないどころか、所有しているのは当然という見方をされたのではなかろうか。逆に、犯人は自分の身辺にあるか、職業上関係のありそうな物を、凶器にしないだろうともみられたのか。

いずれにしろ石津は、瑛見子の渡航費をふくむ経済的援助をすることによって、男女関係を維持していたことも、経歴も、捜査当局ににぎられ、多少は屈辱的な尋問を受けたうえ、捜査圏内からはずされたのだろう。

つまり瑛見子の白い首にロープを巻いた人間がべつにいるということである。それは、愛情のもつれか、それとも妬《ねた》みなのか。

しかし警察は、ひそかに捜査を続行しているはずである。なにしろ瑛見子のバッグにはニセ札が入っていたのだ。そのニセ一万円札は、かつて京都市内のスーパーの閉店セールのどさくさにまぎれて、行使されたニセ札と同じものだった。彼女の部屋のタンスからは、ニセ札を入れていたものと同じ封筒も見つかっている。本人がニセ札造りのグループの一員なのか、何者かが濡れ衣を着せるための偽装なのか。いずれにしろ彼女は、ありきたりの会社員ではなく、正体不明の裏面を有していた女性だったということになる。

石津は、瑛見子殺しの犯人ではないとされたようだが、彼は、霧のなかにいるような、紗《しゃ》をかぶっているような、透明感のない人間だ。

彼には娘が二人いたが、二人とも別居していた。親とは一緒に暮していたくないという息子や娘は、世間にいくらでもいそうだが、石津家の場合は特別な理由がありそうだと茶屋はにらんでいる。

長女の紀世は、二年ほどのあいだ原口壮亮と一緒に住んでいた。一見、普通の女性にみえていたが、壮亮と別れると、実家にはもどらず行方不明になった。

次女の真海も、実家をはなれて別居していた。が、つい先般、絞殺されたうえ鴨川へ棄てられた。

娘の二人が別居していたのは、彼女らの我侭《わがまま》でなく、両親のほうに人にはいえない事情があったのではないか。紀世の行方不明についても、両親が、『どこへいったのか分からない』といっているのであって、実際にそうなのかは疑わしい。真海も、独り暮しだったから被害に遭ったのではないかという見方もできる。

京都府警は、紀世と別れたあと　年経つと、忽然と姿を消した原口壮亮の行方を追っている。パチンコ景品交換所の現金強奪事件、つづいて発生した森崎美和殺害事件、そしてニセ札行使事件でも、壮亮の関与を疑っている。

壮亮は、いくつかの犯罪への関与を疑われているのを承知しているので、所在を隠しているのではないか。

茶屋は、取材ノートを繰っていて、二重の丸印をつけた個所にあらためて目を据えた。
四、五年前と記憶されているが、かつて石津ルイ子が、老沼三千蔵を養子に迎えて住んでいたところへ、当時の三千蔵のことをききにきた青年がいた。近所の主婦は、たぶんその青年に好感が持てたので、きかれたことを話したようだ。茶屋は、その青年を壮亮ではなかったかとみている。四、五年前というのが、壮亮の失踪時期と合っているからだ。彼には、紀世の父親である三千蔵の過去を知りたい理由があった。その理由と身を隠したこととは、かかわり合っているような気がしはじめた。

ホテルのレストランで、遅い昼食を摂って部屋へもどると、窓辺に立った。きょうも厚い雲がたれこめ、古刹の黒い屋根をかすませている。

あおいが電話をよこした。彼女は息を切らしているような話しかたをした。

彼女はゆうべ、茶屋の話をきいて、ひどく顔色が悪くて痩せているという原口晴江のことが気にかかったので、午前中で店を早退し、鞍馬へいってきたのだという。

「おばさんはけさ、家のなかで倒れて、入院したんです」

晴江のことである。

「入院した……」

原口家の天狗庵に着くと「臨時休業」の貼紙がしてあった。裏口へまわって声を掛けたが返事がなかった。あおいは不吉なものを感じて、細い道をへだてた裏側の家で、原口家の人の不在の理由を尋ねた。すると主婦が出てきて、けさ八時すぎに救急車の音をきいて外へ出ると、晴江が倒れたことを秀一郎が話した。彼は店の外に貼紙をして、救急車に同乗していった。「運ばれていった病院はどこなのか分からない」と、あおいは涙声になった。

彼女はいま、鞍馬駅にいるという。原口家の近くへもどって、秀一郎の帰りを待ったほうがいいかと、茶屋にきいた。

「そこにいてください」

茶屋はいった。

彼は鞍馬の消防署へ電話を掛け、けさ救急車は原口晴江をどこの病院へ運んだのかを尋ねた。彼が身内だといったので、署員はすぐに調べ、北山《きたやま》病院だと教えた。

茶屋はそれを、あおいに伝えた。彼女は、その病院なら知人の見舞いをしたことがあるので分かるといった。あおいは、通じるはずがないと知りつつも、奈波のケータイに掛けていそうな気がした。

きのうと同じような驟雨《しゅうう》が通りすぎたところへ、あおいから電話があった。

点滴を受けていた晴江に会えたと、あおいは細い声でいった。

「三か月前よりもっと痩せてしまって。……わたし、頻繁にいってあげればよかった」

彼女はしゃくりあげた。晴江は突然のめまいなどで倒れたのではなく、前まえから病んでいたのだと、泣きながらいった。

「晴江さんと、話すことができましたか?」

「おばさんは、わたしを見て、びっくりしたようでした。消え入りそうな声で、『ごめんね』といっただけでした。看護師さんに、あまり話さないでといわれましたので、わたしは五、六分で病室を出ました」

「秀一郎さんには?」

「おじさんは、病院の売店で、手術の用意に、浴衣《ゆかた》や、晒《さらし》なんかをたくさん買っていました」

あおいは売店で秀一郎に会ったのだという。

「晴江さんは、手術を受けるんですか?」

「おじさんから、そうききました」

「どこを病んでいるんですか?」

「胃がんだそうです」

茶屋は、晴江の容姿を思い浮かべた。以前の容姿は知らないが、健康でないことが一目で分かるほど痩せ、実年齢よりいくつも老《ふ》けて見えた。がんが見つかったのは最近ではないのではないか。想像だが、何か月か前に見つかり、早い時期の手術をすすめられていたのに、入院を拒《こば》んでいたのでは。けさは自宅で倒れたというが、病状は進行していたのだろう。胃にがんがあると医師にいわれた直後に手術を受けなかったのは、二人の子供が行方不明という事情がからんでいるからではなかったか。

「晴江さんは、病院へ通っていたんじゃないでしょうか?」

茶屋がいうとあおいは、

「わたしもおじさんにそれをききました。おばさんは病院で診てもらったことはあったけど、病名は話さなかったそうです。いつもどおり家事をやっていたし、寝込んだこともないといっていました」

茶屋は、学生時代からの友人一人を、がんで失っている。サラリーマンの彼は、一週間ばかり前から食欲がなかったし、疲労感があったので病院で内視鏡検査を受けた。その結果は、食道と胃の三か所にがんが発見され、即入院して施術された。開腹したところ、他の臓器にもがんが転じていることが分かった。彼の妻は医師から余命三か月といいわたされた。手術後の彼は一日も会社へいけず、入退院を繰り返し、五か月後に四十四歳で世を去った。

「わたし、あしたも早退して、おばさんを見にいきます」

あおいは、居ても立ってもいられないようである。

奈波には、いい友だちがいる。紅葉の散りぎわ、東福寺三門前から姿を消した奈波は、いったいどこへいき、なにをしているのだろうか。彼女は、あおいの存在を思わないのか。いや、思い出したり考えたりしているにちがいない。だが、電話したり、どんな状況下にいるのかを伝えることができない環境で、悩んでいそうな気がする。

5

つや子を、ホテルの和食レストランへ招いた。彼女は、ワインやウイスキーよりも日本酒好みだと分かったからだ。

二人はグラスビールを飲んだあと、日本酒に切りかえた。つや子は日本酒をオーダーする前に、メニューを見せてもらった。和服の女性従業員が、十銘柄そろえているといったからだ。メニューには、秋《あき》田《た》、越後、灘《なだ》、伏見、広島《ひろしま》の酒が載っていた。彼女は茶屋の希望をきかず、

「わたし、越後のお酒がいい」

といって、辛口を頼んだ。茶屋よりも日本酒の味に通じているようである。茶屋は彼女に任せた。

突き出しのちりめん山椒《さんしょう》を一口ふくんだところへ、二合入りの錫《すず》の器に錫のぐい呑みが置かれた。ぐい呑みは、冷やりとしていて重量がある。

「あ、おいしいですね」

つや子は、自分で選んだのに初めて口にする酒だといった。

「メニューには越後とありましたが、佐渡《さど》の酒です。銘酒です」

「茶屋先生、お酒にも詳しいんですね」

「私が住んでいるところの近くに、旨いとんかつ屋があって、その店にはこの酒しかないんです」

つや子は、「おいしい」と繰り返し、手酌《てじゃく》で飲りはじめた。

茶屋は、あおいが原口奈波の母の晴江を病院へ見舞いにいったことを話した。晴江の病名も伝えた。

「奈波さんのお母さん」

つや子は、手にした銀色のぐい呑みに目を据えた。

壮亮と奈波は、親がどうなっていても、それを知ることができないのか。

茶屋はあした、小玉勝市と小玉雄次を訪ねてみる

つもりだといった。

「石津三千蔵さんに、恨みを抱いていてもおかしくない兄弟ですね」

「一人は、和菓子屋、一人は焼き鳥屋、双方ともまずまずの商売をしているようですが、父親が創業した会社の役員だったころは、現在の職業に就くのを想像したこともなかったでしょう」

「二人とも、たまに、石津さんを思い出しているような気がしますね」

「思い出しているでしょう。現在の商売が順調だとしてもですね」

「先生、気をつけてください。もしも小玉兄弟に後ろ暗いところがあるとしたら、先生が接近してきたことを警戒するか、邪魔な人間とみるかもしれません。先生は、小玉兄弟に疑念を抱いていることが知れるんですから」

「二人の腹の底では、石津三千蔵を困らせてやりたいという燠《おき》が、消えずにいるような気がするんです」

若松瑛見子事件では、石津三千蔵は捜査当局から関与を疑われて、事情を聴かれたはずだ。そのとき係官から、瑛見子を殺害した犯人の心あたりについての質問も受けたと思う。十一月に殺された娘の真海の事件でも、同様の質問を受けているだろう。石津の頭には小玉兄弟が浮かばなかっただろうか。

「わたし、こんなふうに考えたんです」

つや子はそういって、自分の盃に注ぎ、茶屋にも注いだ。二合の酒はたちまち底をついた。彼女は、和服の従業員に向かって手を挙げた。

「石津さんの二人のお嬢さんは、それぞれご両親とは別居していましたね。紀世さんのほうは、原口壮亮さんと一緒に住んでいたあと、どこかに移った。行方不明ということですけど。……それ、ご本人たちの意思ではなく、ご両親の意思というのか、希望ではないかと」

「その理由は、なんだと思いますか？」

「石津さんは、危険を感じていたのでは」

「自分が危害に遭うという？」

「ご本人だけでなく、ご家族に危険がおよぶかもという……」

「あなたは、どんな危険を想像しましたか？」

つや子は、あらたに運ばれてきた冷たく光る錫の器の酒を、茶屋に注ぎ、自分の盃も満たした。

「夜間、自宅が放火されるとか、爆弾が投げ込まれるとか。……あるいは家族がもっと悲惨な目に遭うとか」

そういったつや子の目は、血走っていた。

「石津家に危害を加えそうな相手は、だれだと思いますか？」

「原口壮亮さんということも考えられますし……」

彼女は、銀色に光ったぐい呑みを唇にかたむけた。日本酒が好きなのだ。飲めば飲むほどとまらなくなる人なのではないのか。

「小玉兄弟の報復《ほうふく》に、怯えているような気もするんです」

茶屋も、小玉兄弟の存在を知ったとき、石津真海を殺した犯人は、小玉兄弟のどちらかではないかとにらんだものだ。

捜査当局は、小玉兄弟の存在も、転職の経緯も調べてつかんだだろう。兄弟が石津に報復の牙《きば》を向けてもおかしくはないとみれば、執拗《しつよう》に事情を聴き、事件当時のアリバイの裏付けもしているだろう。

日本酒を飲みはじめて一時間あまりすると、血走っていたつや子の目は細くなった。箸を持ったが肴を口に運ばなかった。酒が効いてきて、眠気がさしてきたようだ。

茶屋は、飲んでも飲んでも、眠らないし潰れないサヨコを見てきている。彼女に比べたらつや子は可愛いものだ。突き出ている胸が重いのか、上体が少し前かがみになった。

茶屋は、つや子のために氷の入った水を頼んだ。彼女はそれを一気に飲むと、

「帰ります」

といって、立ちあがった。

翌朝八時少し前に目覚めた。カーテンを開けると、蒼い空が広がっていた。古刹の屋根が、初冬の朝陽をはね返している。屋根で羽を休めていた鳩の群れが、危急《ききゅう》を知ってか、羽虫のように空へ散っていった。

予定どおり、五条通の和菓子店・香雪を訪ねた。店にはきょうも白衣を着た若い女性がいた。十八、九だろう。小玉勝市は四十三歳だから、彼の娘ということも考えられた。「いらっしゃいませ」といってにこりとした彼女に、

「小玉勝市さんにお会いしたい」

と茶屋がいうと、彼女は笑顔のまま、「はい」といって奥へ引っ込んだ。

曇りガラス越しに人影の動くのが見えたが、五、六分経っても彼女はもどってこなかった。店と工場の奥が住居だというから、彼女はそこへ小玉を呼びにいったのではないか。

ガラスに白い影が映って、彼女が店へもどってきた。

「お待たせしました。小玉はただいま出掛けておりますが、十分もすれば帰ってまいりますので、奥でどうぞ」

彼女について奥へ入った。餡《あん》の甘い匂いがただよっている工場を通った。白い帽子をかぶった男が二人いた。一人は六十代に見えた。二人は和菓子づくりの職人なのだろう。さかんに手を動かしている。広い台のうえには赤や青やピンクの菓子が並べられていた。

彼女はガラスがはまった引き戸を開けた。年代物の応接セットが据えられていた。青磁の壺が黒い台のうえに置かれている。なにやら高価な物のようだ。

彼女は茶屋に名前を尋ねなかったが、彼は名刺を

渡した。

彼女の目は、受け取った名刺と彼の顔を往復した。

「あのう、『女性サンデー』に……」

名川紀行を書いている人か、といいたいらしいが、旅行作家がどうして店の主人の小玉に会いにきたのかと、不審が頭にのぼったようだ。

「あなたは、小玉さんのお嬢さんですか?」

「いいえ。勤めている者です」

それをきくと彼は、名刺に素早くケータイの番号を書いて渡し直した。彼女は急に顔を曇らせたが、彼の名刺を白衣のポケットへしまった。

小玉勝市が応接室へ入ってきた。長身の痩せぎすの男だった。

茶屋は単刀直入に、石津三千蔵の経歴について詳しい人だと思ったのでうかがったのだといった。

小玉は、茶屋の名刺を持ったまま、

「いま、店の者に旅行作家の方だとききましたが、そういう方が、なぜ石津さんのことを?」

といって眉を寄せた。

鴨川の取材に京都へきたのだが、石津真海さんという女性が殺害されて、鴨川へ投げ込まれた事件で京都に実家がありながら、別の場所で独り暮しをしていた彼女に興味を持った。彼女の身辺を取材していたら、父親の石津三千蔵が王城という会社を経営していることが分かった。なお調べていくと、王城の創業者は小玉賢治氏で、その人の二人の子息が王城の役員として常勤していた。なので石津氏について詳しいと思ったのだ、と話した。

「そのとおりです。そこまで分かっているのでしたら、私にきくことはないと思いますが」

小玉勝市は、やや険しい眉をしたままである。

「小玉さんは、王城の社長におなりになる方だと思いますが、なぜ転職なさったのですか?」

「それは私の自由です。この店をやりたいと思ったから、ここのオーナーになったんです。転職する人は、世のなかに数えきれないほどいるでしょう。あなたは、そういう者の動機や理由を、いちいち取材しているんですか？」

「小玉さんの転職理由は、ほかの方とちがって、特異だったと思います。それはともかく、石津さんの経歴について、お教え願えませんか」

「私の父の知り合いだったということしか、知りません。経歴なら、本人におききになったらいいじゃないですか。気さくな方ですから、話してくれると思いますよ」

「お嬢さんがとんだ目に遭った直後ですので、おうかがいするのは、気が引けるんです」

「茶屋さんには、どういう目的があっておいでになったのか分かりませんが、私は石津さんについて、詳しくはありません」

小玉勝市は、肘《ひじ》掛《か》けに両手を置いて立ちあがろうとした。その目の底には暗い光が沈んでいるように感じられた。


茶屋は、取りつく島がなくなった。これ以上、石津のことをきこうとしたら、小玉は怒りだしそうだった。茶屋は、頭を低くして、工場と店を通りぬけた。若い女性店員が、「ありがとうございました」と、客を送り出すような挨拶をした。


河原町通を下った。稲穂という焼き鳥屋をやっている小玉雄次を訪ねるつもりだ。

夕方開店する稲穂にはシャッターが下りていた。猫店の横の路地を入った。と、黒い影が横切った。猫である。店と棟つづきだが、格子のガラス戸の玄関があって「小玉」の表札が出ていた。インターホンのボタンを押すと、一分とたたないうちに、男の太い声が応じた。その人が小玉雄次だった。

茶屋はだれにもするように名刺を出し、職業を告げた。彼の職業をすぐに理解する人と、首をかしげて、胡散《うさん》臭い男だとみる人もいる。

「さっき、兄のところへいった方ですね」

茶屋の名刺を摘んで小玉雄次はいった。兄の勝市は、『茶屋という男は、おまえのところへもいくような気がする』とでも電話で伝えたのだろう。

雄次は、どんな用事なのか、と独り言をいいながら茶屋を座敷へ通した。雄次は勝市よりも体格がいい。部屋の隅に重ねてあった座布団を黒い座卓の前へ置いた。家族は外出しているらしく、物音も人声もきこえなかった。

茶屋は雄次にも、石津三千蔵の経歴をききたいのだといってみた。

雄次はタバコをくわえると、

「廃品回収から身をおこした、立志伝《りっしでん》中《ちゅう》の人です」

とほめた。

茶屋はうなずいてから、ある人に、創業者の小玉賢治氏が亡くなると、王城の役員だった兄弟に身を引いてもらったという話をきいたが、それは事実なのかときいた。

「事実です。石津さんは自分の思いどおりに会社を運営したかった。そうするには、創業者の息子が役員をしていては、やりにくかったんです。石津さんと私たち兄弟で話し合い、石津さんには充分なことをしてもらって、私たちは退職しました。……茶屋さんは、私たちが石津さんに対して、会社を乗っ取られた恨みを持っているとでも思われたんでしょうが、そんなことはありません。兄も私も、石津さんに充分なことをしてもらえたので、いい店を買い取って、商売をやれるようになったんです。茶屋さんは、見込みちがいで、がっかりなさったでしょうが」

雄次は黄色い歯を見せた。勝市は神経質そうにみえたが、雄次は大らかな性分のようだ。

茶屋は、納得したような顔をしたが、石津の次女の災難をどうみているかをきいた。

「茶屋さんは、まさか、石津さんに恨みのある私が、あの人を哀しませようとしたとでも、お思いになったんじゃないでしょうね？」

「いいえ、そんなふうには。……ただ石津さんの家族には腑《ふ》に落ちない点があるものですから」

「そうですか。私は、他人のことを詮索《せんさく》する人間じゃないので、石津さんの家族にどんな事情があるのか知りません」

雄次は、石津三千蔵の詳しい経歴については、ほかをあたってくれと、茶屋を追い立てるようなことをいった。

八章　愛の病巣《びょうそう》

1

「いい加減、京都の食べ物にも飽《あ》きたでしょ」

サヨコが電話でいった。

「そんなことはない。まだまだ味を知らない物がある」

「牧村さんは、茶屋先生は半年先でないと東京へ帰らないっていってますけど、それほんとですか?」

「鴨川取材が、半年もかかるっていうのか?」

「先生が京都へいったら、すぐに起こった事件。先生独りの調査では、犯人の見当なんかとうていつかない。それでも先生は単独で調べようとしている。京都に飽きるか、からだの具合が悪くなるのは半年ぐらい先だろうから、そうしたら痩せ細って帰ってくる、っていってます」

「牧村には、勝手なことをいわせておけばいい」

「そっちに半年もいるんなら、ホテル住まいより、マンションでも借りたらどうですか。私とハルマキが交代でいって、ご飯つくってあげます」

「おまえたちは、よけいな気を遣わなくていい」

調査がひと区切りついたら、いったん帰ると茶屋はいった。

「ずっと、そっちにいればいいのに……」

サヨコは、小さな声でいって電話を切った。


茶屋とつや子が話し合っている角屋へ、あおいは三十分後に着いた。彼女はきょうも午後二時まで勤めて、原口晴江を見舞いにいってきたのだった。

「お待たせしました」

といって、つや子に並んですわったあおいは、まるで病みあがりのようなやつれた顔をしていた。横のつや子もそれに気づいて、

「からだの具合は?」

と、あおいを見つめた。

「大丈夫。ちょっと疲れただけです」

そういったあおいは、茶屋とつや子を驚かすような話をした。

きょうのあおいは、菓子を買っていって、晴江が入院しているフロアのナースステーションへ、「みなさんで、召しあがってください」といった。すると晴江を担当している看護師が礼をいって出てきた。あおいは看護師に、晴江を見舞いにきた人はいるかと尋ねた。看護師は、『けさ、男の方と女の方がお見えになりました』と答え、『二人は、原口さんのお子さんだと思います』といった。それをきいたあおいは目を見張って、見舞いにきた女性は、何歳ぐらいかときいた。看護師はあおいに、『あなたと同い歳ぐらいの方でした』といった。

「奈波にまちがいないと思います」

あおいは瞳を輝かせた。茶屋とつや子は顔を見合わせた。

「男は、壮亮さんでしょうか?」

茶屋があおいに向かっていった。

「そうだと思います」

壮亮と奈波だとしたら、秀一郎や晴江とは連絡を取り合っていたということになる。壮亮と奈波は一緒に住んでいることも考えられる。二人とも行方不明といっていたのは嘘だったのか。秀一郎は、晴江が倒れて入院したことを、二人に伝えたのだ。

「京都にいるのでしょうか?」

つや子だ。

「実家の近くかも」

茶屋がいった。

「あっ……」

あおいは声を出してから、頬に両手をあてた。

茶屋はあおいの顔に注目した。

「鞍馬山……」

あおいは宙の一点に目を据えた。「思いつかなかった」

と、悔むようにつぶやいた。

原口家は代々、鞍馬寺の年中行事に参加している し、山内にいくつも存在している仏殿や修養道場への供物《くもつ》などを納入していることを、奈波にきいたことがあったという。したがって鞍馬寺とは、浅からぬ縁があるのだった。

「では、壮亮さんと奈波さんは、鞍馬山のどこかに、かくまわれているかもしれないんですね」

「働いていることも考えられます」

あおいは、それになぜもっと早く気付かなかったのかと、自分を責めるようないいかたをした。

茶屋はバッグから、奈波の写真を取り出した。京都に着いた日、伏見稲荷大社の千本鳥居で撮ったものである。温和な性格をあらわしているような顔立ちで、顔もからだもほっそりとしている。髪は染めていないらしくて黒く、艶がある。

「中鉢さんは、壮亮さんの写真を持っていますか?」

「ないと思います。家で念のためにアルバムを確かめます」

壮亮の体格を覚えているかときくと、

「たしか身長は一七五センチぐらいです。高校生のときラグビーをやっていましたし、肩幅が広くてがっちりしたからだつきで、顔立ちは、壮亮さんも奈波もお母さん似です」

と、涙をためた目をしていった。

つや子は、黒沢に電話で、奈波が入院した母親を見舞ったらしいと伝えた。そしてあした、茶屋と一緒に、原口晴江を見舞いにいくことの了解をとった。黒沢は、病院へあらわれたのは、ほんとうに奈波だったろうかと、首をかしげたようだったという。

晴江を見舞ったのが、壮亮と奈波だったのかを、秀一郎に問い合わせるという手はあったが、茶屋は、あおいとつや子と話し合って、あしたを待つことにした。

黒沢から茶屋に電話が入った。

原口壮亮も奈波も、身の危険を回避するために自ら行方を隠したのではないか。二人が現在も生命の危険をまとっているのだとしたら、母親の見舞いは危険な行為だったはず。二人はこれからも母親に会いにいくと思うから、それを警察に伝えておいてはどうか、と黒沢はいった。原口家では、兄妹の捜索願を出しているのだからと黒沢はいう。

「たしかに……」

茶屋は同意しかけたが、あす病院を訪ねたあと、どうするかを検討することにしたい、と希望を伝えた。

微風だが冷たい朝だった。ところどころに黒い雲があって、降りはじめるのは雪ではなかろうかと、茶屋は空を仰いだ。

車を運転してきたつや子は、茶色のジャケットにグレーのパンツだ。彼女は、晴江の病室へ飾る花を用意してきた。

病院が近づいたところで、救急車のサイレンをきいて車をとめた。

「わたし、あの音をきくと、胸が痛くなるんです」

つや子は厚い胸に手をあてた。

「お身内の人が、運ばれたことでも？」

茶屋は、彼女の横顔にきいた。

彼女は、唾を飲み込むように顎を動かしてから、

「小学校三年生のときです。きょうみたいに寒い朝でした。七人が一列になって登校する列に、トラックが突っ込んだんです」

茶屋は、ランドセルを背負った小学生の列を思い描いた。

「あなたは、その事故に巻き込まれた？」

「わたしは、列のいちばん後ろにいました。トラックにはねられたのは、先頭を歩いていた二人で、二人とも怪我をして救急車で運ばれました。二人とも女の子で、一人は病院で亡くなりました。亡くなった子は、視覚に障害があって、先頭の子の肩につかまって歩いていたんです」

　つや子は、胸にあてていた手を頬に移した。

「その事故のあと、わたしは一週間、学校へいけませんでした」

　同じような事故が、忘れたころに各地で起きている。

　救急車の音が消えてからも、つや子の手は頬にあたったままだった。

　ナースステーションでは、五、六人の看護師が輪になっていた。指示を受けているのか、患者の容態を報告し合っているのか。

　茶屋とつや子は、その話し合いがすむのを待っていた。

　看護師の輪は五分ばかりで解《と》かれた。

　三十歳ぐらいの看護師が、茶屋たちを見て近づいてきた。［清水《しみず》］の名札をつけていた。

「面会時間外なのに、すみません」

　茶屋とつや子は頭をさげた。

　原口晴江の看護師に会いたいというと、

「わたしも担当のひとりですが」

　看護師は、つや子が抱えている花束に目をやって、「原口さんは、けさ手術を終えて、いまは眠っています」

　面会は可能だが、会話はできないという。

　手術の結果はどうだったのかときいたところ、受持医師が家族に説明したので、家族にきいてもらいたいといわれた。

「ご家族とおっしゃいましたけど、どなたが？」

　つや子がきいた。

「けさは、ご主人だけでした」

「きのう、お見舞いにおいでになった方に、清水さんは、お会いになりましたか？」

「はい。わたしが病室にいるときに、お二人がおいでになりましたので」

「規則に触れるかもしれませんが、重要な事情がありますので」

茶屋は、清水の顔を見ながら、奈波の写真を取り出した。

清水は、茶屋とつや子をあらためて見てから、彼が手にしている写真に首を伸ばした。

「きのう、お見えになった女性です」

看護師は、小さな声で答えた。

茶屋たちの想像はあたっていた。晴江を見舞った男女のうち女性は奈波だった。男性はたぶん壮亮だろう。

晴江は、ナースステーションのすぐ近くの集中治療室（ＩＣＵ）にいた。薄いピンクのカーテンがベッドを囲んでいる。カーテンの裾には小さなシミがいくつも飛んでいた。

晴江は、酸素マスクをして目を瞑っていた。麻酔から覚めていないのだろう。顔面は蒼い。白髪まじりの髪が、枕に広がっている。つや子は花束を抱えたまま顔を見て、唇を噛んだ。

病室はべつのフロアだった。三、四日後にはそこにもどるという。

秀一郎がいて、肌着のような物を奥のベッドのうえでたたんでいた。

つや子は、奈波の同僚だと挨拶した。

「わざわざありがとうございます」

秀一郎は頭をさげたが、表情は緊張していた。

「手術を受けられたそうですが、ご容態はいかがですか？」

茶屋がきいた。

「芳《かんば》しくはないですが、できるかぎりのことをしていただくつもりです」

そう答えた秀一郎も、病んでいる人のような顔色だ。

「お店は、当分のあいだお休みですか?」

「私の妹が、以前、店を手伝っていたことがありますので、任せることができます」

茶屋と秀一郎が話し合っているあいだに、つや子はナースステーションから大ぶりの花瓶を借りてきた。それに、バラとカーネーションを活けた。窓辺に置いた。急に陽が差し込んだように部屋が明るくなった。

きのう、見舞いに訪れたのは、壮亮と奈波ではないか、といいたいのを抑えて、病室をあとにした。

壮亮と奈波は、きょうも病院へきそうな気がした。ここで待っていれば、二人に会えそうだと、つや子がいった。

茶屋のケータイにメールが入った。

2

メールは、あおいからだった。

[思いついたことがあって、ゆうべ未整理の写真を見ました。一昨年の秋、鞍馬寺・多宝塔の前でおばさんと奈波を撮った写真を見つけました。お役に立つようでしたら、今夜、持っていきます]

メールをつや子に見せた。

「思いついたこと……」

つや子は独りごちた。

茶屋は、[きっと役立ちます]と、返信した。

茶屋とつや子が、ホテルのレストランで向かい合ったところへ、あおいがやってきた。彼女はきょうも、晴江を見舞ってきたのだという。

「わたしが声を掛けたら、おばさんは薄く目を開けました。でも完全に目覚めたわけではないらしくて、すぐに目を閉じてしまいました。手術を受けたからでしょうね。きのうよりもさらにやつれて見えました」

自分では、丈夫なことだけが取り柄《え》だといっていた人なのに、とあおいはいいながら、白い封筒から写真を出した。

　朱塗りの多宝塔を背にして女性が二人並んでいる。晴江と奈波だ。二年前の晴江の頬はふっくらとしている。母娘は微笑んでいた。知らない人が見ても母娘だと分かるほど二人の顔立ちは似ていた。朱塗りの灯籠《とうろう》の前の写真でも、晴江と奈波は肩を触れ合うようにしていた。きょう、病院で見た晴江とは別人のようである。

　茶屋はあおいに、清水という看護師に奈波の写真を見てもらったことを話した。

「やっぱり、連絡を取り合っていたんですね。……でも、壮亮さんも奈波も無事ということが分かりました」

　あおいはきょうも、病院で秀一郎に会ったが、壮亮と奈波の件には触れなかったという。

　壮亮と奈波には、いや原口家の家族全員には、世間に知られては困る事情があるにちがいない。家族が重い病に倒れても、壮亮と奈波は家にもどれない事情を抱えて、重い沈黙をつづけているようだ。その沈黙の理由の一端を、あおいが撮った写真によってつかめそうな気がした。

　茶屋は、次の日の昼少しすぎに東京へ着く新幹線で事務所へ帰った。

　ドアを開けたとたん、

「きゃっ」

　という叫び声が二つした。サヨコはパソコンの前で、ハルマキは炊事場で、口を開けたまま凍ったように動かなかった。

「主人が入ってきたのに、『きゃっ』はないだろ。二人とも、私には見られたくないことでもしてたのか？」

　サヨコが、呼吸をととのえるように胸を撫でてから、椅子を立った。

「帰ってくるなら、帰るって電話ぐらいしてくれればいいのに」

　今後、茶屋は、ここへの出入りを二人にいちいち断わらなくてはならないようだ。

「そうよ。ご飯の支度もあることだし」

　ハルマキは、母親が子供を叱《しか》るようなことをいった。

「半年は帰れないっていうことだったのに」

　サヨコは茶屋のデスクに一歩近づくと、にらみつけるような顔をした。

「それは、牧村の勝手な想像だろ」

　茶屋は、ハルマキがいれたお茶を一口飲んだ。

「変わりがなくて、よかった」

　ハルマキは、丸盆を胸にあてて、何年ぶりかに会った人のようないいかたをした。

「事件は、全面解決ですか？」

　サヨコは、また一歩近づいた。

「まだまだ。きょうは、東京で調べることがあったんでな」

「じゃ、また京都へ？」

「手応えがあったら」

　ハルマキは、二人前のスパゲッティを三人分にして、応接用のテーブルに置いた。ペーパーナプキンのうえに、フォークとスプーンがのっている。テーブルの中央には、見覚えのないオリーブ油の紫色のボトルが立っている。

「先生は、これだけでは足りないでしょうから、あとでリンゴかイチゴを」

　いろんな食べ物が用意してあるらしい。茶屋はなんだか他人の家にいるようで、落ち着けなかった。

　食事を終えると茶屋は、若松瑛見子が住んでいた品川区のマンションを訪ねた。瑛見子は自宅で、何者かに編みロープによって首を絞められて殺害されたのだった。それは日曜の夕方近く。その日の夕方、五十代半ばと思われる女性がマンションのエントランス付近で、入居者に目撃されている。瑛見子の死亡推定時刻からみて、その女性は怪しい。

マンションの外壁は、ベージュとコーヒー色のタイル張りで、十数年は経っていそうに見えた。高級とはいえないが、閑静《かんせい》な住宅街にあることから、家賃は安くはなさそうだ。

ここへは先日、牧村が聞き込みにきている。石津三千蔵の写真を携《たずさ》えて、見覚えがあるかを入居者にあたった。その結果、複数の入居者が、どの部屋を訪ねたかは不明だが、見たことのある顔と答えた。三千蔵は一度見たら忘れられないほど特異な風貌である。

茶屋は三階のエレベーター横の部屋のインターホンを押した。牧村があたった部屋だ。

間延びした女性の声が応答した。茶屋が名乗ると、チェーンをはずす音がして、丸顔で小柄な女性がドアを開けた。主婦のようだ。

「茶屋次郎さんていうと、雑誌に、川とか、山とか、岬《みさき》とかを取材した記事を……」

「はい。私です」

「この前は、『女性サンデー』の編集長さんがおいでになりました。わたしは、前に読んだ北のほうの川のことを、面白かったって、話したんです」

茶屋は礼を述べてから、原口母娘の写真を見せた。

「あら、朱い建物。お寺みたいですね」

「京都の鞍馬寺です」

そう答えると茶屋は、主婦の表情に注目した。

「この人じゃないかしら……」

主婦はつぶやき、二年前を思い出そうとするように首をかしげ、また写真をじっと見つめた。自分の答えることがきわめて重要なのを心得ているようだ。彼女が、「この人」といったのは晴江のことだ。

「あのときの人は、蒼白い顔をして出てきました。わたしが入っていったので、どきっとしたように、わたしを見てから、顔を伏せて、逃げるように外へ。……刑事さんにも、マスコミの人たちにも同じように答えましたけど、五十代半ばの女性という記憶は変わりません。警察署で似顔絵を描く女性にも話しましたけど、わたしの話しかたがよくなかったのか、どれもわたしが見た人には似ていなかったんです」

彼女はそういって写真を見直し、「この人に似ていました。この二人は母娘ですね？」

「母娘です」

「お母さんのほうは、若松さんの知り合いでしたか？」

「さあ。……でも、若松さんの部屋へあがっていたとしたら、知り合いだったかもしれません」

「茶屋さんが、この写真を手に入れられたということは、若松さんの関係者を手繰《たぐ》った結果だったんじゃありませんか？」

「ええ、まあ……」

茶屋は曖昧な返事をした。

主婦は、彼の手に写真を返したが、その目は二年前の十月の日曜日の夕方、エントランスで出会った人だ、といっていた。

外へ出ると牧村に電話した。若松瑛見子が住んでいたマンションで、原口晴江が写っている写真を見てもらったところだと話した。

「感触はどうでしたか？」

「二年前の記憶がよみがえったらしく、似ていると答えた」

牧村は、京都での取材の成果をききたいので、歌舞伎町で会おうといった。茶屋が了解といって電話を切ったと同時に、着信があった。思いがけない人からだった。宮津市に住んでいる元刑事の鶴田。強い風のなかにいるような嗄《か》れた声が、跡切《とぎ》れ跡切れに茶屋の名を二度呼んだ。

「先日は、遠方からわざわざおいでになったのに、あなたが関心をお持ちの例の事件について、私は当時のことをすべて話していませんでした。歳のせいで、忘れていることがあるんです。先日、あなたがおいでになったあと、ずっと考えていて、けさになって、大事なことを思い出しました」

茶屋は鶴田に、電話で話せることかときいた。

「話せます。話そうと思ったから電話したんです」

鶴田の話しかたが急に変わった。

茶屋は四、五分後に掛け直すといって、ビルのあいだの路地に入った。マッサージの看板の下から鶴田に掛けた。

「石津ルイ子さんの遺体が発見された三、四日後でした。天橋立の松並木の、ちょうど中央付近で、手漕《こ》ぎのボートが見つかりました。それは松並木と海水浴場の管理を請負っている人の持ち舟でした」

そのボートは阿蘇海北側の「松雪荘《しょうせつ》」というホテルの脇に係留されているのだったが、遺体発見の前日、失くなっているのに持ち主は気付いた。若者がいたずらで乗り逃げしたのだろうと思い、付近を捜さなかったし、警察に届け出もしなかった、観光客の水死事件=石津ルイ子の溺死=の三、四日後、松並木の見まわりをしていた人から舟の持ち主に、天橋立の砂浜にボートが乗り捨てられているという知らせがあった。これを警察は知り、もしかしたら石津ルイ子は、無断でボートを漕ぎ出し、過って海に転落したか、あるいは何者かにボートに乗せられ、海へ突き落とされた可能性もあるとされた。ボートを入念に検べたが、ルイ子が乗ったらしいことも、犯罪の痕跡《こんせき》も見つからなかった。

「四、五年前のことです」

鶴田は、咳払いして話をつづけた。

「ボートの持ち主は十年以上前に亡くなっていましたが、その人の息子のところへ、見知らぬ青年が訪ねてきて、父親のボートが乗り逃げされた当時のことを知りたいといったそうです。私は息子からその話をききました。息子は、そんな昔の出来事をなぜ知りたいのかときいたんです。すると青年は、旅行にきて海で溺死した石津ルイ子のことを、詳しく知りたいのだといったそうです」

「青年の訪問を受けた人は、名前を記憶していましたか?」

茶屋がきいた。

「名刺は持っていなかったようで、たしか、ハラダとかハラグチと名乗ったと思うといいました」

「青年は何歳ぐらいだったのでしょうか?」

「二十四、五歳で、上品な顔立ちをしていて、言葉遣いは丁寧だったそうです」

大事なことだと思うが、茶屋がきてくれたときに思い出せなくて、すまなかった、と鶴田は謝った。

茶屋にとっては貴重な情報だった。日本三景の海で溺死した石津ルイ子のことを、詳しく知ろうとした青年に心あたりがある、といった。

「そうですか。では、私の話はいくらかお役に立ちそうですね」

元刑事の声は、歳相応に嗄れた。

牧村に電話し、きょうじゅうに京都へもどるので歌舞伎町へはいけない。ゆっくり飲み食いするのは、半年先になりそうだと告げた。

「半年先でも、一年先でも、私はいっこうにかまいませんが、どこへいかれても、原稿だけはちゃんと書いてください」

牧村は、背中に氷をあてるような冷たいいいかたをして、電話を切った。

3

茶屋は、京都へもどる新幹線「のぞみ」の車中で、取材ノートを繰った。元刑事の鶴田のいったことを書き加えた。

天橋立の海で溺死した石津ルイ子については、警察の資料提供に頼ったのを茶屋は反省した。石津ルイ子が発見される前日、阿蘇海の北岸に係留されていたボートが、何者かに乗り逃げされ、その数日後、天橋立の岸辺で発見されたのを、宮津において調べるべきだった。そうすれば、四、五年前に、ボートの持ち主だった人の家へ聞き込みにいった青年のことも、つかむことができたはずである。
四、五年前、ルイ子と、養子の三千蔵が住んでいた家の付近へ、二人のことをききにいった青年がいた。その男と、宮津のある家へ聞き込みにいった青年は同一人物にちがいない。
茶屋は、列車が名古屋をすぎたところで、中鉢あおいに電話した。

彼女の声は細くて、沈んでいた。体調がよくなさそうにもきこえた。その理由はすぐに分かった。彼女はきょうも午後、晴江を見舞いに病院へいった。ICUで晴江のようすを見たあと、病室へいって秀一郎に会った。すると彼から、『そうたびたびきてくれなくてもいい』と、うるさそうにいわれたのだという。

茶屋は、きのうかきょうも、壮亮と奈波らしい二人は見舞いに訪れたようだったかをきいた。

「わたしはおじさんに、そのことをきくことができませんでした。壮亮さんか奈波は、たぶん夜間にきていると思います」

あおいは、二人はこないはずはないといういいかたをした。茶屋も同感だ。

「先生、京都着は何時ですか?」

彼女がきいた。

茶屋が乗っているのぞみは、午後八時すぎに到着する。八時半にはホテルに着けると答えると、あおいは、

「的場さんに連絡して、一階のレストランへおうかがいします」

といった。茶屋も三人で話し合いたいと考えていた。

列車は定刻に京都駅のホームへ滑り込んだ。五一三キロあまりの距離を、一分の狂いもなく走らせる技術が、茶屋には不思議でならない。

ホテルのロビーでは、黒沢と、つや子と、あおい

が待っていた。

「とんぼがえりで、お疲れになったでしょ」

黒沢がいった。

四人で話し合い、和風レストランに決めた。和食を強く希望したのは、つや子である。

掘ごたつ式の部屋に入ると、

「捜査会議ですが……」

黒沢は目を笑わせながら、ビールを飲むかといった。

「飲《や》りましょう。そのほうが血のめぐりがいいし、話がはずみます」

茶屋がいうとつや子が、

「よかった」

と低声でいった。

あおいだけが、その場に混じれないような顔をして、軽く唇を噛んだ。病院でいわれた秀一郎の声が、耳朶《じだ》に貼りついているのだろう。

四人はビールのグラスを目の高さに挙げ、

「お疲れさま」

といい合った。

つや子は、半分ぐらいを一気に飲んだ。体格もいいし、飲みっぷりは豪快である。

茶屋はまず、宮津市で元刑事の鶴田からきいたこと、その鶴田がいい忘れたといって電話をくれた内容を、三人の顔を見ながら話した。四、五年前、上品な顔立ちで、丁寧なものいいをする青年が、宮津市のある家を訪ねた。青年は、宮津湾と阿蘇海を仕切る松並木の天橋立で溺死した石津ルイ子の事件を調べていた。その青年は、かつてルイ子と養子の三千蔵が暮していたころのもようも調べていたようだ。

「その青年、原口壮亮さんでしょうか?」

黒沢が、あおいのほうを向いた。四人のなかで壮亮を知っているのはあおいだけだ。

「上品な顔立ちで、丁寧な言葉遣いをするという点から、壮亮さんだと思います。四、五年前に二十

四、五歳に見えたというところも、彼と合っています」
銀の器に盛られた酢のものと、ボタンエビを使ったキムチが出てきたが、あおいは箸を持たなかった。

「壮亮さんは、石津三千蔵さんの過去を調べていた……」

つや子がグラスをにぎったままいった。

「調べたかったのは、過去のことだけじゃないかも」

黒沢だ。

「壮亮さんは、三千蔵氏の過去なり、会社の業績を伸ばすまでのことを調べて、つかんだ。彼が姿を隠したのは、そのあとじゃないでしょうか」

茶屋がいった。

「三千蔵氏のことを知って、怖くなったし、危険な思いをしたことがあったんじゃ」

黒沢は、ビールを飲み干すと、真っ赤なエビを小皿に取った。

「壮亮さんは一時期、石津紀世さんと暮していた。紀世さんがいなくなったことと、壮亮さんが紀世さんの父親のことをさぐるようになったこととは、関係があるような気がします」

茶屋も、エビを食べた。かなり辛かった。

あおいはビールを舐めるようにしていたが、三人は日本酒に切り替えた。つや子の希望で今夜も越後の酒だ。

茶屋はあおいに、晴江の人柄を尋ねた。

「わたしは、おばさんを、口数の少ない温和な人とみていましたけど、奈波は、『口うるさくて勝気な女』といっていました。『いまの原口家は、母の考えでまわっている』といったこともありました」

それはなにを指しているのかを、茶屋はきいた。

「秀一郎さんは、なんでも晴江さんに相談する人なんです。晴江さんは原口家に嫁入りして何年かするうち、家を守るというか、事を決めるのは自分だと思うようになったんです。それをわたしが知ったのは、高校時代の奈波の言葉でした。彼女自身は、決断力に欠けていると思い込んでいたのか、なにかをするとか、どこかへいくといったとき、かならず、『母にきいてみる』とか、『母にきいてから返事するね』といっていました。……わたしは逆で、大事なこともいい忘れたりしていたものですから、よく母から、『一言いってからにしなさい』って叱られていました」

茶屋は、病室のベッドのうえで、洗濯物をたたんでいた秀一郎の姿を思い浮かべた。妻が重い病気にかかって手術を受けたのだから、妻の肌着などの始末をするのは当然なのだろう。が、いまのあおいの話をきいて、原口家の大黒柱は晴江だったのかと思った。

茶屋は、若松瑛見子が住んでいて、殺害されたマンションの住人からきいたことを話題にした。瑛見子が殺された日の夕方、マンションを出てきた五十代半ばの女性を、晴江だと思うか、とあおいにきいた。

「思いたくありませんけど……」

あおいは、晴江が瑛見子の事件に関与しているのを想像してか、口に手をあてた。顔色は血の気を失っていた。つや子は、あおいの横顔を見ながら手酌で飲っている。救急車のサイレンをきくと小学生時代を思い出して胸が痛むといった彼女だが、事件を話し合っても平静でいられるようだ。

「これから、どうしますか？」

黒沢が、茶屋の盃に注いだ。

「私たちが調べたことで、裏付けのとれたことはひとつもありません」

「裏付けをとるには……」

「当事者にあたる以外に、手はないと思いますが」

「石津三千蔵氏に、直接あたるということですか？」

「それはあとになるでしょう。彼と直接会ってきいても、古いことは勿論のこと、納得のいくような答えは得られないでしょう」

「原口晴江さんには……」

「手術を受けたばかりの人には。……事が事ですので」

そういった茶屋の顔を三人は見つめた。

晴江が入院している病院を張り込んでいれば、壮亮か奈波をつかまえることができるだろう。だが重症と思われる母親を見舞いに訪れた息子か娘をつかまえて、事件にかかわる質問をするのは気が引ける。

「先生は、まず壮亮さんか、奈波に会うおつもりなんですね？」

黒沢は目を光らせた。

「ええ。壮亮さんでも奈波さんでもいい。どちらかにきけば、隠れていなくてはならない理由と、一連の事件の原因を知ることができそうなんです」

「では、二人をどこで？」

茶屋は、鞍馬寺を張り込むといった。

「鞍馬寺とおっしゃっても、一山が寺ですので」

その範囲は広大だという。

寺の関係者が出入りする口はいくつもあるのかと、茶屋はあおいにきいた。

「主に仁王門だと思いますけど、貴船神社側に西門があります」

電車を利用するとしたら、鞍馬駅に近い仁王門から出入りするだろうという。

壮亮と奈波が、身を寄せているのは鞍馬寺ではないかといったのはあおいである。茶屋は彼女の推測を信じているのだ。

茶屋は鞍馬寺を張り込むとはいったが、壮亮を知らない。奈波の顔は覚えているし写真もある。兄妹が一緒に出てくるとはかぎらない。

彼は、レンタカーを利用することを思いついた。

「あしたは、手がすいたら駆けつけますので、いらっしゃる場所や、移動なさったところを、連絡してください」

つや子は、生き生きとした目をしていった。

4

病院に着くと、広い待合室へ入ってみた。正面玄関から次つぎに人が入ってくる。全員が患者ではない。患者に付添ってきた人もかなりいる。長椅子に腰掛けた人たちはみな受付カウンターを向いているので、通路からは頭と背中しか見えなかった。椅子にすわりきれなくて、立っている人の数も増えてきた。医師の診察を終え、あるいは退院できて、支払の順番を待っている人たちである。

入院患者を見舞う人たちも、この待合室の後ろを通って、エスカレーターやエレベーターを利用する。たまに白衣姿の人も歩いている。

茶屋の目あては原口奈波だ。晴江に会いにきた奈波も待合室の後ろを通るはずだが、次つぎに出入りする人のなかから、はたして彼女を見つけることができるか自信がなくなった。彼女が茶屋を見つければ、顔色を変えるだろう。だが彼に声を掛けて近寄ってはこないと思う。彼が彼女の行方を気づかっていることは、秀一郎の口から伝わっているだろう。

外で救急車の音が近づいて、とまった。病人や怪我をした人は、専用口から運び込まれるようだ。

茶屋は駐車場へ入れた車へもどった。正面玄関近くの車が出ていったのを見て、そこへ車を移動させた。玄関を出入りする人たちがよく見えた。

奈波はかならずくる。きょうこなくてもあすはくる。彼は自分にいいきかせた。

奈波は、壮亮と一緒に訪れるのだろうか。二人を見つけたら、なんといって近づこうかを考えた。

正午が近くなったところへ、つや子が電話をよこした。

「張り込みって、忍耐が要りますね」

「執念です」

「食べ物や飲み物は、用意していかれたんですか?」

「ええ。水とコーヒーだけを」

「午後二時ぐらいまで、我慢できますか?」

「一食抜くことは覚悟のうえです」

「二時ぐらいまでに、お弁当を持っていきます」

茶屋は礼をいった。次の瞬間、小さく叫んだ。つや子が問い掛けたが、彼は電話を切った。

ベージュのコートの細身の女性が、彼の車の先を横切った。買い物袋を提げ、ビニール傘を持っていた。その女性の背中は、玄関の自動ドアに吸い込まれた。彼は追ったが、右か左に折れたらしく、女性に追いつくことはできなかった。

エスカレーターで六階へのぼった。ICUのなかを見ながら廊下を通過した。女性の姿は見えなかった。人ちがいだったかもしれない。三階へ下り、きょうかあす、晴江がもどるはずの病室をのぞいた。だがそこには秀一郎もいなかった。

さっきのコートの女性は、奈波に似ているように思われたが、やはり別人だったのか。茶屋は駐車場の車に引き返した。

茶屋は一食抜くのを覚悟していたのだが、腹はききわけがなくて、「なにかくれ」と催促した。そこへつや子が、袋を二つ持ってあらわれた。彼女は助手席で、「わたしもお腹すいた」といって、弁当を開いた。

「茶屋先生は、スーパーのお弁当など、召しあがる機会などないでしょ?」

「そんなことはありません。辺鄙《へんぴ》な土地へ取材にいったとき、にぎり飯で我慢することがありますよ。弁当でも、これは上等です」

茶屋は、車の先を見ながら、エビや、カマボコや、タケノコを食べた。つや子がペーパーカップに注いでくれたお茶を飲んだ。

食べ終えると彼女は、夕方まで仕事があるといって、空の袋を持って車を降りた。

午後三時。ベージュのコートを腕に掛けた女性が正面玄関から出てきた。バッグと傘を床に置いてコートに袖を通した。無人の踏切を渡る人のように左右に首をまわすと、灰色の雲のたれこめた空を仰いで、少し内股で三段の階段を下りた。

茶屋は目をこらして、女性が近づいてくるのを待った。コートの裾からジーンズがのぞいている。風が吹いて、肩にかかった黒い髪をなびかせた。足の運びかたに見覚えがあった。紛れもなく奈波だった。

車の先を通過したところで、彼は車を降りた。周りを見まわしたが、彼女を尾けていそうな人間は見あたらなかった。

奈波は歩いて駅へ向かうものと予想していたが、駐車場のなかを縫《ぬ》うように歩き、白っぽい小型車にキーを差し込んだ。その車に乗っている人はいなかった。

茶屋は自分の車に走ってもどった。
五、六分後、奈波の運転する車が駐車場を出てきた。その小型車は、実相院《じっそういん》を右手に見て南へ下った。実相院は、岩倉《いわくら》門跡の名刹だ。襖絵は狩野派によって描かれており、江戸中期の絵師狩野探幽《たんゆう》が描いた唐獅子《からしし》の衝立が知られている。
奈波の車は、叡山鉄道鞍馬線に沿って走った。茶屋は何度もミラーを確かめたが、追尾《ついび》してくる車はないようだった。

貴船口の標識が見えたところで、茶屋はクラクションを鳴らし、奈波の車の右側に並んだ。彼女は顔を向けた。茶屋だということが分かったらしい。一〇〇メートルほどすすむと左側に寄せて停止した。

茶屋は首をまわしたあと、「ここで大丈夫か」という身振りを見せた。すると彼女は左側を指差した。彼はうなずいた。

道路は二股に岐れていた。彼女は左の道を貴船川に沿って走ると、林のなかへ突っ込むようにしてとまった。細い道は杉林にはさまれていて、山から舞い散ってきた落葉が敷きつめられていた。

奈波を茶屋の車へ呼んだ。

彼女は頭から助手席へ入ってきた。彼はぶるっと身震いした。彼女が脇腹を刺すような戦慄《せんりつ》を覚えた。

「ご迷惑をお掛けしました」

助手席にすわった彼女は、寒さをこらえるように胸を囲んだ。彼が病院を訪れたことは秀一郎にきいたと、小さな声でいった。

「あなたが身を隠している場所の見当はついていました」

奈波は両手を膝に置くと、あらためて頭を下げた。初めて会ったときよりも、彼女の頰は瘦せている。やつれの原因は、身を隠していることだけではないはずだ。

茶屋は、晴江の容態をきいた。

彼女は、膝のうえで組み合わせた手を震わせた。その震えは肩にも伝わった。

十分ほどして、呼吸をととのえたように背筋を伸ばすと、晴江の容態を話した。

晴江の胃がんが見つかったのは、二週間ほど前だったという。胃の全摘手術をいい渡されていたので、その覚悟で手術を受けたのだが、開腹の結果は最悪で、他の臓器にもがんは転移していた。そのために胃の摘出は取りやめた。胃を切除しただけでは、転移している部分すべてを取りのぞくことは不可能だと判明した。

「手のほどこしようがないということで、お腹を閉じてしまったんです」

「それでは……」

茶屋は言葉に詰まった。

「よくもって、三か月ということです」

奈波は、口に手を当てた。

また十分ばかりが経過した。急に大粒の雨がフロントガラスを叩きはじめた。風も出てきた。激しくなった雨が横なぐりになった。

「話せることだけ話してくれませんか」

茶屋がいうと、奈波は彼の顔をちらりと見てからうなずいた。

「私が京都に着いた十一月二十九日の午後、東福寺三門前から、あなたは黙って姿を消した。だれかを見たんですね？」

「わたしが住んでいたところや、実家の近くで、何度も見掛けたことのある男の二人連れです。たぶん、わたしのあとを尾けていたのだと思います。わたしが先生に声を掛ければ、先生はわたしをかばおうとして、危険な目にお遭いになる。とっさにそう思いましたので、近くにいた五、六人の見学者のなかに入るようにして、東福寺を逃げ出しました。申し訳ありませんでした」

「あの日の前にも、危険な思いをしていたんですね？」

「実家へいった日、鞍馬駅の近くで、車に轢《ひ》かれそうになりました。明らかにわたしをはねようとして走ってきたんです。そのときから、どこかへ隠れなくてはと考えていました」

「あなたが危険な目にお遭いになったり、怪しい男たちのことを、ご両親にお話しになりましたか？」

「話しました。両親にも、気をつけるようにといいました」

「壮亮さんには？」

「兄にも伝えていました」

「壮亮さんも、鞍馬寺に？」

「はい」

壮亮についてききたいことがあるが、いいかと茶屋はいった。

彼女は、茶屋の目を見て顎を引いた。

「壮亮さんは、六年前まで、石津紀世さんという女性と暮していたが、別れた。その一年後、壮亮さんは身を隠した。その理由はなんでしたか？」

「兄は、紀世さんのお父さんのこと、主に経歴ですが、知りたくなったんです」

「知りたくなったきっかけは？」

「兄と一緒に住んでいた紀世さんが、あるときふっと、『わたしの父は、危険な目に遭うことがある人』といったそうです。具体的にはどういうことか分からなかったようですけど、『父を恨《うら》んでいる人がいるんじゃないか』といったんです。……紀世さんが兄と別れたのは、それから間もなくだったんです」

　別れ話は、紀世がいい出した。壮亮は自分の職業が不安定だからだろうと思い、いったんは離別を承知した。独りになると、紀世が恋しくなり、電話した。が、その電話は通じなかった。それで壮亮は、彼女の実家を訪れた。紀世はいなかった。壮亮は、別れを宣言して出ていった紀世の行方についての心あたりを、彼女の両親に尋ねた。『知らない』とか、『分からない』といわれたが、紀世が壮亮のもとを出ていったことについては、驚いたようすはなかった。紀世の父親の三千蔵は、警察に捜索願を出すといった。

　壮亮は、五回も六回も紀世の実家を訪ねた。両親は、『紀世からは、連絡はない』の一点張りだった。思いがけないことだったが、警察官の訪問を受けたし、署へも呼ばれた。刑事の一人から、『ストーカーのふりをしているが、じつは紀世さんを始末したんじゃないのか』といわれた。どうやら三千蔵が、『壮亮は怪しい』と吹き込んだようだった。

　壮亮は、紀世が洩らした、『わたしの父は、危険な目に遭う』という言葉を思い出した。

「壮亮さんは、石津ルイ子さんの養子になって、彼女と同居していたころの住所や、ルイ子さんが水死した天橋立へも、三千蔵さんの過去をさぐりにいっていますね」

「兄もですが、わたしも石津さんの暮しぶりや、経歴を何人かにききました。紀世さんも実家をはなれていましたけど、妹の真海さんもご両親とは別居でした。……兄は、石津さんは、家族に危険がおよばないように、バラバラになって暮しているにちがいないといっていました。紀世さんは行方不明ではなく、ご両親のいいつけで兄と別れ、どこかでひっそりと暮しているのだと思います」

　壮亮は警察署に呼ばれると、紀世に対するストーカー行為の忠告だけでなく、身に覚えのない犯罪についての関与をきかれた。ある事件が起きた現場付近で、姿が目撃されている、といわれたこともあった。

　壮亮はそのことを、両親にも奈波にも話し、『いまに警察に捕まえられそうな気がする』といった。その話をきいた母は、『あんたも行方不明になりなさい』といった。

　実家の近くで不審な男たちの姿をときどき見掛けるようになったのは、そのころである。

　壮亮は、学生のころから、いろんな事業所でアルバイトをしていた。大学を中退してからも、印刷所や運送会社や、警備保障会社などを転々とした。そのなかには、王城が経営する企業も入っていた。紀世が行方不明になってからだが、石津三千蔵は、王城傘下の事業所でアルバイトをした壮亮のことをなにかをさぐるために勤めたものとにらんだようだ。

　だから壮亮を、なんらかの方法で陥れたかった。事件現場付近で壮亮らしい男が目撃されたといった情報は、三千蔵や輩下の者からまことしやかに警察に伝えられたようだという想像がついた。

『向こうが行方不明なら、こっちも……』といったのは晴江だった。晴江は秀一郎とともに鞍馬寺の幹部を訪ね、『息子をあずかってください』と懇願《こんがん》した。寺では、『一人や二人はおやすいご用』と、引き受けてくれた。

5

　鞍馬寺に住み込むようになった壮亮は、山内の仏堂などの補修の手助けをしていた。休日は山を下って、以前、王城傘下の事業所でアルバイトをしていたころの同僚に会い、石津三千蔵の経歴をちょくちょくとさぐっていた。その過程で、王城の創業者だった故・小玉賢治の息子で、王城の役員に就いていた小玉勝市と小玉雄次が、石津によって会社を追い出された事実を知った。王城を去った小玉兄弟は、それぞれ小規模な店を経営していることも分かった。だが、王城が次第に規模を拡張しているのをみて、小玉兄弟が忸怩《じくじ》たる思いを腹にしまい込んでいないはずはない、という人が何人もいた。

王城は、多業種に手を広げていたが、なぜかトラブルがときどき起こるのだった。傘下のパチンコ店が新装開店した日の深夜、火災にみまわれた。消防と警察はその火災を放火によるものと判断して、捜査した。半年後には、傘下の印刷会社の用紙倉庫内に、大量の廃油が撒《ま》かれるという事件が起きた。明らかな事業妨害とみられ、警察は器物損壊容疑で捜査した。だがどの事件もいまだに犯人は挙がっていない。

これらの事件のあと石津は、彼自身や家族に危険がおよぶのを怖れ、娘たちを別の場所へ住まわせたようだとみる向きがいた。

「王城傘下の会社や店が被害に遭うのを、会社を追い出された小玉兄弟の報復だとみていますか?」

茶屋は、奈波の横顔にきいた。

「兄は、そうだといっています。小玉兄弟は、石津三千蔵さんが事業を興す資金を、どうやってつくったのかを知っているということです。それは養母のルイ子さんの遺産を手に入れたからです」

「ルイ子さんの遭難死には、疑問があるとみて、小玉兄弟も、ルイ子さんと三千蔵氏の身辺を調べたんですね」

「兄は、小玉雄次さんに何回か会っています。小玉兄弟は、犯罪者……三千蔵さんのことです。犯罪者に父が遺した会社を乗っ取られたのが、悔しいといっているということです」

茶屋は、小玉兄弟に会っている。二人とも予想外の事業をしていた。いずれの商売もまず順調ということだった。弟の雄次は、『王城を去ることについては、石津さんに充分なことをしてもらった』と語っていた。充分なことをしてもらえたので、現在の商売に就けた、といっているが、それは表向きの話であって、内心は、石津三千蔵が事業につまずき、凋落《ちょうらく》するのを希《ねが》っているのではないか。

小玉兄弟は茶屋に、本心を語らなかったのか。茶屋とは初対面だったからか。ひょっこり訪ねてきた者に、腹の底にしまっているものなど見せられるものか、といいたかったのではないか。

パチンコ店が放火された事件も、印刷会社の用紙倉庫が被害に遭った事件も、壮亮は、小玉兄弟の報復とにらんでいるようだ。三千蔵本人も、傘下の事業所に妨害としか思えない危害が加えられるたびに、『小玉だな』と、つぶやいて唇を噛んでいるのだろうか。

茶屋は上半身をひねると、

「あなたは、森崎美和さんを知っていましたか?」

と、蒼白い横顔に注目した。

「お会いしたことはありませんが、お名前は知っていました」

奈波の声は、それまでとちがって小さくなった。

「名前を、どなたかにきいたんですね?」

「兄にききました。お付き合いしている人ということでした」

「森崎美和さんは、三年前、勤めを終えて帰る途中、何者かに刃物で刺されて殺されたあと、鴨川へ突き落とされた。その事件について、あなたは壮亮さんから、感想をきいていたでしょうね?」

奈波は、前を向いたまましばらくなにも答えなかったが、

「意外なことを、父にききました」

と、俯《うつむ》きかげんになっていった。

「森崎さんについて意外なことを、お父さんから?」

「森崎美和さんが被害に遭った一週間ぐらい前、彼女のお母さんが勤めていた、パチンコ景品交換所を強盗が襲って、現金を奪われました。その事件に兄がかかわっているらしいと疑われて、刑事さんが何度も実家へきました。兄の居所を知らないかということでした。両親は、知らない、連絡がない、といつも答えていました。警察は、兄と美和さんがお付き合いしていたことをつかんで、彼女に兄の住所なんかをきいていました。兄はだれに対しても住所を、法然院の近くといっていました。美和さんを訪ねた刑事さんは、『壮亮はそこには住んでいない』といったようです。……兄は美和さんから、彼女のお母さんの勤め先のことをきいていました。ですので警察は、よけいに強盗事件に兄は関係していると にらんだようです。美和さんは刑事さんから、『あんたは住所不定の壮亮にだまされていたんだ』といったことを、何度も吹き込まれたのではないでしょうか。それで兄のことを、『強盗は、壮亮さんだったと思う』と答えたということです」

「あなたは、どう思いましたか？」

「強盗事件は、新聞に詳しく書いてありましたが、その事件のとき、兄は鞍馬山のなかで仕事をしていたし、それを証明する人は何人もいる、といっています」

「美和さんが、刑事にどんなことを答えたかは、刑事の口から、あなたのお母さんにも伝えられていましたね？」

奈波は、返事のかわりに首を動かしてから、肩をぴくりとさせて、胸に手をやった。

あたりがいっそう暗くなった。滝のような雨がフロントガラスを洗った。

「あなたのお母さんは、東京へいくことがありましたか？」

「きいたことはありません」

奈波は不安そうに、雨を見て答えた。

「お母さんは、一昨年の十月の日曜に、東京へいっているでしょうか？」

「さあ……」

　彼女は実家で暮らしていたわけではないので、両親の行動はいちいち知らないということらしい。

「ご実家には、登山者が使うような編みロープがありますか？」

「見たことありません」

「あなたは、どこかでロープを使ったことは？」

「ありません」

「ニセの一万円札を、見たことがありますか？」

「先生は、二年ほど前、スーパー・大崎屋の閉店セールの最中に見つかった、ニセ札事件を指していらっしゃるんですね？」

「ニセ札は、べつの事件現場でも見つかっています」

「スーパー・大崎屋で使われたニセ札の件でも、兄は疑われました。スーパーの近くで兄の姿を見たという情報があると、実家にきた刑事さんはいったそうです。父は、そういう情報は、石津さんの線から出ているにちがいないといっていました」

　茶屋は、東京・品川区の自宅マンションで絞殺された若松瑛見子の事件を話した。被害者のバッグにはニセ札が入っていたし、ニセ札が入っていた封筒と同様の封筒が室内からいくつも見つかったことも話した。

　茶屋の話をききながら奈波は、ときどき彼のほうへ顔を向けていたが、彼が若松瑛見子の事件に触れてからは、雨の雫がつくる細い線をじっと見ているように、顔を動かさなかった。

「壮亮さんと二年ほど一緒に暮していた、石津紀世さんに会ったことがありますか？」

　奈波は突然背中をつつかれたように肩を動かすと、何度か会ったことがあると答えた。

「紀世さんは、自分の父親のことを、あなたに話したことがありますか？」

「なかったと思います。わたしがきかなかったからでしょうが」

「壮亮さんと別れた紀世さんは、どうしているでしょうか?」

「兄とわたしが、鞍馬山に隠れているように、彼女も両親のいうことにしたがって、人目につかないようにしているのだと思います。警察の一部には、兄が紀世さんを始末したのではという見方があるということです。石津さんのご両親が怖れているのは、兄ではなくて、小玉兄弟です。石津さんは、家族なり、事業所なり、危害を加えているのは小玉さんだとはいえないので、兄に罪を着せているんです」

　茶屋も、そう思わなくはないが、真相はどうだろうか。

「紀世さんの妹の真海さんに、会ったことは?」

「兄が紀世さんとお付き合いしているあいだに、一度だけ」

「どんな女性でしたか?」

「そのときはまだ学生で、ご両親と一緒に住んでいるといっていました。素直そうな性格で、事業に成功したお父さんを尊敬しているといっていたのを覚えています。そのころは兄も、石津三千蔵さんの過去を疑ったりはしていませんでした」

「その真海さんも、殺された」

　茶屋がいうと、奈波の肩はまたぴくりと動いた。だが、彼とは目を合わせなかった。

　雨がやんだ。山のあいだにひらけた空を、黒い雲が流れはじめた。

　奈波は、腕の時計に目をやると、

「もう帰らなくてはなりません」

と、前方を向いたまま細い声でいった。

「あなたは、これからもずっと?」

　茶屋は、林の上のほうに目を向けた。その山中には、鞍馬寺の魔王《まおう》殿や、瞑想道場や、霊宝《れいほう》殿が点々と存在している。

　奈波は、茶屋の車を降りると、一礼して、自分の車に乗った。

6

茶屋はホテルへもどった。

きょうは、両手に持ちきれないほどの収穫があったことを、つや子とあおいに話すつもりで、ケータイを取り出した。

と、そこへ音もなく黒い影が近寄ってきた。彼は、その影に囲まれる格好になった。彼には見覚えのある顔ばかりだ。

「しばらくです、茶屋さん」

そういって彼に一歩近寄ったのは、京都府警本部の芝草刑事。その斜め後ろに野宮刑事がいた。振り返ると梅木、羽板刑事。

「京都に住みつくつもりですか」

芝草が、頬をゆがめた。精一杯の皮肉を込めたつもりなのだろう。

「京都のあらましを見ましたので、そろそろ引き揚げようと思っていたところです。四人ともおそろいで、きょうはこのホテルでのパーティーにでも？」

「あなたは、鴨川の取材にきたということでしたが、それは真っ赤な嘘で、新聞や週刊誌の記者もやらないようなことを、調べにきたんですね」

「なにをおっしゃいます。私は鴨川の風情を書くためにきたんです。そうしたら、着いた日に奇妙な出来事に出合ってしまった……」

「殺人事件も発生した」

背中でだれかがいった。梅木か羽板だろう。

「私になにかおききになりたいのなら、立ち話でなくて……」

「府警本部へ同行願います」

「嫌です」

「嫌……」

「あなた方はすぐに警察署や交番へ連れていこうとする。それは一種の威圧《いあつ》です。私の話をききたいのなら、私が希望する場所にしてください」

「希望する場所。……まさか居酒屋では？」

「このホテルには、適当な部屋がいくらでもあるじゃないですか」

芝草は、三人の刑事に意見をきくように顔を振った。三人の刑事は、「どうする？」といっているようだ。

ふいに野宮が、フロントへ走っていった。二、三分すると、茶屋とは顔なじみになった女性のフロント係が、野宮と一緒にやってきた。彼女が小会議室へ案内するという。


コーヒーが運ばれてくると、本題に入った。

「茶屋さんはきょう、レンタカーを調達なさった。車でどこへいかれたんですか？」

芝草がテーブルをはさんで、正面からにらみつけるような目をしていった。茶屋のことが憎くてしょうがないといっているようだ。

「私がレンタカーを借りたのを、見ていたんですか？」

「分かるようになっています」

けさ、このホテルから部下の刑事が尾けたのだろう。府警は何日間か、茶屋の行動を監視していたのか。

「病院へいったんです。私の外出を尾けていたんでしょうから、どこへいったかぐらい分かって……。あ、そうか。尾行したが、途中で私が乗った車を見失った。だからみなさんはこのホテルで張り込んでいた」

「どこか悪いんですか？」

「私は、ご覧のとおり、いたって健康。入院中の、ある人を見舞いにいったんです」

「茶屋さんは、京都で起きた事件を調べているのですから、入院された人にも、なにかをききにいったんですね？」

「いいえ」

「いいえって、なんのために病院へいかれたんですか。警察に協力する意思があるのでしたら、どこの、どういう人を、どんな目的で訪ねて、なにをきき出したのかを話してくれませんか」

初めは居丈高《いたけだか》だった芝草だが、茶屋に不快感を与えたくないと気づいてか、質問の声がやわらかくなった。

「鞍馬の原口晴江さんが、自宅で倒れました。何か月も前から、手術を受けなくてはならない重い病気を抱えていたんです」

茶屋は、晴江が入院している病院を教えた。

四人の刑事はノートにメモを取った。

刑事は、原口晴江が壮亮と奈波の母親だということを当然知っていた。だが罹病《りびょう》は知らなかったようだ。

「茶屋さんは、原口晴江さんが入院したことや、その病名をどこでお知りになったんですか?」

「私なりの情報網があるんです」

「中鉢あおいさんだ」

野宮が、ペンを振りながらつぶやくようにいった。

「茶屋さんは、原口晴江さんにお会いになったことはあるだろうと想像していましたが、入院したからといって、見舞いをする義理は……」

梅木が横から芝草の耳になにかいった。

「そうか。茶屋さんは、壮亮か奈波さんが病院にあらわれるのを」

茶屋は、やっと気が付いたのかというふうに首を動かした。

「壮亮か、奈波さんは、見舞いにきましたか?」

茶屋は、二、三分のあいだ考えたが、壮亮と奈波は、晴江が緊急入院した次の日に見舞いにきたらしいことと、きょうは奈波が単独できたことを話した。

芝草は、三人の刑事の顔を見てから、

「原口兄妹は、どこに隠れているんですか?」

「知りません」

「知りませんって、茶屋さんは、奈波さんを見掛けただけなんですか？　会って、居所をきいたんじゃないんですか？」

「会いました。だが、現在住んでいるところは教えてくれなかった」

「ききかたが悪かったんじゃないのですか？」

「そうでしょ、きっと。二人はまた病院へあらわれるでしょうから、上手におききになるといい」

「茶屋さんはきょう、奈波さんに会って、どんなことをきいたんですか？」

「知りたいですか」

「あたり前でしょ。からかうようなことをいってないで、詳しく話してください」

苛立《いら》ったように芝草は、ボールペンの頭をテーブルに打ちつけた。ほかの刑事も、茶屋に捜査の先を越されたと、奥歯を噛んでいるにちがいなかった。

茶屋は大きく息を吸い込んでから、車のなかで奈波からきいたことのあらましを話した。

梅木と羽板は、ノートをポケットにしまうと、芝草に耳打ちして、部屋を出ていった。

梅木と羽板は、礼の一言ぐらいいうものと思っていたが、二人は茶屋を捜査協力者とはみていないようだった。梅木たちは、晴江か、彼女に付添っている秀一郎に会いにいったにちがいない。

芝草と野宮も部屋を出て、廊下で立ち話していた。茶屋を府警本部へ連行して、いままで彼が調べたことを、洗いざらい吐かせようと話し合っているようにも受け取れた。

廊下での芝草と野宮の話し合いは三十分もつづいた。本部の上司に、茶屋の措置について電話で意見をうかがっていたのかもしれなかった。

二人はテーブルにもどったが、

「あなたには、これからもうかがうことがありそうです。きょうは、これで」

芝草と野宮は、茶屋に向かって一礼して部屋を出ていった。

つや子が電話をよこし、まだ病院の駐車場で張り込んでいるのかときいた。彼は、ホテルで四人の刑事につかまったことを話した。彼女とは一時間後に舟屋で会う約束をした。

あおいからも電話が入った。彼女も舟屋へくることになった。

彼は舟屋へいく前に四条大橋に立って、南座と、両岸の紅い灯を流している鴨川を、しばらく見下ろした。昼間の雨は嘘のようにあがって、綿のような雲のあいだに白い筋のような新月が浮かんでいた。橋を渡る人のなかに、路面を叩くような足音をたてて走っていく女性がいた。

茶屋が、奈波に会ったことを話すと、

「やつれていませんでしたか?」

と、あおいは涙声できいた。

茶屋は、奈波の顔色も服装も見たままを話した。ひどく痩せてはいなかったが、母親の病を気遣ってか、いくぶんやつれていたといった。

「あと三か月……」

あおいは片手を口にあてた。

「あしたは、病院へ壮亮さんがくるでしょうね」

つや子がそういったところへ、あおいのケータイに電話が入った。彼女は、茶屋とつや子に背中を向けたが、すぐに向き直って、

「野宮刑事さんが、近くまできているとおっしゃっていますが」

と、送話口を押さえていった。

「ここへ、きてもらってください」

茶屋がいった。野宮には話したいことがあるのだろう。

野宮刑事は、茶屋たちが舟屋へ集まっているのを予測していたのだろう。彼は五分と経たないうちにあらわれた。酒は入っていないようだ。昼間とはちがって和やかな顔である。

彼は、生ビールを一気に半分ほど飲むと、肩の荷

でも下ろしたというふうに、大きく息を吐いた。

「病院で、秀一郎さんに会いました」

芝草、梅木、羽板とで、晴江が入院している病院へいったのだろう。

「秀一郎さんは、晴江の犯行を知っていました」

「と、おっしゃいますと？」

つや子が日本酒の盃をコトッと置いた。

「森崎美和さん殺しをです」

森崎美和は、付き合っていた壮亮に、母親章子の勤め先を話していた。章子が勤めていたパチンコ景品交換所は、強盗に襲われ、運び込まれた直後の多額の現金が強奪された。その時間帯に、壮亮と思われる男の姿が付近で目撃されたという通報が、警察に寄せられた。勤務先にいる美和には、『あなたは強盗犯人と付き合っている』とか、『原口壮亮は住所不定だ』といった電話が入った。彼女はその真偽を確かめるために、法然院近くの彼の住所を見にいった。そこで彼女は、壮亮が二年も前に無断退去していたのを知り、彼に疑念を抱いた。呼ばれていった警察署で、『わたしは壮亮さんにだまされていました』と語った。彼女のその話は、鞍馬の原口家を訪ねた刑事によって、秀一郎と晴江に伝えられた。晴江は、美和に対する恨み言を、日に何度も口にするようになった。

「美和さんを刺したのは、晴江さんなんですね？」

つや子がいった。

「秀一郎さんは、『そのころから晴江は人が変わった』といいました」

野宮は、三人の顔にいった。

美和は、勤め帰りの深夜、刃物で腹を刺されて殺され、鴨川へ突き落とされたとみられている。『人が変わった』と夫にいわれた晴江は、刃物を用意して美和の帰りを尾けるか、待ち伏せしていたのだろう。

「晴江さんの犯行を知っていたと話した秀一郎さんですが、美和さん殺しにはかかわっていないんですね？」

　茶屋がきいた。

「彼は、かかわっていないといっていますが、彼のいっていることの裏付け捜査は、これから」

　今夜の野宮は、酒が苦いようだ。

　次に野宮はニセ札の件についての秀一郎のいったことを話した。

　スーパー・大崎屋の閉店セール中に、買い物客の混雑のなかでニセ札が使われた事件があった。秀一郎は、その事件の少し前だったと記憶している。壮亮は、アルバイト先で仲よしになったという同年代の男を実家へ連れてきたことがあった。たしか宇江《うえ》木《き》という姓だった。実家で昼食を摂り、壮亮が宇江木を鞍馬山へ案内した。その一か月ほどあと、宇江木がやってきて、『しばらくこれをあずかっていただきたい』といって、紙で厳重に包んだ物を、原口夫婦の前へ置いて去った。実家へやってきた壮亮に、宇江木からあずかった物を見せた。壮亮は、『なんだろう』といっただけだった。しかし紙包みはずしりとした重みがあった。

　その後、宇江木はあらわれないし、壮亮とも連絡が取れなくなったということだった。

　壮亮と紀世の同棲は、ほぼ二年で破局を迎えた。紀世が切り出した別れ話に、壮亮は納得しなかった。が、彼女は出ていった。そして居所不明ということになった。

　そのことがあって半年ばかり経つと、壮亮が何度か警察に呼ばれていることを、両親は知った。それからまた半年ほどすると、壮亮がアパートから姿を消した。

　その後は、鞍馬の原口夫婦には思いがけないことがたびたび起こるようになった。京都市内で放火や器物損壊事件などが発生すると、かならず刑事がやってきて、『壮亮君はどこにいる』『家族なんだから、連絡を取り合っているだろう』などときいた。秀一郎と晴江は、『壮亮の行方については、見当もつきません』といい通した。

河原町のパチンコ景品交換所での現金強奪事件、森崎美和が殺害された事件、スーパーの閉店セールでニセ札が使われた事件。これらの事件が発生するたびに、刑事がやってきては、『壮亮君の姿を事件現場の近くで見た人がいる』といった。秀一郎と晴江は、『壮亮はそんなことのできる子ではありません』といった。刑事と思われる男たちの乗った車が、原口家が見える場所や、鞍馬駅前に朝から夜までとまっている日もあった。

原口家に妙な封書が郵送されてきたのがそのころ。

「原口壮亮さんは、王城という会社の実質上の経営者である石津三千蔵についての身辺情報を集めているようなので、壮亮さんが知らないと思われることを教えてあげよう。

三千蔵氏は、京都市出身で、現在、東京都品川区に住んでいる若松瑛見子さんを愛人にしている。彼女は何年間か、アメリカへ留学していた。その滞在費などを三千蔵が支援していた。

王城という会社の社長は、村政製作所取締役の伊吹雪彦氏だが、彼は登記上の代表者というだけで、同社の実務には一切就いていない。三千蔵とは、表沙汰にできない過去のある人。その点は、壮亮さんもご存じのようだ」

といった内容がワープロで打たれていた。

その封書には、若松瑛見子の住所だけでなく両親の住所も書かれていた。しかし、差出人はなかった。

7

『わたしね、あの包みを開けてみたんよ』

晴江が秀一郎に突然いった。彼は、「あの包み」といわれてもすぐに思いつかなかった。

『ずっと前、ほら壮亮の友だちやていう宇江木とかいう人が、あずかってちょうだいいうた』

　秀一郎は思い出した。それまで宇江木のことも、あずかった包みのことも忘れていた。

『中身、なんやった思う?』

　晴江は、瞳をきらきらさせてもったいぶったいいかたをした。

『なんやった?　わしには見当がつかない』

『お札、一万円札やったんよ』と、晴江は、押入れの奥へ突っ込んであった紙包みを取り出した。

　一万円札はクラフトペーパーで何重にも包まれ、粘着テープでとめられていた。

『ニセ札や』と秀一郎は一枚を電灯にかざしてみていった。表も裏も真券より少し赤みをおびていた。

『宇江木いう男は、なんでこんなもんを持っていたんやろ。それに、なんであずけようとしたんや』

　秀一郎はしばらくニセ札を見つめた。正確に数えはしなかったが、百枚ぐらいありそうだった。

　晴江は、高校時代の同級生に会いにゆくといって東京へいった。あとで分かったことだが、若松瑛見子に会ってきたのだった。

『こういう手紙が届いたが、あなたは原口壮亮の行方を知らないか』という意味の質問を、晴江は若松瑛見子にし、差出人名のない封書を見せた。瑛見子は、原口壮亮などという人は知らない、と答えた。

　晴江は瑛見子にあることを頼んだ。『あとで充分なお礼をさせていただくので、わたしが送る封書――それは封筒のみだが――を受け取っていただきたい。絶対に迷惑は掛けない。東京には知り合いがいないので、それを頼むことができなかった』といった。当然だが瑛見子は警戒のまなざしを見せたが、晴江が五十代の主婦であることと、身元がしっかりしていると思ってか、『封書を受け取るだけなら』と、引き受けた。後日、自分の首に編みロープが巻かれることなど、露《つゆ》ほども想像しなかったにちがいない。

　若松瑛見子が、東京・品川区の自宅マンションで絞殺されたのを、秀一郎は新聞記事で知った。彼女が死亡したと推定された日、晴江は早朝外出し、夜になって帰宅した。その日、秀一郎が、どこへいってきたのかをきいても、蒼白い顔をした晴江は答えなかった。

晴江は、一日中、黙りこくっていることもあったし、頭痛をこらえるように、両手で頭を押さえている日もあった。秀一郎は晴江が怖くなった。寝ている胸に、出刃《でば》包丁が突き刺さるような気もした。晴江が、なにもいわずに外出し、何時間も帰ってこないと、どこかで凄惨《せいさん》な事件が起こっているような妄想も湧いた。

たしか十一月二十八日のことだった。風呂からあがってきた晴江は、濡れた髪のまま秀一郎の前へ立って、『あんた、石津真海が住んどるところを知ってるか?』といった。彼は、知るはずはないと答えたが。彼女は彼を疑うような目をして洗面所へ去っていった。

石津紀世の妹の真海が殺されたのは、次の日である のを、秀一郎は十一月三十日の夕刊の記事で知った。

「クラフト紙に包まれてたニセ札を、どうしたでしょうか?」

茶屋が野宮にきいた。

「包みなおして、自宅の押し入れにしまってあるそうです」

府警はあすにも、鞍馬の原口家の家宅捜索をおこなうだろう。

「晴江さんに対して、取調べをするんですか?」

「初めは、事情聴取というかたちをとるが、きょう、あすの段階では、医師がそれを許可しません」

一日も早く回復してくれるのを希っている、と野宮はいって、つや子が注ぐ酒を受けた。

あおいは、酒にも料理にも手をつけず、置き物のように身動きしなくなっていた。

「壮亮さんと、奈波さんの居所を、秀一郎さんにおききになりましたか？」

「勿論」

「答えましたか？」

「秀一郎さんは、首を横に振ったが、私は、知っているなと感じ取りました。家族は連絡を取り合っていると思います。今夜から捜査員が病院を張り込んでいる。壮亮と奈波さんは、今夜も母親に会いにくるんじゃないかな」

野宮は、盃を口元へ近づけたまま茶屋の顔をじろりとにらんだ。

今夜の野宮の飲みかたはこれまでとちがっている。睡魔に襲われて、正体を失くしてしまう自分の酒癖を承知しているからか、あるいは茶屋の腹のなかをさぐろうとしているのか、盃を口に運ぶ頻度が鈍い。

茶屋も今夜は自重気味だが、人の飲みかたなど目に映らないというふうに、つや子は手酌で飲り、銚子が空になると追加を頼んだ。

独りだけ流氷に残されたようなあおいだが、酒の追加を頼み、おでんの半平に辛子を厚く塗っているつや子を、ときどき妬むように見ていた。

ホテルにもどった茶屋は、シャワーを浴びると、頭にタオルを巻いてデスクに向かった。取材ノートを繰りながら、奈波と再会したくだりを原稿にしたのである。今夜の彼女は、鞍馬山のどこかで壮亮に会い、病院で張り込んでいた茶屋につかまったことを話したにちがいない。

部屋の設置電話が鳴った。午後十時すぎである。生酔いの野宮刑事が、茶屋にききたいことを思いついて、ホテルへやってきたのではないか。

受話器を取りあげた茶屋は、「はい」とだけいった。複数の人の話し声がし、笑い声が混じった。

「先生。いましたね」

牧村だ。

「今夜も、歌舞伎町か」

「赤坂《あかさか》です」

「珍しいな」

「テレビ局にいる友だちに、いい店を紹介されましてね」

「あんたは毎晩、あちらこちらで飲み食いできて、結構なご身分だね。で、なんの用？」

「いやに静かですが、独りですか？」

「私は、原稿を書いている最中」

「それは、ご苦労さまです。いやね、あしたまた、陣中見舞いに、京都へいくつもりなんです」

「私は、あすの夜までに、東京へ帰る予定だ」

「帰る。……殺人事件の調査を、放り出して……」

「私の役目は終った。あとは警察がやる」

牧村は、折角、京都ゆきの計画をたてたのに、と、小さな声で愚痴をいい、茶屋次郎とは、根っから面白味のない人間だと、コキおろして電話を切った。

茶屋の原稿書きは、翌朝の七時までかかった。朝食抜きのつもりで、ベッドに倒れた。

電話に起こされた。正午になるところだった。

電話の相手は、野宮刑事。

「ゆうべ、茶屋さんの話した内容と、けさ、原口奈波さんからきいた内容は、ほぼ同じでした。あなたはもう、探偵ごっこをやめて、東京へお帰りなさい」

「探偵ごっことは……」

「あなたが動くと、また新たな事件が起きそうです。芝草が、あなたによろしくといってます」

茶屋は、病院へ壮亮と奈波がきたのか、ときこうとした。

「けさ、三人を病院で見つけて、下鴨署へ同行してもらいました」

「三人、とは？」

「原口壮亮さん、奈波さん、それから石津紀世さんです」

「紀世さんも、病院へ？」

「紀世さんも、鞍馬寺にかくまわれて、清掃の仕事をしていたそうです。これから妹の真海さんを殺した加害者について、話すことにしていますが、驚くことでしょう。気の毒なことだが、事実ですので。……あ、それから、茶屋さんがもし、石津三千蔵氏に会うことを考えられているとしたら、それもおやめなさい。傷口を広げるだけですから。いっておきますが、黴《かび》も生えなくなったような、古い出来事を掘り起こすような真似も、しないように」

茶屋は、受話器を静かに置くと、大きく伸びをして窓辺に立った。道に倒れた木の影が、風に揺れていた。

黒沢と、的場つや子と、中鉢あおいに電話で、野宮刑事のいったことを伝えた。

三十分ばかりすると、つや子が電話をよこした。

「お帰りにならはるんは、最終列車でもええのとちがいますか」

彼女の声は、いままでとちがい別人のようにきこえた。

茶屋は、牧村と、サヨコと、ハルマキへのみやげに、「手づくり金平糖」を買っていくのを思いついた。


年が変わり、東京に雪が積もった一月半ば、中鉢あおいから封書が届いた。手紙の冒頭には、「年賀状を差し上げず、失礼いたしました」とあった。

「茶屋先生は、お正月もどこかへ旅をなさっていらっしゃるのでしょうか。

京都は二日つづきの雪が上がって、きょうは広い青空が広がり、四条大橋からは、なだらかな東山《さん》三十六峰《じゅうろっぽう》が一望できました。

さて入院中の原口晴江さんですが、手術後は、固形物をまったく口にせず、点滴で過ごしています。わたしは毎週、見舞いをしていますが、見るたびにやつれていって、声も掛けられず、手を握っただけで帰った日もあります。

　秀一郎さんは、一日おきに病院へおいでになりますが、これまで、数えきれないほど警察署へ呼ばれていました。鞍馬の原口家も捜索を受けたということです。

　壮亮さんと奈波も、週に二回は見舞いをしています。ですが、おばさんの病状がよくなることのないのが分かっているので、二人とも元気がありません。

　以前、壮亮さんとお付き合いしていた石津紀世さんのことですが、鞍馬山中に隠れることにしたのは、彼女の意思ではなくて、お父さん（三千蔵氏）の計《はか》らいだったそうです。壮亮さんは、紀世さんが山内に隠れて、鞍馬寺で働いていることは知らなかったのですが、ある行事の折に、彼女の姿を見つけ、再会したということです。二人は山内で一緒に暮しているわけではなく、たまの休日に会うことがある、といっています。

　先生に、この手紙を差し上げることを思いついたきっかけは、一昨日、野宮刑事さんにお会いし、先生がお調べになっていた事件に関してのお話をうかがったからです。

　紀世さんは、妹の真海さんが不幸な目に遭ったことは知っていましたが、真海さんを手にかけたのが壮亮さんのお母さんだったとは知らなかったそうです。警察署でそれをきいたときは、強いショックを受けたからでしょう、しばらく口を利かなかったということです。

　報道でご存じと思いますが、最近まで解決していなかった、河原町のパチンコ景品交換所現金強奪事件は、犯人グループが検挙されました。東京と名古屋で、現金輸送車を襲ったグループの一人の、逃走していた男が計画し、三人が組んで強奪したのでした。その事件発生後、壮亮さんが強盗一味に加わっていたとみられたようですが、それは心ないだれかが流したデマだったのです。当時の壮亮さんのアリバイは証明されました。

その一年後、スーパー・大崎屋の閉店セール中にニセ札が使われる事件がありましたが、それの犯人も検挙されました。きっかけは、原口家があずかっていたニセ札の包みに付着していた指紋《しもん》と微量の血痕《けっこん》だったそうです。偽造されたのは十年ほど前でした。倒産した印刷所に勤めていた従業員が、印刷所の休日に刷ったのです。そのニセ札は、大阪や、福岡や、香港《ほんこん》でも使われ、捜査がつづけられていたということです。倒産した印刷所は、建物と設備が王城に買い取られました。偽造紙幣の一部を、以前、王城でアルバイト勤務していた男が物置で見つけ、それを厳重に梱包して原口家へあずけたのでした。あずけたのは、一時壮亮さんと一緒に働いていたことのある宇江木と名乗った男でしたが、それは偽名でした。その男は、何か所かでニセ札を使ったことを自供しました。大崎屋がその一か所だったということです。

わたしは、なぜこうもさまざまな事件が起きるのかを、野宮さんにうかがいました。野宮さんは、「まだ断定はできないが、石津三千蔵氏が三十年あまり前、事業資金をつくった手段に原因があるのでは」と、おっしゃいました。

京都府警は、原口家の家族や、わたしたちとはべつの意味で、晴江さんの病状が少しでもよくなるのを期待しているようであります。

最後に、野宮さんの伝言です。「また茶屋先生とお食事をしたいので、京都へおいでの節はお知らせください」とのことです。

「女性サンデー」に、次週から『京都・鴨川紀行』の連載が始まるという予告がありました。拝読できますのを楽しみにしています。

それからもうひとつ。的場つや子さんは、近く大桂社を退職して、東京へいらっしゃるということです」

茶屋の目の裡《うち》に、銀色の盃で豪快に日本酒を飲む白い喉と、突き出た胸が大写しになった。

参考文献
『京都　鴨川探訪』西野由紀　鈴木康久編　人文書院
『京都大知典』ＪＴＢパブリッシング

著者注・この作品はフィクションであり、登場する人物および団体は、すべて実在するものといっさい関係ありません。

ノン・ノベル百字書評

キリトリ線

なぜ本書をお買いになりましたか（新聞、雑誌名を記入するか、あるいは○をつけてください）

□ （　　　　　　　　　　）の広告を見て
□ （　　　　　　　　　　）の書評を見て
□ 知人のすすめで　□ タイトルに惹かれて
□ カバーがよかったから　□ 内容が面白そうだから
□ 好きな作家だから　□ 好きな分野の本だから

いつもどんな本を好んで読まれますか（あてはまるものに○をつけてください）

●**小説**　推理　伝奇　アクション　官能　冒険　ユーモア　時代・歴史
恋愛　ホラー　その他（具体的に　　　　　　　　）
●**小説以外**　エッセイ　手記　実用書　評伝　ビジネス書　歴史読物
ルポ　その他（具体的に　　　　　　　　）

その他この本についてご意見がありましたらお書きください

最近、印象に残った本をお書きください		ノン・ノベルで読みたい作家をお書きください	

1カ月に何冊本を読みますか	冊	1カ月に本代をいくら使いますか	円	よく読む雑誌は何ですか	

住所					
氏名		職業		年齢	

あなたにお願い

この本をお読みになって、どんな感想をお持ちでしょうか。

この「百字書評」とアンケートを私までいただけたらありがたく存じます。個人名を識別できない形で処理したうえで、今後の企画の参考にさせていただくほか、作者に提供することがあります。

あなたの「百字書評」は新聞・雑誌などを通じて紹介させていただくことがあります。その場合はお礼として、特製図書カードを差しあげます。

前ページの原稿用紙（コピーしたものでも構いません）に書評をお書きのうえ、このページを切り取り、左記へお送りください。祥伝社ホームページからも書き込めます。

〒一〇一―八七〇一
東京都千代田区神田神保町三―三
祥伝社
NON NOVEL編集長　保坂智宏
☎〇三（三二六五）二〇八〇
http://www.shodensha.co.jp/

NON NOVEL

「ノン・ノベル」創刊にあたって

「ノン・ブック」が生まれてから二年一カ月、ここに姉妹シリーズ「ノン・ノベル」を世に問います。

「ノン・ブック」は既成の価値に〝否定《ノン》〟を発し、人間の明日をささえる新しい喜びを模索するノンフィクションのシリーズです。

「ノン・ノベル」もまた、小説《フィクション》を通して、新しい価値を探っていきたい小説の〝おもしろさ〟とは、世の動きにつれてつねに変化し、新しく発見されてゆくものだと思います。

わが「ノン・ノベル」は、この新しい〝おもしろさ〟発見の営みに全力を傾けます。

ぜひ、あなたのご感想、ご批判をお寄せください。

昭和四十八年一月十五日

NON・NOVEL編集部

NON・NOVEL―897
長編旅情推理
旅行作家・茶屋次郎の事件簿　京都《きょうと》 鴨川殺人事件《かもがわさつじんじけん》

平成24年8月10日　初版第1刷発行

著　者　梓《あずさ》 林《りん》 太《た》 郎《ろう》
発行者　竹内和芳
発行所　祥《しょう》 伝《でん》 社《しゃ》
〒101―8701
東京都千代田区神田神保町3-3
☎03(3265)2081(販売部)
☎03(3265)2080(編集部)
☎03(3265)3622(業務部)
印　刷　錦明印刷
製　本　関川製本

ISBN978-4-396-20897-4　C0293　Printed in Japan
祥伝社のホームページ・http://www.shodensha.co.jp/

長編推理小説 十津川警部 二つの「金印」の謎 西村京太郎

トラベル・ミステリー 十津川班捜査行 湘南《しょうなん》情死行 西村京太郎

長編推理小説 近鉄特急 伊勢志摩ライナーの罠 西村京太郎

トラベル・ミステリー 十津川班捜査行 わが愛 知床《しれとこ》に消えた女 西村京太郎

長編推理小説 十津川警部捜査行 外国人墓地を見て死ね 西村京太郎

トラベル・ミステリー 十津川警部捜査行 宮古《みやこ》行「快速リアス」殺人事件 西村京太郎

長編推理小説 生死を分ける転車台 天竜浜名湖鉄道の殺意 西村京太郎

トラベル・ミステリー 十津川直子の事件簿 西村京太郎

トラベル・ミステリー 十津川警部捜査行 カシオペアスイートの客 西村京太郎

長編推理小説 十津川警部捜査行 SL「貴婦人号」の犯罪 西村京太郎

長編本格推理小説 愛の摩周湖殺人事件 山村美紗

長編冒険推理小説 誘拐山脈 太田蘭三

長編山岳推理小説 奥多摩殺人溪谷 太田蘭三

長編山岳推理小説 殺意の北八ヶ岳 太田蘭三

長編推理小説 闇の検事 太田蘭三

長編推理小説 顔のない刑事〈二十巻刊行中〉 太田蘭三

長編推理小説 摩天崖《まてんがい》 警視庁北多摩署特別出動 太田蘭三

長編本格推理小説 終幕《フィナーレ》のない殺人 内田康夫

長編本格推理小説 志摩《しま》半島殺人事件 内田康夫

長編本格推理小説 金沢《かなざわ》殺人事件 内田康夫

長編本格推理小説 喪《うしな》われた道 内田康夫

長編本格推理小説 鯨の哭《な》く海 内田康夫

長編推理小説 棄霊島《きれいじま》 上下 内田康夫

長編推理小説 還《かえ》らざる道 内田康夫

長編本格推理 越前岬《えちぜんみさき》殺人事件 梓林太郎

長編本格推理 薩摩半島 知覧《ちらん》殺人事件 梓林太郎

長編本格推理 天竜川殺人事件 梓林太郎

長編本格推理 釧路川殺人事件 梓林太郎

長編本格推理 立山アルペンルート 黒部川殺人事件 梓林太郎

長編本格推理 笛吹川殺人事件 梓林太郎

長編本格推理 紀の川殺人事件 梓林太郎

長編本格推理 京都 保津川殺人事件 梓林太郎